하늘 아래 첫 서점

하늘 아래 첫 서점

인쇄 · 2018년 9월 15일
발행 · 2018년 9월 20일

지은이 · 이덕화
펴낸이 · 한봉숙
펴낸곳 · 푸른사상사

주간 · 맹문재 | 편집 · 지순이 | 교정 · 김수란
등록 · 1999년 7월 8일 제2-2876호
주소 · 경기도 파주시 회동길 337-16 푸른사상사
대표전화 · 031) 955-9111(2) | 팩시밀리 · 031) 955-9114
이메일 · prun21c@hanmail.net
홈페이지 · http://www.prun21c.com

ISBN 979-11-308-1368-4 03810
값 15,500원

이 도서의 국립중앙도서관 출판예정도서목록(CIP)은 서지정보유통지원시스템 홈페이지(http://seoji.nl.go.kr)와 국가자료공동목록시스템(http://www.nl.go.kr/kolisnet)에서 이용하실 수 있습니다.(CIP제어번호: CIP2018029074)

20 푸른사상 소설선

하늘 아래 첫 서점

이덕화 소설집

책머리에

무더위 때문에 많은 것을 생각할 기회를 가졌다. 보통 더위를 타지 않는 편인데도 이번 여름의 열대야는 새벽까지 후끈거려 잠을 설친 날이 많았다. 움직이면 땀이 솟으니 될 수 있으면 외출을 삼갔다. 그러다 보니 책을 많이 읽게 되고 사색으로 이어졌다. 우선 근본적인 내 삶에 대한 성찰에서부터 글쓰기에 대한 혹은 민족의 운명, 국가의 운명까지 생각하게 되었다. 물론 띄엄띄엄 사색만 이어질 뿐 결론은 있을 리 없다. 살아 있는 한 무언가를 해야 하고 그 무언가가 나에게는 글쓰기이다. 자신에 혹은 삶에 대한 새로운 성찰이나 사색을 통하여 독자에게 울림을 줘야 한다는 생각은 처음부터 있었지만 글쓰기가 생각만큼 쉽지 않았다. 독자가 내 소설을 읽음으로써 힘이 나고 새로운 용기를 얻을 수 있는 글을 쓰고 싶다. 내 삶의 영역이 일천하다 보니 현장성이 떨어지지 않을까, 또 함께하는 소설 속의 인물들을 제대로 읽었는지 고민을 많이 하게 된다.

어떤 작가는 독자들이 읽지도 않는 소설을 자족하기 위해 쓰고 싶지 않다며 소설을 쓰지 않는다고 했다. 그러나 필자는 일생 한 편의 작품이라도 마음에 드는 작품을 창작하기 위해 일생 노력해야 한다는 생각으로 지속적으로 쓸 생각이다. 한 편의 작품을 쓰기 위해 많은 사색을 하고 인간을, 현 사회 현상을, 국가와 민족을 제대로 읽으려고 노력하려고 한다.

채만식학회가 창립되면서 석사 때 채만식 『탁류』로 석사 학위 논문을 쓴 이후 오랜만에 채만식을 들여다보게 되었다. 채만식은 해방 직후 「민족의 죄인」을 자신의 친일 행위에 대한 반성문으로 썼다. 해방 이후에 쓴 여러 편의 역사소설과 친일소설이라 할 수 있는 여인 수난사를 소재로 한 일련의 장편들을 새로 들여다봤다. 그 소설들은 채만식의 작품의 주류라 할 수 있는 『태평천하』 「치숙」 「레디메이드 인생」 『탁류』와 다른 여성 수난사를 소재로 한 소설이었다. 왜 채만식은 시리즈로 이런 작품들을 썼나 하는 생각이 들면서 채만식은 이런 작품을 통하여 우리 민족사를 쓰고 있었다는 것을 알게 되었다. 그러니까 채만식은 민족의 앞날에 대한 화두를 작품을 통해 풀고 있었다. 채만식처럼 작가는 인생을 작품을 통해서 산다. 그 당시의 절망과 고충을 작품을 통해서 정리하기도 하고 다시 새로운 희망을 꿈꾸기도 한다. 채만식이 죽기 전까지 작품을 지속적으로 썼던 이유이기도 하다.

모두들 만나면 요즈음 뭘 하고 지내냐고 묻는다. 이런저런 자리를 맡아 회의다 세미나다 참석하는 외에는 퇴직 후는 대학에 근무하기 위해 연구실 지키기 대신 주로 집에서 시간을 보낸다. 예전에는 예약된 논문이나 소설을 쓰기 위해서 혼자 머무르는 시간 외에는 언제나 밖에서 누군가를 만나고 있었다. 친구이든, 세미나팀이든. 그런데 요즈음은 전화나 메시지, 카카오톡을 통해서 만남을 주선하다 보니 만남이 많이 줄었다. 쾌적한 하루하루의 생활이 지속된다. 그럴 때마다 신문에서 톱 이슈로 떠오르는 청년 실업의 문제나 최저 임금으로 고통받는 소상공인들의 문제가 가슴을 짓누른다.

채만식은 소설에서 정치 권력자들의 부패와 부정으로 국민들의 비참한 삶을 드러내고 있지만, 현재의 정치적 이슈는 전혀 다르다. 부정부패의 문제가 아니다. 국민들 잘 살게 하려고 정치가들은 노력하는데 정책이 엉뚱하게 현실과 맞지 않는다. 그래서 국민들은 짜증나고 고통스럽다. 그리고 불안하다. 다 같이 잘 살자고 한 정책들이 국민들에게 고통을 주는 이 현실이 안타깝고 힘들다. 이런 것들을 소설로 풀어내어야 한다. 현실을 읽기 위한 많은 고민이 필요하다.

언제나 책을 출판할 때마다 교정이 문제이다. 누군가 원로 소설가가 교정을 열 번 본다는 말에 충격을 받은 적이 있다. 그런 마음으로 교정을 하려고 했지만 어느 순간 글자가 들어오지 않았다. 이번에도 가까이 지내는 후배 박영세와 항상 책을 낼 때마다 교정을 열심히 해주는 남편 김병일의 힘을 빌리지 않을 수 없었다. 두 분께 진정으로 감사드린다. 그리고 여일하게 책 출판을 맡아주시는 푸른사상사의 한봉숙 사장님의 오랜 우정에 감사드린다. 그리고 책을 만드느라 더운 날 고생하시는 편집실 이하 푸른사상사의 수고하시는 모든 분들께도 머리 숙여 감사드린다.

2018년 9월, 매봉산 기슭에서

이덕화

차례

돈가스와 요구르트

돈가스와 요구르트

잠 속에서 아랫바지가 축축이 젖어오는 것과 동시에, '어떤 녀석이냐?' 하는 고함 소리, 다들 후다닥 몸을 일으키는 소리, 누군가의 울음소리 등 혼몽한 꿈속에서 잠이 깼다. 아직도 어둠이 가시기 전, 새벽 4시였다. 재형이는 일어나 베란다로 나가 담배 한 대를 물었다. 제대한 지 이미 5년이 지났지만 아직도 군대의 악몽에서 헤어나질 못한다. 어쩌면 내 인생은 그때부터 시작이 아니었나 생각된다. 그 이전까지 부모의 품 안에서 집안으로부터 받은 꿀의 단맛만 빨던 시기를 벗어나, 내가 견뎌내야 할 새로운 세계의 입사식을 군대에서 치렀다고 할 수 있다.

그러면 그렇지, 꿈을 꾼 날은 꼭 성묵이에게서 연락이 온다. 문자가 왔다. 오후 10시 37분. 아무도 없는 사무실에서 방금 마친 보고서 출력물이 나오기를 기다리며 우두커니 앉아 있던 재형이는 책상 위에 놓여 있던 핸드폰을 들었다. '나 진짜 다 때려치우려고…… 잘 있어라.' 소스라치게 놀란 재형이는 자리에서 벌떡 일어났다. 그때 벨소리가 울렸다. 그때 그 전화. 심각했었던 건가. 머릿속으로 별 그림을 다 그리며 전화를 받았다. 아직도 이 녀석 정신 못 차린 건가. 우울하고 퉁명스런 목소리였다.

"연락한다며."

"너 지금 어디야? 자식아!"

"나 안 보고 싶나?"

"쓸데없는 소리 말고 자식아! 어디냐고?"

"나 인천이지 어디겠냐."

목소리를 들으니 술을 마신 상태인 게 분명했다. 이번에는 어쩌면 진짜일지도 모른다.

"너 왜 그래 또. 자꾸 정신 못 차리고 이럴 거야?"

아무 말이 없다.

"대답해, 자식아!"

"그냥 보고 싶어서 연락했어."

재형이는 마음이 다급해졌다.

"야, 끊지 마. 너 지금 어디냐고. 거기로 갈게."

"지금 이 시간에 어딜 온다고. 됐어."

"성묵아, 그러지 말고 기다려. 너 내가 오 분 뒤에 다시 전화할 테니까 안 받으면 죽는다!"

재형이는 전화를 끊고, 인쇄된 보고서를 스테이플러로 대충 찍어서 팀장 책상 위에 던져놓고는 부리나케 주차장으로 내려가 차에 올라 시동을 켰다. 주차장을 빠져나가면서 성묵이에게 다시 전화를 걸었다. 혹시 그사이에 이 자식이 어떻게 된 건 아니겠지 하고 초조하게 핸드폰을 귀에 댔다.

"어……."

"야, 너 지금 거기에 그대로 있어. 인천 어디야? 그때 너네 집 슈퍼야?"

"진짜 올라고 하네. 괜찮아. 목소리 들으려고 전화한 거래두."

"빨리 대답해!"

"아, 왜 소릴 질러! 나 가게다. 어쩔라고?"

"성묵아, 잘 들어. 내가 한 시간 이내로 갈 테니까 그대로 기다리고 있어. 움직이지 말고! 십 분마다 전화할 테니까 전화 안 받기만 해봐, 이 새끼야!"

재형이는 전화를 끊으며 액셀을 힘껏 밟았다. 분명히 성묵이는 흐느끼고 있었다. 이번엔 진짜 이놈이 죽을지도 모른다. 재형이는 교통신호 두 개를 연달아 무시하면서 질주를 하기 시작했다.

성묵이는 재형이의 전후조였다. 전후조란 군대 훈련소에서 자살이나 이탈 등의 사고 방지를 위해서 무조건 훈련병 세 명씩 조를 만들어 함께 생활하도록 만든 시스템이다. 그래서 전후조는 6주 훈련 기간

동안 항상 밥도 같이 먹고, 종교 활동을 제외하고는 어디를 가든 같이 움직인다. 모든 훈련을 같이 받고, 내무실에서도 나란히 같이 잔다. 재형이가 입소대대에서 군복을 지급받고 이런저런 수속 절차를 밟으며 사흘을 보내고 나서 정식 군사 기초 훈련을 받는 훈련소에 들어가던 첫날. 줄을 서라는 대로 섰을 때, 앞에 서 있던 두 사람이 재형이와 함께 전후조로 정해져버렸다. 키가 크고 마른, 전형적인 모범생같이 생긴 용수라는 녀석과 바로 이 성묵이라는 녀석이었다.

재형이의 앞에 서 있던 성묵이는 몸이 비대했다. 7월 초 날씨 탓이긴 하지만, 이 녀석 머리와 목덜미는 언제나 땀에 흠뻑 젖어 있었다. 구부정한 자세에다 초점 없는 눈. 성묵이를 볼 때마다 재형이는 짜증이 났다. 짙은 눈썹은 거의 일자 수준으로 연결되어 있었고, 가느다랗고 초점 없는 눈은 신경질적이면서 둔해 보였다. 턱 밑으로 살이 한 겹 더 튀어 나와 누가 봐도 비호감이었다. 첫인사를 나누는 것조차 꺼려지는 녀석이었다. 아니나 다를까, 성묵이를 볼 때마다 불쾌한 기분을 떨칠 수가 없었다. 말을 건네도 퉁명스러웠고 훈련 기간 내내 투덜거리기만 했다. 더군다나 욕을 입에 달고 살았다. 어느 정도 훈련소 생활이 적응이 될 무렵에도 성묵이만 옆에 있으면 덥고 짜증이 났다.

거기다 바로 옆에서 잠을 자는 재형이는 이놈의 코 고는 소리와 커다란 몸집 때문에 밤마다 고통스러울 수밖에 없었다. 전후조 중에 한 명이 어리버리하게 굴면 세 명 모두에게 벌을 주는 조교들 때문에 용수와 재형이는 무수히 많은 얼차려를 받았다. 아침 점호에 나갈 때 혼자서 굼뜨게 움직이는 성묵이를 챙겨 나가느라, 셋이 동시에 늦어 오리걸음으로 구보를 하는 것으로 하루 일과가 시작되었다. 굼뜬 행동에 요령을 부리는 재주까지 가지고 있다. 성묵이 때문에 소대 전체가 기합 훈련을 받기 일쑤였다. 식사시간 때 간만에 고기 반찬이라도 나오면, 배식 당번인 동료 훈련병한테 더 달라고 떼를 쓰는 통에 벌로 세 명이 식판을 들고 나란히 서서 식사를 한 적도 대체 몇 번이었던가. 그 더운 여름에 훈련받던 소대원들이 가장 애타게 기다리는 식수 시간에는 혼자 두 컵 이상을 마시겠다고 컵을 들이밀다가 같은 훈련병들한테도 욕을 먹고, 또 조교한테는 "니네 전후조는 쉬는 시간에 식수 금지"라는 청천병력 같은 체벌을 받기도 했다.

훈련소 생활이 시작된 지 며칠 안 돼 소대의 모든 훈련병들이 성묵이를 싫어하게 되었다. 용수는 처음에 몇 번 기가 찬 듯 성묵이를 바라보다가 이내 체념해버리는 똑똑하고 냉정한 친구였다. 성묵이가 사고를 치면 또 치는구나, 하고 아예 성묵이의 존재 자체를 무시해버리기라도 한 듯 묵묵히 같이 벌을 받고 대신 어느 순간부터 성묵이와의 대화를 끊어버렸다. 성묵이도 개의치 않고 그런 용수와 대화를 하려고 하지 않았다. 하지만 재형이는 안 그래도 괴롭고 무서운 훈련소 생활이 성묵이 때문에 더 난장판이 되는 게 힘들어서 견딜 수가 없었다. 몇 번이고 성묵이를 타이르기도 다그치기도 해보았다. 그러면 성묵이는 항상 퉁명스럽게 "신경 꺼, 이 새끼야." 하고 묵살해버렸다. 재형이는 대오를 맞춰 줄을 설 때마다 앞에 서 있는 성묵이의 뒤통수를 후려갈기는 상상을 매번 했다. 나이도 재형이보다 두 살 어린 게, 훈련소 동기라고 절대로 형이라는 소리도 하지 않는 녀석이다.

어느 날, 고된 훈련을 마치고 곤히 취침 중이던 새벽에, 성묵이가 재형이의 뺨을 툭툭 쳤다.

"야, 니 차례야."

불침번이었다. 취침 시간 중에도 한 명씩 돌아가면서 한 시간 동안 내무실 입구에서 보초를 서야 하는 불침번은 피곤한 훈련병들한테는 정말 지옥 같은 근무였다. 시계를 보니 새벽 2시 50분, 이렇게 새벽 한가운데 불침번 순번이 걸리면 정말 그 짜증은 이루 말할 수 없었다. 이 자식은 10분이나 일찍, 그것도 기분 더럽게 뺨을 툭툭 치면서 깨워 놓고, 자기는 바로 옆에 벌러덩 누워버리더니 눈을 감고 있다. 재형이는 성묵이를 쏘아보면서 주섬주섬 전투복을 입고, 전투화 끈을 맸다.

이 적막한 시간에 혼자 내무실 풍경을 바라보면 그 또한 생지옥이 따로 없다. 더운 여름밤에 스물다섯 명이 몸을 거의 밀착시킨 채로 시체처럼 잠이 들었다. 여기저기서 코 고는 소리는 마치 시차를 두고 차 시동을 거는 소리처럼 요란했고, 거기다 이 가는 소리까지 합치면 인간 소리가 아니라 짐승의 울부짖음 같았다. 밖에서 들리는 풀벌레, 귀뚜라미 소리까지 어우러지면 불쾌한 오케스트라의 연주가 머릿속 뇌를 갈구는 것 같았다. 훈련병들의 찌든 땀내와 눅눅한 모포 냄새, 특유의 군대 화약 냄새, 독한 모기향이 섞인 퀴퀴한 냄새는 그 새벽에 가만히 불침번을 서고 있는 재형이의 온몸을 감싸 도는 것 같아 그곳을 뛰쳐나가고 싶은 충동에 사로잡힐 때가 많았다.

그 순간 재형이는 누군가 흐느끼는 소리를 들었다. 소스라치게 놀란 재형이는 손전등을 켜서 자고 있는 훈련병들을 한 명 한 명 비추어 보았다. 성묵이였다. 옆으로 누운 채 그는 그 큰 덩치를 들썩이며 울고 있었다. 물끄러미 성묵이를 손전등으로 비추다가 재형이가 조용히 말을 건넸다.

"야, 너 왜 그래? 조용히 해, 울음소리 다 들려!"

훈련소에서 저렇게 혼자 우는 경우는 비일비재하다. 부모님이나 여자 친구의 편지를 받고 모포를 뒤집어쓴 채 우는 녀석, 취침 점호가 끝나고 자려고 하는데 눈시울이 빨개져서 갑자기 화장실로 달려가는 녀석, 훈련 도중에 눈물을 줄줄 흘리면서 악을 쓰며 구령에 맞추는 녀석, 심지어 밥을 먹다가 울컥해서 국물 위로 눈물이 후두둑 떨어지던 녀석 등. 다양한 모습으로 우는 놈들을 많이 보았었고 재형이도 주말 종교 행사 때 교회에 갈 때마다 눈물을 펑펑 쏟다가 오는지라 그다지 놀랄 일은 아니었다.

하지만 성묵이가 저렇게 흐느끼고 있으니까 재형이는 신기하다는 생각이 들었다. 눈치도, 양심도, 체면도, 감정도 없어서 저렇게 이기적이고 굼뜨고 민폐만 끼치는 녀석인데, 그래도 저놈도 힘들어서 저러는 거지. 침상 끝에 걸터앉아 아직 흐느끼고 있는 성묵이를 물끄러미 바라보던 재형이는 다시 말을 걸었다.

"야, 왜 그러냐니까? 엄마 보고 싶냐?"

"닥치래두."

성묵이는 재형이의 뺨을 후려치고, 재형이뿐만 아니라 옆에 자고 있는 녀석들에게 발길질을 해댔다. 급기야는 흥분해서 수습할 수 없는 지경으로 난리를 피웠다. 내무반 전체의 수면을 방해했다는 죄로 결국 성묵이는 하루 동안 식사 금지라는 벌을 받았다. 그날 재형이는 자신의 어설픈 위로가 결국 성묵이를 그렇게 만들었다는 생각이 들어 마음이 괴로웠다. 내무반 반장에게 아무리 자기 잘못이었다고 해도 소용없었다. 결국 재형이는 자신의 식사를 성묵이한테 주었다. 성묵이는 고맙다, 미안하다는 말도 없이 세 끼를 마치 재형이가 빼앗기라도 할 듯 게걸스럽게 먹었다. 저녁 식사 때는 미친 듯이 먹고 있는 성묵이를 바라보며 식판을 빼앗고 실컷 패주고 싶다는 욕망을 누르느라 힘이 들었다. 결국 재형이가 성묵이 체벌을 대신 받는 꼴이었다. 굶은 배로 받는 훈련 도중 내내 현기증과 함께 다리가 풀려, 각고의 인내로 견디지 않으면 쓰러질 판이었다. 진땀이 비죽비죽 흘러나왔다. 그래 하루 단식이다. 이 정도는 참아야지, 하며 그날 하루 종일 자기최면을 걸었지만, 하루 종일 식수 몇 잔으로 훈련을 받아야 하는 재형이는 어쩔 수 없이 성묵이라는 존재가 싫었고, 앞으로 견뎌야 할 시간이 두려웠다. 그 이후 한참 동안 재형이는 성묵이에게 말을 걸 수 없었고 성묵이라는 존재가 무섭다는 생각이 들었다. 성묵이의 생각, 행동을 이해할 수 없었다. 재형이에게 법이 성묵이에게는 법이 아니었다. 성묵이는 이방인이었다. 같은 대한민국을 살아온 같은 연령의 녀석들끼리 서로가 타인이었다.

"내 사전에 엄마 같은 것은 없어!"

성묵이가 그 사건 이후 처음 뱉은 말이었다. 재형이는 충격을 받았다. 그때 이후 성묵이라는 존재가 머릿속에서 떠나지 않았다. 성묵이 엄마가 죽은 것일까? 성묵이에 관해 다양한 변수의 모든 상상을 다 해보았다. 엄마가 없거나 새엄마? 그 말은 가슴에 묵직한 돌을 얹어놓은 것처럼 재형이를 답답하게 했다. 고등학교 때도 부모의 이혼으로 엄마하고만 또는 아빠하고만 사는 친구들이 가끔 있었다. 그때는 그런 사실이 그럴 수도 있는 일상으로 받아들여졌다. 철들자 매부터 맞았다는 성묵이의 말이 조금씩 이해가 가기 시작했다. 하기 싫은 것 하기보다 차라리 매 맞는 게 낫다는 성묵이에게 일상이 된 매는 성묵이를 싫은 것은 끝까지 안 하고 배기는 사람으로 만들었다. 누구에게도 비호감인 성묵이가 자신을 비호하는 길은 결국 스스로를 챙기는 것이었다.

재형이는 선루프를 열었다. 어둡고 적막하던 차 내에 바깥 도로 소음과 바람이 주입되는 소리가 적절히 스며들었다. 2년 전쯤에도 똑같은 일이 있었던 게 마치 데자뷰를 보는 것 같다. 제대 후 두세 번 전화를 해오던 성묵이가 오랜만에 밤늦게 전화를 하더니 무턱대고 죽어버리겠다고 울부짖었다. 그때도 재형이는 바로 차를 타고 그가 있는 곳으로 달려갔다. 재형이는 달려가면서 성묵이에게 정신 차리라고 고래고래 욕을 퍼부었다. 그 덕분인지 아니면 재형이가 차를 타고 오는 시간 동안 좀 진정이 되어선지, 성묵이는 감정이 좀 가라앉은 채로 부천역 앞에서 재형이의 차에 올라탔었다. 차에 타자마자 성묵이는 씩 웃으며 말을 건넸다.

"차 좋다? 형 차야?"

"시끄러워, 이 미친놈아."

재형이는 성묵이의 집 앞에 도착할 때까지 아무 말을 하지 않았다. 군대에 있는 동안 몇 번, 제대한 이후 두세 번 통화한 게 다였지만, 그때마다 여전히 성묵이는 자기 처지에 대해 투덜댔고, 재형이는 그런 성묵이한테 욕을 퍼부어주기도, 달래주기도 했다. 하지만 그때는 괜히 이 녀석 투정에 속아가지고 여기까지 온 게 한심하기도 했고, 이 녀석을 데려다 주고 집에 가면 꽤 늦은 시간이 될 텐데 다음 날 출근 때문에 걱정스럽기도 했다. 성묵이의 길 안내로 이름도 모르는 동네 후미진 골목 입구에 한 슈퍼에 다다르자, 성묵이는 눈을 내리깔고 재형이에게 조용히 말을 꺼냈다.

"나, 바람 좀 쐬고 싶다."

3초간 침묵이 흐르다가 재형이가 크게 마음을 먹은 듯 숨을 들이쉬며 성묵이를 바라보았다.

"그래, 월미도 밤바다나 보러 갈까?"

"월미도 지겹다, 쫌."

세 시간 반 뒤 둘은 동해 해수욕장 모래사장에 앉아서 캔 맥주를 마시고 있었다. 성묵이는 제대를 하고 예상대로 아무것도 잘 풀리지 않았다. 겨우 고등학교를 졸업한 그에게 번듯한 직장이 구해질 리 없었다. 아르바이트를 하러 가도 비호감인 인상 때문에 면전에서 거부당하거나 어쩌다 채용되어도 며칠 있다가 곧 잘리곤 했다. 그날도 백화점에서 물건 나르는 아르바이트를 일주일도 못 채우고 잘려버리고는 혼자 술을 마시다 재형이에게 전화를 한 모양이다. 동네 구멍가게를 하신다는 아버지한테 PC방 하나 차려달라고 떼를 쓰다가, 아버지한테 따귀 맞고 울면서 뛰쳐나온 날부터는 집에 자정 전에는 돌아가기가 싫단다. 그 동네 입구에 쓰러져가는 가게가 성묵이네 슈퍼라고 했다.

재형이도 그 아버지였다면 자기 아들이 PC방 얘기를 꺼내자마자 두드려 팼을 거라는 생각이 들었다. 재형이는 해줄 말이 없었다. 고민 고민 하다가 그냥 자신의 아버지가 늘 강조하시던 말을 그대로 따라 말했다.

"인마, 너 억지 감사가 뭔지 알어?"

성묵이가 잠시 멍하니 재형이의 얼굴을 쳐다보다가 피식 웃더니 아무 말이 없다.

"야, 그냥 자기 환경에 억지로 감사를 하고 그러다 보면 억지가 진짜가 되고, 그러다 보면 어느새 상황이 좋아지게 되는 거야."

재형이는 자기 입에서 나온 말에 손발이 오그라들 것 같고, 얼굴이 화끈거렸다. 아버지가 말씀하실 때는 신비로운 진리 같은 힘이 느껴졌었는데, 재형이가 말하니까 스스로도 교육방송 청소년 드라마 대사 같았다. 잠시 후 성묵이가 다시 말을 꺼냈다.

"나도 형이었으면 그럴 수 있을 거 같아."

재형이는 말문이 막혔다.

"돌아가자. 형 출근해야지."

성묵이가 맥주 캔을 한 손으로 구기면서 모래를 털고 일어났다. 그게 벌써 2년 전이었다. 2년 동안 성묵이는 더 상황이 나빠졌던 게 분명하다. 문득 재형이는 한 손으로 핸드폰을 꺼내 통화 기록을 찾아보았다. 통화 내역을 눈으로 훑어 내려가다가 성묵이의 이름에서 멈췄다. 정확히 일주일 전에 수신된 통화 기록이었다. 일주일 전에 성묵이가 전화를 했었던 사실을 재형이는 까마득히 잊고 있었다. 아니, 사실은 이틀 전까지 잊고 있었다. 그래서 이틀 전에 생각이 났을 때도 퇴근하면 전화를 해봐야지 하고 있다가 잊어먹었다. 또 다음 날 전화를 하려다가 다른 일이 생겨서 또 미루고, 그러다가 찝찝한 마음으로 야근을 하고 있던 도중에 결국 그런 문자를 받은 것이다.

성묵이는 그 사건 이후에도 달라지지 않았다. 재형이가 하루 세 끼를 굶은 다음 날 아침에도 그가 꾸물거리는 통에, 전후조 셋은 오리걸음 구보를 했다. 기상나팔이 울리자마자 용수가 자기 자리 모포만 개고 전투복을 챙겨 입고 나가버리자, 재형이는 짜증이 났다. 성묵이의 존재를 깡그리 무시하는 용수나 그런 무시를 당하고도 아무렇지 않다는 듯이 제멋대로 구는 성묵이. 재형이는 욕을 하면서 발로 성묵이를 모포에서 밀어내고는 성묵이 모포까지 같이 정리했다.

"야, 빨리 옷 입고 튀어나가!"라고 버럭 소리를 지르며 돌아보자 성묵이는 그사이 팬티 바람으로 화장실에 갔다가 흐리멍텅한 눈으로 내무실에 들어오고 있었다. 재형이는 한숨을 쉬며 성묵이의 관물대에서 전투복과 모자를 꺼내어 성묵이의 얼굴에 던지고는 점호 대열로 뛰어 나갔다. 성묵이는 대열이 다 된 후 5분이나 지나서야 겨우 그것도 느린 걸음으로 걸어 나왔다. 재형이와 용수의 얼굴은 죽은 얼굴이 되어 있었다. 재형이 전후조는 당연히 오리걸음 구보였다. 7월의 아침 6시는 잠깐 동안 상쾌하긴 하지만 구보를 시작하면 역시나 땀이 비 오듯 쏟아진다. 훈련병들 모두 웃통을 벗고 구보를 하는데 대부분 하의까지 흠뻑 젖은 상태로 구보를 마치게 된다. 그런데 그 와중에 오리걸음으로 구보를 하면 10초가 안 돼 온몸에 샤워하듯 땀이 흘러내리며 다리 근육이 불에 타들어가는 듯한 통증을 느끼게 된다. 재형이는 극한의 고통을 느끼면서 무릎을 꿇고 기어가는 성묵이의 뒷모습을 좇아갔다. 그때였다. 성묵이의 등에 십자가가 걸려 있었다. 재형이는 눈을 비볐다. 다시 성묵이의 등으로 눈을 향했다. 피투성이가 된 성묵이의 등에 십자가가 걸려 있었다. 갑자기 재형이는 무서워졌다. 땀으로 범벅이 된 몸이 사시나무 떨리듯 몸을 가눌 수가 없었다. 재형이는 의식을 잃었다.

재형이가 깨어난 곳은 내무반이었다. 꿈속에서도 갖가지의 얼굴을 한 성묵이가 나타나 그를 쫓아다니기도 하고, 성묵이가 자신이 되어 자신이 재형이라고 자신의 친구들을 만나기도 했다. 재형이는 성묵이가 훈련 기간 3개월로 관계를 끝내는 게 아니라 평생 자신의 삶에 개입할 것이라는 예감이 들었다. 분명 재형이가 감당해야 할 몫이자 십자가였다. 성묵이가 평생 자신을 쫓아다닐 것을 생각하니 우울했다. 다음 날 또 구보가 있었다.

그날은 완전 군장을 하고 30분을 걸어서 훈련장에 도착했다. 훈련을 하기 전에 이미 땀에 흠뻑 젖어버린 훈련병들은 오전 훈련이 끝나고 점심시간이 돼서야 정신들을 차리기 시작했다. 고된 야외 훈련이랍시고 배려를 해준 건지, 반찬통에 말라비틀어진 돈가스가 쌓여 있는 걸 본 훈련병들은 환호성을 질러댔다. 그러나 재형이는 식판을 들고 줄을 섰다가 국통에 담겨 있는 내용물을 보고 기겁을 했다. 또 미역국이었다. 공포의 미역국. 평소에 미역국을 잘 먹던 재형이는 훈련소에 와서 미역국에 질려버렸다. 훈련소의 미역국은 미역이 몇십 장씩 겹쳐서 통으로 썰린 채 국에 들어가 있었고, 항상 닭고기가 들어가 있었다. 닭고기와 미역이 왜 같이 들어가 있는지 재형이는 도무지 이해할 수 없었다. 안 그래도 너무 생뚱맞은 조합이다 싶은데 미역은 질기고, 통으로 썰려서 국물에 맛깔스럽게 풀어지지도 않았고, 닭고기는 목, 발 같은 살점 없는 부위만 들어가 있다. 그리고 미역의 공급 과잉인지, 국물이 너무 졸았는지 항상 미역이 그릇을 가득 채운 상태였다. 국물은 간신히 미역을 적시고 있는 정도인데 그 미역 덩어리를 남기기라도 하면 조교들의 분노를 샀다. 훈련병들은 살코기를 베어 먹듯이 미역을 우적우적 씹어 삼켜야 했다. 그나마 저 손바닥만 한 돈가스 한 조각이 한 가닥 위안이었다. 저마다 식판에 배식을 받아서 전후조끼리 그늘을 찾아 옹기종기 모여 앉아 나름의 평화를 즐기고 있는데, 재형이는 성묵이를 바라보다가 또 한숨이 나왔다. 공포의 미역국에는 손조차 대지 않은 녀석이 벌써 밥 두 술에 돈가스를 다 해치웠다. '저 무개념 짐승 같은 놈.' 분명히 저 상태로 다 먹었다고 음식을 남긴 채 식판을 들고 가면 "니네 전후조가 남은 거 다 먹어."라는 명령을 받을 게 뻔했다. 재형이가 전략적으로 미역 한 덩이에 돈가스 한 입을 먹기 위해 미역국의 양을 살피고 있던 순간, 성묵이는 이미 돈가스부터 해치운 것이다. 그리고 밥을 몇 숟갈 퍼먹고 우적거리더니 이내 숟갈을 내려놓고 먼 산을 쳐다보고 있다. 재형이가 치밀어 오르는 부아를 억누르며 한마디 하려는 순간 조교가 나타났다. "야, 너 안 처먹고 뭐 하냐?" 휴, 다행이다, 라고 재형이가 자신의 식판으로 눈을 돌리는 순간 성묵이가 대꾸했다.

"더 이상 못 먹겠습니다."

재형이는 목이 콱 막혔다. 이런, 미친놈. 자칫하면 대참사가 일어날지도 모른다. 조교 말에는 그냥 죄송합니다, 알겠습니다, 라는 말만 하면 되는데 다른 말이 나온 것이다. 더군다나 그 조교는 미친개라는 별명을 가진 유 상병이었다.

"이 새끼야, 미쳤냐? 빨리 다 안 처먹어?"

"못 먹겠습니다."

유 상병은 성묵이의 뒷목덜미를 거칠게 낚아챘다.

"이 새끼야, 나도 먹기 싫고, 여기 있는 새끼들 다 먹기 싫어. 한번 죽어볼래?"

이러다가는 또 전후조가 함께 완전 군장을 하고 오리걸음으로 막사에 복귀하게 될 것 같다. 재형이가 벌떡 일어났다.

"죄송합니다! 저희가 같이 먹겠습니다!"

성묵이는 눈을 떨군 채 가만히 식판의 미역국을 바라보고 있다.

"야, 이 새끼야, 너 오 분 뒤에 다시 와서 검사할 테니까 똑바로 해."

유 상병은 성묵이의 뒤통수를 세게 후려갈기더니 자리를 떴다. 잠시 식사를 멈추고 조용히 이쪽을 바라보던 훈련병들은 다시 밥을 먹기 시작한다. 용수는 아무 말 없이 딴 곳을 바라보며 묵묵히 자기 밥을 먹고 있고, 재형이는 자리에 앉으면서 성묵이를 빤히 쳐다보았다. 성묵이는 입이 튀어나온 채 겁에 질린 표정으로 미역국과 남은 밥을 바라보고 있다. 재형이는 성묵이의 등에 걸려 있던 십자가를 생각했다. 그러고는 자기 식판에 있던 돈가스를 집어 성묵이의 식판에 던졌다.

"먹어, 이 미친놈아. 미역 한 덩어리에 돈가스 한 입. 새끼야."

재형이는 심호흡을 하고 미역 덩어리 하나를 집어 들고 크게 한 입 베어 먹었다. 그 미역 덩어리를 꾸역꾸역 삼키느라 몇 번이고 구역질이 올라왔지만, 스스로 뿌듯함이 차오르는 걸 느끼면서 기분이 나름 좋았다. 그리고 몇 번이고 억지로 되뇌었다. 그래, 성묵이는 20년간의 나의 안락했던 삶을 일깨우고 반성시키기 위해 등장한 천사였다. 그래, 천사!

그날 저녁 식사 시간에는 시중에서 몇백 원에 파는 조그만 요구르트가 처음으로 후식으로 나왔다. 훈련에서 돌아오자마자 성묵이의 내무실 관물대 정리가 제대로 안 되어 있었다고 또 한 차례 얼차려를 받은 성묵이 전후조는 식당 줄 제일 끝에 섰다. 줄 끝에서 재형이는 훈련병들이 요구르트를 받고서 행복해하는 모습을 지켜보았다. 그걸 아껴 마시겠다고 이쑤시개만 한 구멍을 이로 뜯어 만들어서는 쪽쪽 빨고 있는 녀석들, 식판을 들고 가는 중간에 조교 몰래 한입에 털어 넣으며 히히덕거리는 녀석들을 보며 재형이도 행복한 기분을 느꼈다. 그 와중에 어떻게 저 요구르트를 맛있게 먹을까 하고 열심히 고민하던 재형이는 자기 차례가 왔을 때 숨이 콱 막혔다.

"아, 미안. 너 앞에서 끝났다."

조금 전까지만 해도 수북이 쌓여 있는 듯했던 요구르트가 재형이의 바로 앞, 성묵이를 끝으로 동이 난 것이다. 요구르트를 나눠주던 훈련병이 미안하면서도 기가 차다는 표정으로 재형이를 쳐다보며 말했다.

"어떡하냐, 딱 두 개 모자라네. 니 거랑 내 거."

재형이는 먼저 배식을 받고 요구르트를 핥듯이 빨고 있는 성묵이를 돌아보았다. 가슴속에 아픔이 스쳐 지나갔다. 성묵이의 폭력 아닌 폭력은 계속되었고, 성묵이를 통해 인내한다는 것의 의미를 새롭게 되새겼다. 어떤 환경에서도 긍정적 가치를 발견해내려는 것이 인간이라는 아버지의 말을 묵상하며, 성묵이가 자신에게 주는 긍정적 가치를 찾으려고 하는 기간이었다. 그러나 확실한 것은 가장 인생에서 괴로운 시기였다는 사실이었고, 될 수 있으면 성묵이를 피하고 싶었다. 그러나 군대의 전후조는 평생 인생의 전후조처럼 제대 후에도 성묵이는 재형이를 불러대었다.

재형이의 차는 경인고속도로 입구에 들어섰다. 2년 전처럼 그냥 성묵이가 실없이 웃으면서 재형이의 차에 올라타길 바랄 뿐이다. 양치기 소년같이 매번 죽고 싶다고 해도 좋으니까, 이번에도 무사했으면 좋겠다. 오늘 성묵이가 어떻게 되면, 지난 일주일 동안, 아니 지난 2년간, 아니 어쩌면 제대 후 지금까지 바쁘다는 핑계로 성묵이를 피하고 싶었던 재형이에게 너무 큰 상처가 될 것 같았다. 다시 핸드폰을 꺼내서 통화 버튼을 눌렀다. 몇 초 안 되어 성묵이가 받았다.

"아놔, 이 형 왜 이래, 진짜. 미쳤어? 나 괜찮다니까?"

"이 새끼야, 잔말 말고 기다리고 있어. 십 분 뒤에 다시 건다."

핸드폰을 내려놓으며 내비게이션 화면 모서리를 보았다. 성묵이네 동네 인근 전철역을 찍어놓았던 목표 지점까지 34분. 20분으로 단축시킬 수 있을 것 같다. 속도를 더 높이면서 아직 쿵쾅거리는 심장을 가다듬으려고 음악을 틀었다. 벌써 제대한 지 5년이다. 훈련소 때만 해도 6주 뒤, 아니 당장 몇 분 뒤에 무슨 일이 일어날까 두려웠던 게 우스울 정도로 재형이는 남들이 가는 대로 정해진 패턴을 하나하나 모범생처럼 따라갔다. 제대를 하고, 남은 학기를 마치고, 토익 시험을 보고, 취직 준비를 하여 졸업 전에 입사를 하고, 얼마 전 대리로 승진도 했다. 재형이의 삶 속에서는, 그리고 그 주위 사람들의 삶 속에서는 모두가 똑같은 방향을 보며 똑같은 계단을 한 발 한 발 내딛으며 비슷한 서로의 모습을 보며 안도하고는 했다.

군대 가기 전이라고 달랐겠는가. 서울 강남에서 줄곧 살면서 초, 중, 고등학교 내내 대학 입시만을 바라보며 학원을 다니고, 과외 수업을 받고, 독서실에서 공부를 하고, 대학 시험을 보고, 일류대라고 하는 곳에 입학을 하고, 운전 면허도 따고, 학교 축제도 가고, 클럽도 가고, 미팅도 하고, 여자 친구도 사귀고, 해외 어학연수도 갔다 와서, 통상 군대 갈 때가 되니 입대를 한 것이다. 하지만 재형이는 성묵이를 만나고 나서 적잖은 충격을 받았다. 이놈은 인천에서 입에 풀칠만 간신히 하는 구멍가게 아들로 태어나 한국 밖으로, 아니 인천 밖으로는 거의 나가본 적도 없는 녀석이다. 엄마 없이 구박만 받으며 사고뭉치로 살다 고등학교를 간신히 졸업, 2년을 집에서만 빈둥대다가, 군대에 온 녀석이다. 단지 동물 같은 본능으로 살아가는, 자신의 생존만이 유일한 목적인 녀석이다. 차츰 성묵이의 체질이 조금씩 이해가 갔다. 성묵이는 재형이에게 다른 세계에서 살아온 이방인이었다. 한번은 재형이가 S대 학생이라고 말하자 성묵이는 특유의 뚱한 표정으로 손을 내밀어 악수를 하자고 했던 게 기억난다.

"갑자기 웬 악수?"

"나 태어나서 S대생을 눈앞에서 처음 만나본다. 손이나 함 잡아보자. 언제 또 만나보겠냐?"

재형이는 실소했다. 나도 너 같은 녀석은 눈앞에서 처음 만나본다. 소설이나 드라마, 영화 같은 픽션에서 수없이 다양한 인생을 만들어내어 어떤 놀라운 스토리를 짜내어도 신비롭지가 않았지만, 뉴스나 다큐멘터리에서 이런저런 인생을 보면서 저럴 수도 있구나 하고 끄덕여보았지만, 눈앞에서 본 성묵이는 부유한 가정에서 자라나 주위의 기대에 어긋남 없이 살아온 재형이에게는 너무나 신비로운 존재였다. 성묵이는 자신의 먹을 것, 편한 것 외에는 관심이 없는 녀석이었다. 언제나 앞만 바라보고 살아온 재형이로서는 동물적 감각 하나만으로 살아가는 성묵이가 신기하기까지 했다. 하지만 그런 재형이를 보는 성묵이도 늘 투덜거렸다.

"니 같은 게 뭘 알겠냐."

성묵이는 이 피부도 하얗고 샌님 같은, 그런데 은근히 빠릿빠릿하게 군대에도 잘 적응하는 재형이가 오히려 신기했다. 그럴수록 자신은 더 비참했다. 이 녀석은 분명히 백도 좋아서 훈련 기간이 끝나면 좋은 부대에 배치를 받을 것이고, 제대하면 일류대를 졸업해서 돈 잘 벌면서 멋지게 자가용 타면서 잘 살 텐데. 서울하고 인천하고 한 시간 거리인데, 둘은 앞으로 서로 훨씬 더 동떨어진 방향을 향해 각자의 길을 가게 될 것이라는 걸 둘 다 똑같이 느끼고 있었다. 그리고 5년이 지난 지금, 재형이는 서로의 그 예상이 크게 빗겨 가지 않았다는 걸 다시 느끼고 있다.

돈가스 사건 이후로, 성묵이는 조금씩 재형이에게만 마음을 열기 시작했다. 투덜거리는 말투는 변함이 없었지만, 재형이가 농담을 하면 웃으면서 "미친놈." 하고 나름 그로서는 기분 좋은 피드백을 주기도 하고 조금씩 자기 얘기를 하기 시작했다. 하루에도 몇 번씩 성묵이 때문에 울화통이 치미는 재형이였지만, 성묵이에 대해서 조금씩 알아가면서 성묵이를 더 챙기기 시작했다. 아니, 똑같은 상황은 늘 발생했지만 이제 성묵이한테 짜증이 안 생기기 시작했다. 성묵이의 비대한 몸집과 땀에 전 냄새가 가끔은 그를 측은하게 보이게도 했다.

문득 재형이에게 어쭙잖게 왕자와 거지 이야기가 떠오르기도 했다. 제대를 하고 군대를 등지고 나오는 순간 둘이 만약에 각자 서로의 삶을 바꿔서 살아가게 된다면 하는 상상을 해보았었다. 성묵이의 비대하고 비호감스러운 외모는 제외한다 쳐도, 성묵이가 살던 곳에 재형이가 들어가서, 성묵이가 살아왔던 삶의 현실 속에서, 비록 왕자까지는 아니지만 재형이가 누리고 있던 삶, 지금까지 재형이가 이루어놓았던 것들을 다시 얻어낼 수 있을까 하고 상상해보니 가슴이 답답해졌다. 내가 이십몇 년 전에 성묵이로 태어났더라면, 지금의 재형이같이 될 수 있었을까? 아니면 나도 그냥 성묵이가 되었을까? 재형이는 섣불리 성묵이의 삶이 자신보다 불행하다고 단정 짓고 싶지 않았지만, 분명히 성묵이는 불평 불만이 가득한 녀석이었다. '인생 엿 같다.'

라는 말을 입에 달고 다녔고, '넌 나랑 다르잖아 새끼야!' 라고 몇 번이고 재형이를 자신과는 다른 부류로 먼저 밀어내던 놈이었다. 반대로 성묵이가 재형이로 태어났더라면, 좀 덜 불만스럽고, 덜 퉁명스럽고, 덜 비호감이었을까. 어쨌든 지금 훈련소에 있는 이 순간만큼은 전후조가 된 둘은 수족과 같이 움직여야 했고, 하루하루 같은 운명을 공유하고 있었다.

미친개 유 상병이 밤샘 당직 근무를 서는 날이었다. 재형이의 학벌을 서류에서 확인한 유 상병은 며칠 전부터 취침 점호가 끝나면 토익 교재를 들고 와서는 재형이 옆에 벌러덩 누우며 성묵이한테 말하곤 했다.

"야, 니 한 시간 동안만 어디 찌그러져 있다 온나."

재형이는 베개에 머리를 대자마자 눈이 감길 것 같은 피곤함에도 하는 수 없이 유 상병한테 영어를 가르쳐주었고, 그날은 유 상병이 당직이라고 아예 훈련병 내무실 복도 한가운데 있는 당직 책상 앞으로 끌려가 수업을 해주고 있었다. 한 시간 정도 수업을 하고 나자 유 상병이 책을 덮으며 시계를 흘끗 보았다. 자정을 조금 넘기고 있었다. 다른 훈련병들은 10시 넘어서 점호가 끝나면 다 취침을 하고 있는데 자기 때문에 아직 잠을 못 자고 있는 재형이가 그래도 불쌍했는지 멋쩍은 듯 말을 건넸다.

"고생했다, 새끼야. 니 배 고프제?"

"아닙니다!"

"아니긴, 지랄. 기다려봐라."

유 상병이 조교 내무실로 들어가더니 잠시 후 다시 나왔다. 재형이는 눈을 의심했다. 팥빙수 아이스크림, 컵라면, 그리고 건빵 한 봉지가 유 상병 손에 들려 있었다. 심장이 두근거리면서 막 흥분이 되었다.

"니 이거, 여기서 다 묵고 가라. 갖고 가진 못한다."

저 품목을 두 세트 더 갖다 줘도 순식간에 먹을 수 있을 것 같았다.

"니도 자대 가서 썩어봐라. 남는 거 공부밖에 없다."라고 중얼거리며 컵라면 포장을 뜯어 책상 옆 정수기 온수를 붓는 유 상병을 보면서, 훈련병들 잡을 땐 미친개 같긴 하지만 그래도 사람 같은 구석이 있구나 하고 재형이는 몰래 미소를 지었다. 손수 컵라면에 물까지 부어준 유 상병은 의자에 앉아 두 다리를 책상 위로 뻗었다.

"빨리 먹어라, 인마."

재형이는 잠시 고민을 하다가 입을 열었다.

"너무 감사합니다만, 부탁 하나 드려도 되겠습니까?"

"뭐 인마, 라면에 계란도 풀어줄까?"

"아닙니다. 저…… 전후조 27번 훈련병이랑 같이 먹었으면 합니다만?"

"뭐? 그 새끼랑?"

놀란 눈으로 유 상병이 재형이를 쳐다보았다. 언젠가 오리걸음 얼차려를 받고 있던 세 명에게 다가와 "니들은 지지리 운도 나빠. 저런 새끼랑 전후조가 돼가지고…….”라고 혀를 찼던 유 상병이었다. 재형이는 그저 눈을 내리깔고 책상 모서리만 바라보았다.

“이 새끼, 보기보다 애틋하네. 존나 눈물이 나온다. 미친놈. 니 맘대로 하그라.”

재형이는 “감사합니다!”라고 외치고, 자기 내무실로 뛰어가 성묵이를 깨워 데려왔다. 어리둥절한 성묵이는 잔뜩 겁에 질려서 쭈뼛쭈뼛 유 상병 책상으로 다가왔다.

“니 오늘 천국 가는 날이다. 전후조 잘 둬가. 빨리 처묵고 디비 자그라.”

유 상병은 책상 위에 담배를 집어 들고 복도를 걸어 나갔다.

“야, 이게 뭐야?”

“빨리 처먹어. 라면 불기 전에.”

건빵을 입 안 가득 쑤셔 넣고, 라면 국물을 들이키면서 녹여 먹던 그 맛. 그 맛은 천국이었다. 그날 이후 성묵이는 재형이의 기분을 맞추려고 노력하는 모습을 보였다. 재형이는 기대하지도 않던 성묵이가 달라지는 모습만으로도 성묵이를 그냥 그대로 좋아할 수 있었다.

열어놓은 선루프를 통해 차가운 밤공기가 재형이를 감싸고 돌자, 일주일 전에 성묵이에게 전화를 받았던 순간이 또렷하게 기억이 나기 시작했다. 자정이 가까운 시간에 셔츠 맨 위 단추를 열어놓고 넥타이를 헐렁하게 풀어놓은 재형이는 런던 거래처와 통화를 하며 진땀을 흘리고 있었다. 재형이의 직속 상사인 팀장과 또 그 위의 부장은 각자 자리에 앉아 재형이의 통화 내용을 유심히 듣고 있었다. 두 시간 전, 저녁도 거른 채 야근을 하던 재형이가 자리를 정리하고 퇴근하려고 마음먹는 순간이었다. 거래처에서 이메일이 한 통 도착했다. 그냥 컴퓨터를 끄고 갈까, 이메일을 확인해볼까 잠깐 고민하다가 이메일을 열어본 재형이는 순간 얼어붙었다. 지난 1년간 공들였던 해외 거래처였다. 그런데 계약 성사 직전에 새로운 조건을 계약서에 삽입하겠다고 그냥 일방적으로 통보를 해온 것이다. 재형이의 회사로서는 매우 불리한 조건이었다. 사전에 얘기된 적도 없는 사항을 이메일로 통보받은 재형이는 머리가 하얘지면서 바로 옆 자리의 팀장에게 보고했다. 팀장은 또 부장에게 보고를 하고, 부장은 영업차 회식 중인 상무에게 전화를 걸어 보고를 했다. 상무는 짤막하게 지시를 하고 전화를 끊었다고 한다.

"내일까지 해결해놔."

한 시간 동안의 대책 회의를 마친 재형이는 바로 거래처에 전화를 걸었다. 조심스럽게 이유를 물었다. 거래처 담당자도 난처한 듯한 목소리로 자기도 상부 지시라서 어쩔 수가 없다는 얘기를 했다. 재형이는 대책 회의 때 부장이 지시한 대로 차근차근 회사 입장을 전하고 이대로 진행될 때 어떤 문제가 발생할 수 있는지를 자세히 설명했다. 한참을 통화하고 나서야, 거래처 담당자는 잘 알겠으니 자신도 상부에 보고를 다시 하고 연락을 주겠다면서 전화를 끊었다.

"이 새끼들 미친 거 아냐? 다 된 밥 가지고 왜 지랄들인데?"

폭발한 부장이 자기 자리에서 고래고래 소리를 지르고 있었다. 전화를 끊고 나서 멍하니 일어서 있는 재형이에게 팀장이 부장에게 가서 통화 내용을 보고하라고 고갯짓을 했다. 재형이가 부장 자리로 걸음을 옮기려는 순간 재형이의 핸드폰이 울렸다. 성묵이였다.

"어, 성묵아?"

"재형이 형! 형 보고 싶어……. 죽을 거 같애!"

술 취한 목소리가 핸드폰 밖으로까지 삐져나왔다. 당황한 재형이가 재빨리 말을 끊었다.

"야, 내가 나중에 전화할게……."

이어서 뭐라고 성묵이가 말을 하는 것 같은데 급하게 전화를 끊은 재형이는 부장에게 걸어가 자초지종을 설명했다. 설명을 하는 도중 또 핸드폰이 울렸다. 부장이 짜증이 받친 얼굴로 재형이를 바라보았다. 재형이는 바로 핸드폰을 꺼내어 통화 거절 버튼을 눌렀다. 자리로 돌아와 조마조마한 마음으로 컴퓨터 모니터만 바라보면서 기다린 지 한 시간 후 거래처 담당자에게 다시 검토 중이니 며칠 더 시간을 달라는 이메일을 받고서야 사무실을 나섰다. 계약이 틀어질까 봐 속이 꽉 막혀서 답답해 미칠 지경이었다. 그러다 성묵이의 전화가 떠올라 핸드폰을 꺼냈다. 갑자기 짜증이 치밀어 올랐다. 이 자식은 타이밍도 항상 죽여주는구만. 하여간 도움 안 되는 놈. 핸드폰을 그냥 다시 주머니에 넣었다.

일주일 전 그 순간의 기억이 재형이의 속을 다시 타들어가게 했다. 그때 이미 성묵이는 심각한 상태에서 재형이에게 전화를 했던 게 분명하다. 그때는 성묵이가 재형이가 보고 싶어서 죽겠다고 한 건지, 죽을 거 같애, 라고 한 건지 긴가민가하다가 생각하기 귀찮아서 신경을 꺼버렸었다. 이쯤 되니 그날 성묵이가 정말 위험한 상태라는 걸 왜 몰랐을까 싶다. 그날, 그런 긴급한 일이 아니었으면 성묵이랑 제대로 통화를 했더라면. 아니, 이메일 확인을 안 하고 그냥 집에 가는 길에 전화를 받았더라면. 아니, 두 번째 전화가 울릴 때 부장이 짜증스럽게 쳐다보지만 않았더라면. 아니, 퇴근하는 길에 다시 성묵이에게 바로 전화를 걸어주었더라면. 아니, 그 다음 날에라도 전화를 걸어주었더라면. 아니 지난 일주일 동안에 한 번이라도 문자라도 보내보았더라면. 친구도 없다던 성묵이가 오죽했으면 재형이를 찾으며 의지해보려고 했을까. 그 마음을 왜 헤아리지 않았던 것일까. 재형이는 얼마든지 자신이 바꿀 수 있었던 일을 넋 놓고 있다가 그르치게 만든 것 같아 자신에게 참을 수 없는 분노가 치밀었다. 그러나 '아직 괜찮아.'라고 중얼거리며 정신을 차린 재형이는 내비게이션을 확인했다. 목적지까지 11분. 다급하게 다시 핸드폰을 꺼내어 성묵이에게 전화를 걸었다. 한 번, 두 번 신호음이 울리는데, 이번에는 연결이 안 된다는 음성 메시지가 나올 때까지 성묵이는 받지를 않았다. 눈앞이 갑자기 아득해지며 소름이 확 돋았다. 다시 걸었다. 받지 않는다. 재형이는 액셀을 더 밟았다. 속도 감시 카메라 경고음이 내비게이션에서 울리고 있었지만, 들리지 않았다. 속도 계기판 바늘은 시속 160킬로를 넘어가고 있었다.

성묵이가 전화를 안 받자, 10초 동안 고민하던 재형이는 결심을 한 듯, 핸드폰 번호판에 숫자를 꾹꾹 눌렀다. 1. 1. 9. 살짝 재형이가 망설이다가 통화 버튼을 누르려는 순간, 전화가 왔다. 성묵이다!

"이 미친놈아! 죽을래? 전화 받으랬지!"

아무 말이 없다.

"야! 김성묵!"

"형……."

재형이는 목소리를 부드럽게 가다듬고 달래듯이 대답했다.

"그래, 성묵아. 나 거의 다 왔어. 나랑 만나서 진짜 잠깐만 얘기 좀 하자."

"알았어."

재형이는 턱까지 차올랐던 무언가가 슬며시 내려가는 걸 느끼면서, 조금 안심이 되었다. 일단 불을 잠시 끈 것 같기는 하다. 재형이는 비로소 셔츠가 흠뻑 젖어 있다는 사실을 깨달았다. 고속도로 출구를 빠져나가, 시내로 들어선 재형이는 웬만한 신호는 다 무시하며 달렸다. 내비게이션에 찍어놓은 전철역에 거의 다다르자, 재형이는 2년 전 기억을 더듬어 성묵이를 내려줬던 동네 어귀 슈퍼를 찾아 헤매기 시작했다. 내비게이션에도 안 찍히는 성묵이네 슈퍼를 찾느라 동네 골목 사이사이를 두세 바퀴쯤 돌아서야 드디어 기억에 어렴풋이 남아 있던 길목을 찾아냈다. 저기서 코너로 돌면 바로 그 슈퍼였지, 라고 생각하면서 코너를 돌아서는 순간 재형이는 차를 멈췄다. 슈퍼가 있어야 할 자리에는 편의점이 들어서 있었고, 간판과 매장에 환하게 불이 켜져 있었다. 매장 앞에는 파라솔이 붙어 있는 플라스틱 테이블이 하나 놓여 있었고, 거기에는 한 쌍의 남녀가 앉아 맥주를 마시고 있었다. 재형이는 차에서 내렸다. 다시 심장이 쿵쾅거리기 시작했다. 핸드폰을 으스러지도록 움켜잡으며 편의점 앞으로 걸어가면서 다리가 휘청거리는 걸 느꼈다. '어떻게 된 거지?' 라고 중얼거리며 재형이가 다시 성묵이에게 전화를 하기 위해 손을 올리는 순간, 파라솔 테이블에 앉아 있던 커플 중 남자가 일어나며 재형이에게 손을 번쩍 들었다. "형!"

훈련소를 퇴소하던 날이었다. 훈련병들은 시원섭섭한 듯 서로 악수를 하기도 하고, 부둥켜안기도 하면서 작별의 시간을 보냈다. 마지막 이별의 시간, 모두가 막사 앞에서 개인 지급 물품이 가득 찬 군용 더플백을 메고 서 있었고, 소대장이 자신의 이름을 호명하면 훈련병들은 자신이 가게 될 자대 혹은 후반기 교육대의 인솔자를 따라 하나둘씩 대열을 이탈하기 시작했다. 조교들은 떠나는 훈련병들과 일일이 악수를 하며 격려를 해주었고 미친개 유 상병도 부드러운 웃음을 지으면서 훈련병들의 어깨를 감싸고 작별 인사를 했다.

"고생했다, 이 새끼들."

유독 재형이의 앞에 서 있는 성묵이는 대열 정면을 향해 서서 고개를 숙인 채 땅만 쳐다보고 있었다. 재형이는 가볍게 성묵이의 뒤통수를 쳤다.

"인마. 슬프냐?"

말이 없다. 보통 같았으면 "아 왜, 새끼야?" 하고 심통 난 표정으로 돌아볼 녀석이 계속 땅만 쳐다보고 있다. 재형이는 한 발짝 다가가 한 손으로 성묵이의 어깨를 감쌌다.

"새끼야, 인사나 똑바로 하고 가. 적어준 연락처 잘 챙겼지?"

고개를 숙인 성묵이의 뺨을 타고 눈물이 한 줄기 흘러내리는 게 보였다.

"형, 고마웠어."

재형이 속에서 뜨거운 게 확 복받쳐 올라왔다.

"형? 이 새끼 드디어 사람 됐네."

재형이는 애써 울음을 삼키면서 성묵이의 뒤통수를 한 대 또 쳤다.

"근데, 형. 나 존나 무섭다."

그 순간 소대장이 호명했다.

"자, 다음. 박격포. 18번 김윤호, 27번 김성묵, 34번 김광수……."

손을 크게 들어 올리며 재형이를 부른 사람은 바로 성묵이였다. 성묵이에게 다가간 재형이는 다리에 힘이 풀리면서 쓰러지듯 의자에 털썩 앉았다. 성묵이는 키득키득거리며 재형이의 어깨를 감싸 안았다.

"형, 이렇게 늦은 시간에 진짜 오면 어떡해? 내일 출근 안 해?"

"너 죽으려던 거 아니었어?"

2초간 정적이 흐르다가 성묵이와 그 옆에 같이 앉아 있던 여자는 동시에 웃음을 터뜨렸다.

"형, 형 생각나서 연락한 거야. 지난주에 형한테 오랜만에 술이나 먹자고 전화했는데 바쁜 것 같길래, 문자로 보내본 건데. 난 그냥 장난으로 그렇게 보내놓으면 형이 곧 전화할 줄 알고 간만에 통화나 할까 했는데 그렇게 오해하고 달려올 줄은 몰랐지! 형이 전화받자마자 오해하면서 소리 지르니까 갑자기 재밌더라고. 나야 형이 바로 온다니까 반가워서 여자 친구한테 인사도 시켜줄 겸 그냥 오게 내비뒀어. 푸하하."

재형이는 머리가 빙빙 돌았다. 아직도 웃음을 못 참고, 아예 눈물까지 글썽거리며 웃는 성묵이에게 재형이가 쏘아붙였다.

"아까 울먹거리고 흐느끼고 한 건 연기였냐?"

"아니, 웃겨서 웃음 참느라 킥킥댔던 건데."

"너 나한테 죽어볼래?"

안정을 찾은 재형이는 성묵이와 깊어지는 새벽 내내 지난 얘기를 나누었다. 성묵이는 지난 2년 동안 죽을힘을 다해 열심히 살았단다. 재형이와 동해에 갔다 온 이후로, 성묵이는 이제는 자신도 그렇게 살아서는 안 되겠다고 생각하고 재형이가 시키는 대로 누구 원망 않고 처한 환경 속에서도 긍정적으로 생각하려고 했단다. 그러나 습관은 무서워 처음에는 아침에 일찍 일어난다는 자체가 힘들었고, 일을 위해 술을 먹지 말고 자야 한다는 것도 힘들었다고 한다. 하루를 참자, 이틀을 참자, 그래야 재형이 형을 만날 수 있다고 속으로 다짐하며 한 달을 지내고 두 달을 지내는 동안 조금씩 스스로에 대해 자신이 생겼단다.

그래서 처음에는 울며 겨자 먹기로 막노동 일용직을 찾아 다녔다. 그러던 어느 날 노동 고용 센터를 통해 찾아간 일터는 건물 공사장이었다. 기초 공사를 위해 우선 벽돌, 시멘트를 트럭으로 운반, 쌓는 작업부터 시작이었다. 거기에는 우즈베키스탄인, 중국인 조선족, 필리핀인 등 다른 나라에서 온 일꾼들이 많았다. 노동직으로 온 한국 사람은 성묵이 혼자였다. 그때 성묵이는 충격을 받았다. 성묵이가 출근 첫 날이었다. 시멘트를 2층 공사 현장으로 나르기 위해 발길을 떼는 순간 누가 말을 붙였다.

"어느 나라에서 왔어요?"

"……?"

말은 알아들을 수 있으나 억양과 발음이 이상한 외국인이었다. 시멘트를 어깨에 멘 순간 땀이 얼굴에 쏟아지는 성묵이는 당혹스러워 아무 말 없이 발걸음을 옮겼다. 첫여름의 더위가 숨을 꽉꽉 막히게 했다. 같이 말을 나누다간 쓰러질 것 같았다. 성묵이가 말을 않자 외국인은 앞질러 사라져버렸다. 키가 큰 외국인은 마치 시멘트를 메지 않고 걷는 것처럼 성큼성큼 걸어갔다. 성묵이가 몇 번의 넘어질 뻔한 고비를 넘겨 겨우 2층 공사장에 도착했을 때, 말을 걸었던 외국인은 이미 두 번째 시멘트, 그것도 두 포대의 시멘트를 한번에 들고 들어왔다. 쏟아지는 땀을 추스르며 성묵이가 공사장 골조에 퍼져 앉아 있자, 그자는 또 성묵에게 말을 붙였다.

"너무 힘들죠? 이런 거 처음이요?"

외국인식 한국어지만 다 알아들을 수 있었다. 성묵이는 땀 한 방울 흘리지 않는 그 외국인을 부러워하며 얼굴을 쳐다보았다. 중동계 외국인이었다. 잘생긴 외모에 인상도 좋았다. 성묵이는 이런 힘 있는 외국인 속에서 버틸 수 있을지 걱정이 되었다. 공사장에서 만나는 사람마다 성묵이에게 '어느 나라에서 왔냐?'고 질문하는 것은 한국인 자신을 마치 외계인처럼 만드는 사건이었다.

그날 끝까지 다른 사람들보다 턱없이 모자라는 노동량이었지만, 성묵이는 성실로 임했다. 자신이 한국인이라는, 자국인이라는 긍지를 보여주고 싶었다. 노동 시간이 끝나자 간이 화장실을 청소하고 공사장에 흩어진 지저분한 것을 모두 정리했다. 자신이 버틸 수 있는 길을 찾아야 했다. 외국인들과 함께 몰려가 간이식당에서 저녁을 먹으려 하자, 또 누군가 어느 나라에서 왔느냐고 물었다. 성묵이는 난처했다. 순두부찌개를 입에 넣으며 웃을 수밖에 없었다. 그들 중에는 결혼한 사람도 있었다. 그러기를 몇 달, 막노동 경험이 쌓이면서, 힘든 노동 가운데 그들과 나름 유쾌하게 지내는 방법을 알게 되었다. 성묵이는 자신의 집 슈퍼에서 가져온 커피 사탕, 초콜릿 등으로 그들의 피로를 풀어주었다. 그들은 대학도 묻지 않았다. 그들은 또 성묵이가 집이 있고 부모와 함께 같은 나라에서 살고 있는 것을 무척 부러워했다. 성묵이는 자신이 가진 모든 것이 그렇게 빛나게 보였던 적은 없었다고 한다. 성묵이는 그들 속에서 함께 있는 것이 마음이 편하다는 것을 느꼈다. 그들은 성묵이가 이 나라 사람이라는 것을 알고는 더욱더 극진히 대해주었다. 성묵이는 자신이 처음으로 이 나라에 태어났다는 사실이 행복했다.

그러다 다른 아르바이트 자리에도 오래 견디는 법을 나름 터득, 일주일 일하다가 잘리던 성묵이가 나중에는 몇 달씩 일을 계속하게 되면서 조금씩 돈도 모였다고 한다. 지난 2년간 성묵이 혼자서 500만 원이라는 돈을 태어나서 처음으로 모았다고 한다. 그리고 몇 달 전 큰맘 먹고 그 돈을 아버지께 드렸더니, 아버지는 눈물을 터뜨리셨다고 한다. 성묵이 아버지는 자신이 모으신 돈에다가 얼마 안 되지만 성묵이가 벌어 온 500만 원을 얹고 은행 융자까지 받아서, 슈퍼를 편의점으로 바꾸고, 성묵이에게 운영을 맡기셨다고 한다. 성묵이가 편의점을 맡게 된 지 이제 한 달. 일주일 전에 성묵이는 문득 재형이에게 이렇게 나아진 자신의 모습을 보여주고 싶어서 전화를 했었다. 그리고 오늘은, 1년 전부터 사귀어온 여자 친구가 편의점 일을 도와주느라 밤늦게까지 같이 있다가 호젓하게 파라솔 테이블에서 맥주를 마시고 있었다. 그러던 중 여자 친구에게 소개해주고 싶은 사람이 있다며 재형이에게 문자를 보냈고, 재형이는 거짓말같이 그들에게 30분 만에 달려와주었던 것이다.

성묵이 얘기를 실컷 들어준 재형이는 실소를 하며 욕을 했다.

"젠장, 내가 이런 사기꾼 때문에 괜히 식겁했네. 이 새끼가 2년 전에 죽어버리겠다고 사기만 안 쳤어도."

웃음을 머금고 재형이를 바라보던 성묵이가 순간 표정이 진지해졌다.

"형, 나 그때는 진짜 죽으려고 했었어. 형을 그날 안 만났더라면, 형이 억지 감사 어쩌고 하지 않았더라면, 난 그냥 떠났어."

재형이는 얼굴이 뜨거워졌다. 적어도 지난 2년간은, 재형이보다 성묵이가 멋있게 살았던 것 같다. 바쁜 회사 생활에 치이면서, 업무에 시달리면서 온갖 불평을 늘어놓으며 답답한 마음을 떨쳐버리지 못하며 살아온 재형이의 지난 2년을, 성묵이는 재형이가 교과서 읽듯이 뱉어낸 말에 힘을 얻고 살아온 것이다.

서서히 동이 트려고 하늘 색이 바뀔 무렵, 재형이는 자리에서 일어났다.

"간다. 다음엔 진짜로 죽을 때 연락해."

성묵이 커플은 또 깔깔거리며 웃음을 터뜨렸다. 인사를 하고 재형이가 차에 가서 시동을 거는데, 성묵이가 편의점 안에 들어갔다 나오더니 차로 뛰어왔다. 그리고 조수석 문을 열더니 묵직해 보이는 검은 비닐봉투를 자리에 올려놓았다.

"형, 고마워."

경인고속도로에 들어섰다. 졸린 눈을 비비던 재형이가 조수석에 놓인 비닐봉투를 열어젖혔다. 비타민 드링크 한 박스가 들어 있었다. 피식 웃음이 나왔다. '그때 그 돈가스 한 덩어리가 수익률이 좋군.' 그리고 그 옆에는 장에 좋다는 고급 요거트 다섯 개짜리 묶음 하나가 얌전히 놓여 있었다.

한 잔의 에스프레소

한 잔의 에스프레소

■

나는 그녀를 S라고 불렀다. 지금 생각해보면, 딱히 이름을 알 생각도 없었거니와 설령 알았다고 해도 어떤 것이 달라질 수 있을까 하는 기분이 든다. 카페의 문에 걸린 'OPEN' 표시를 뒤집어두고 나는 구석진 공간의 가장 끄트머리 의자에 몸을 기댔다.

S를 처음 만난 건 3개월 전의 일이었다. 늦가을이라 사람들의 외투가 도톰해질 무렵이었다. 그녀는 금방이라도 실이 풀려버릴 것 같은 낡아빠진 스웨터를 입고 있었다. 닫았다는 표시를 읽지 않은 듯 거침없이 카페의 문을 열었다. 낡은 스웨터를 입었는데도 그녀가 카페 문을 열고 걸어 들어올 때 마치 배우들이 레드 카펫 위를 걷는 것처럼 주위가 휘황찬란하게 빛을 동반하고 있었다. 나는 일어서서 문을 닫았다고 말하려다 그녀의 거침없는 태도에 그만 도로 앉았다. 나는 마

치 외계인이 비행 물체에서 내리는 걸 보듯 어리둥절한 기분으로 그녀에게 넋이 빠졌다.

S는 그리 넓지 않은 카페를 한참 동안 서성이다가, 맞은편 건물에서 비치는 네온사인의 빛에 그녀의 전신이 빨려 들어가듯 사라져버리고 카페 바닥의 그림자만 그녀의 움직임을 보여주는 창가에 자리를 잡았다. 왜 그랬는지는 아직도 잘 모르겠지만, 나는 그날따라 분위기에 어울리지 않게 콧등이 시큰해졌다. 그녀의 뛰어난 미모와 어울리지 않는 낡아빠진 스웨터 때문인지 그녀가 카페에 있는 동안 내내 애잔하게 가슴이 아렸다. 얼마 후에 S는 어깨를 잔뜩 움츠리고 계산대 앞으로 걸어왔다.

"에스프레소요."

S는 말을 끝마치고 조가비처럼 입술을 꼭 다물었다. 카운터 위에 미리 준비한 듯 손을 펼쳐보였다. 천 원짜리 지폐 세 장과 백 원짜리 동전 일곱 개가 올라왔다. 또 한 번 콧등이 시큰해졌다. 그녀는 곧이어 영수증을 달라고 말했고, 나는 살짝 미소를 지으며 영수증을 건넸다. 영수증을 받아 자리로 돌아가는 그녀의 모습을 보면서 그녀가 유령은 아닐까 하는 엉뚱한 생각을 했다. 왜 그런 엉뚱한 생각을 했는지 자신도 알 수 없었다.

S는 그날로부터 매일 같은 시간에 맞춰 카페의 문을 밀고 들어왔다. 나는 아예 그 시간이면 그녀가 카페로 들어서기를 기다렸다. 그러나 그녀는 '에스프레소요'라는 말 외에는 한마디의 말도 붙이지 않았

다. 항상 같은 자리에 앉았고, 에스프레소를 시켰으며 나는 잊지 않고 영수증을 챙겨주었다. 아무도 오지 않는 마감 시간이라 그녀의 일거수일투족에 신경이 쓰였다. 그맘때쯤부터 나는 S에게 두 가지 습관이 있다는 것을 알게 되었다. 하나는 영수증 뒤편에 그날 전화해야 할 사람들의 목록을 적는다는 것이었고, 다른 하나는 카페에서 나갈 때까지 전화기를 놓지 않는다는 것이었다. 그런데 분명한 그녀의 자취에도 계속적으로 혹 유령이 아닐까라는 생각이 머리에서 떠나지 않았다. 그녀가 실제로 전화를 걸 때조차 앉은 맞은편 네온사인 때문에 그녀의 목소리만 들릴 뿐 그녀의 모습은 보였다가 보이지 않았다가 했다. 그래서 카운터에서 억지로 목을 뒤로 젖혀야만 그녀를 확인할 수 있었다.

그녀는 전화로 누군가에게 하루의 일과를 시시콜콜 주고받았다. 나는 그녀의 대화를 엿들으면서 그날의 그녀의 기분이나 심리에 대해 이해하려고 부단히 애를 썼다. 그러나 대화는 끊겼다 이어졌다 하며 대충 어떤 때는 친구 같기도 하고 어떤 때는 가족 같기도, 남자 친구 같기도 한 상대에게 언제나 똑같은 톤으로 비슷한 이야기를 주절주절 늘어놓았다. 이따금씩 그녀의 이야기를 엿듣는다는 찝찝한 감정이 들기도 했지만 그럴 때마다 카페가 한적한 까닭이라며 스스로를 합리화했던 것 같다. 그녀가 떠난 테이블 위에는 항상 영수증이 빳빳하게 펼쳐져 있었다. 두꺼운 붉은색의 펜으로 몇몇 남자들의 이름이 적혀져 있었고, 여자로 보이는 이름 옆에는 직책이나 나이가 쓰여 있었다.

S가 꽤나 많은 사람을 상대하는 보험 회사 영업 사원이 아닌가 하는 생각이 들기도 했다.

지금까지 카페를 운영하면서 한 사람을 그렇게 오랫동안 관찰한 적은 없었다. 그것은 10시 이전까지는 무수한 사람들이 무리 지어 혹은 두세 명이 오기 때문에 그중 한 사람을 관찰할 수 있는 여건이 되지 않는다. 최근에는 혼자 미니 노트북을 가져와서 커피 한 잔 시켜놓고 작업을 하는지 몇 시간씩 있다 가는 손님도 있긴 있다. 그러나 그 사람들은 다른 손님들과 함께 있는 손님 중의 한 사람일 뿐이다. 이렇게 문 닫을 시간에 오롯이 혼자 와서 한두 시간 이상 전화 통화를 이어가다 일어나는 손님은 없었다. 마치 S는 이 카페에 전화 통화를 하기 위해 온 손님 같았다. 그 전화 내용은 내가 들으려고 노력하지 않아도 저절로 들렸다. 물론 가끔 바깥을 지나가는 차에서 들려오는 굉음 때문에 들리지 않을 때도 있지만 전화 내용이라는 게 일상적인 대화라 한두 마디 들리지 않는다고 해도 내용은 이어졌다. 그래서 마치 나 자신이 그녀의 일상을 훤히 꿰고 있는 것 같았다.

이 일에 재미를 붙이게 된 건 온전히 나의 잘못이 아니다. S에게도 일말의 책임이 있다. 그녀가 남겨두고 간 영수증은 매일 그녀를 체크하도록 놓고 간 숙제처럼 느껴졌다. 그녀는 나를 훈련시키는 강아지 주인 같았다. 그녀가 하루도 오지 않는 날이 없는데도 그녀가 '오늘도 올까' 하는 생각으로 얼굴에 열이 오르기 시작한다. 그녀가 올 시간이 되면 카페 바깥을 1초마다 보게 된다. 그 이후 모든 관심사는 그녀에게 집중되었다. 길거리를 가다가도 깜짝깜짝 놀랐다. 지나가는 여자들이 다 그녀로 생각되었다. 그녀가 온 이후 마치 그렇게 약속이라도 한 듯 그 시간이면 카페에는 손님들의 발이 뚝 끊겼다. 하기야 그 늦은 시간에 카페에 올 손님이 누가 있겠는가. 오늘은 발끝까지 질질 끌릴 정도의 하얀 목도리를 두르고 소파에 앉아 누군가와 전화를 했다.

"날씨가 쌀쌀해져서 네 옷도 하나 샀어. 따뜻한 스웨터인데 잘 어울릴 것 같아서……."

'남자일까?' 하는 생각이 잠깐 스쳤다가 별일 아닌 듯이 고개를 들어 창가를 바라보았다. 창가에 비친 S의 얼굴에는 엷은 미소가 이따금씩 번졌다. 나는 그런 그녀를 보면서 기관지 깊숙이까지 담배 연기를 빨아들이고 싶어졌다. 얼마 후, 그녀는 의자를 밀어 넣고 일어섰다. 아무것도 손에 들지 않은 채로 그녀가 빠져나가자 문이 닫혔다. 그 틈을 비집고 들어오는 바람에 몸을 움츠렸다. 나는 S가 저 멀리 모퉁이를 돌아 점이 되어 보이지 않을 때까지 그녀의 그림자를 눈으로 따라 걸었다.

S가 자리를 떠나고 어김없이 그녀의 테이블에는 영수증만 덩그러니 놓여 있었다. 나는 또 습관처럼 영수증을 들어 오늘의 통화 목록을 훑어보았다. 처음 보는 낯선 이름들……. S의 통화 목록의 공통점이 있다면, 매일 전화를 하는 사람들 중에 겹치는 이름은 단 한 명도 없다는 것이다.

그 후로 또 얼마가 지났다. 나는 S가 나의 번호를 알고 있을지도 모른다는 생각이 들었다. 그녀는 평소와 다르지 않게 에스프레소를 주문했다. 그러고는 주위를 몇 번 둘러보더니 나에게 물었다.

"와이파이 비밀번호 좀 알 수 있을까요?"

나는 순간 가슴이 툭 내려앉으며 말을 할 수 없었다. '하는 수 없이……' 속으로 되뇌며 눈짓으로 S에게 비밀번호가 적힌 곳을 알려주었다. 그녀는 내 눈동자가 잠시 머무르는 곳을 바라보고는 고개를 까딱하고 고마움을 표했다. 그때 나는 와이파이의 비밀번호가 내 전화번호라는 것 때문에 얼굴에 계속 열이 올랐다. 와이파이의 비밀번호를 보고 연락을 취하려던 여자들도 더러 있었다. 나는 S가 그들처럼 나의 전화번호를 묻고 있는 것이 아닌가 하는 생각이 들었다. 어쩌면 그때부터 그녀가 연락해 오기를 바라고 있었는지도 모르겠다. 나의 예상은 보기 좋게 빗나갔다. 혹시나 하고 새벽에 걸려오는 전화에도 귀를 기울였지만 번번이 속는 스팸 전화에 전화기를 집어 던졌다. 그러다가도 문득 S에게 말을 걸어볼까 하는 생각에 사로잡혀 에스프레소 한 잔을 더 서비스했지만, 이름 모를 어떤 남자와 전화로 대화를 이어나갈 뿐 눈조차 마주치지 않았다.

그날 그녀가 나간 후 마무리를 하고 차를 끌고 큰 거리로 나왔다. 카페 옆 건물에 기대어 서서 추운지 부르르 떨고 있는 S를 보았다. 실몽당이가 부풀어 오른 도톰한 원피스를 입었는데도 그녀가 발가숭이처럼 보였다. 나는 창문을 내리고 그녀를 태워줄까? 하는 생각이 들었다가 맞은편에서 걸어오고 있는 검은 정장을 빼입은 남자에게로 시선을 옮겼다. 하얗게 센 머리, 콧등이 겨우 받치고 있는 듯한 검은 뿔테 안경을 쓴 남자에게로 그녀는 서서히 다가갔다. 그녀는 그 남자의 팔에 자연스럽게 자신의 팔을 감았다. 양쪽 입꼬리를 살짝 말아 올리며 살가운 미소를 짓기도 하였고, 다정한 듯 고개를 어깨에 기대는 모습이 자연스러웠다. 될 수 있으면 천천히 운전을 하며 그들을 뒤따라갔다. 그녀가 그 시간에 카페에 오는 것은 그 남자를 기다리기 위한 것인가 하는 생각이 들었다. 10분쯤 지났을까 네거리에서 직진을 해야 하는 지점에서 그들은 건널목을 지나 왼쪽으로 꺾어졌다. 순간 망설였지만 내처 달려 집으로 왔다.

오피스텔에서 샤워를 할 때까지도 그 영상은 지워지지 않았다. 샤워를 끝내고 냉장고에서 소주와 멸치를 가져와 식탁에 앉았다. S는 키 165센티 정도에 절세미인이라 할 정도로 미모가 뛰어났다. 거기에 비해 허술하고 낡은 스웨터를 주로 입었는데 그것은 자신의 미모를 숨기려는 의도같이 보였다. 그녀가 카페로 온 이후 마음이 그녀에게 쏠리는 것은 자신의 미모를 전혀 개의치 않는 그녀의 독특한 행동 때문이었다. 밤새 검은 독수리가 작은 메추리알을 채가기 위해 하늘에서 내려왔다 다시 오르기를 반복한 끝에 결국 먹지도 못하고 메추리알이 깨지는 꿈을 꿨다.

■■

전에 살던 아파트에서는 아침에 눈을 떴을 때 느껴지는 적막감이 너무나 싫었다. 때때로 차가운 바람이 이불을 파고들면 온몸에 소름이 돋으며 한기를 느꼈다. '아저씨, 꼭 일찍 나가야 해요? 아침에 눈 뜰 때 아무도 없으면 마치 이 집이 덩어리째로 괴물로 변해 나를 삼킬 것 같단 말이에요.' 의식이 들면서 항상 혼자 맞아야 하는 아침이 S에게는 힘겨웠다. 그래서 언제나 태양이 웬만큼 하늘에서 이글거려 침대에서 더 이상 버틸 수 없을 때까지 버티다 침대에서 나왔다. '너는 어느 나라 공주였는데, 어느 날 달리던 마차에서 떨어져 이곳으로 온 거야. 이번에는 침대 주위를 흰 레이스 덮개까지 멋지게 만들어서 진짜 공주로 만들어줄게.' 아저씨는 S의 방에 레이스로 장식된 침대와 크고 작은 인형이 잔뜩 진열된 작은 소파까지 옆에 두었다. 자신이 없더라도 아침에 눈을 뜨면 행복한 기분을 느끼라고 S에게 말했다. 그리고 눈을 떠 화장실을 가려고 침대에서 내려오면 두 마리의 강아지가 S 발뒤꿈치를 자근자근 씹으며 달려든다. S는 양손으로 두 마리를 다 끌어올려 포옹을 한다. 한 마리는 흰색의 재패니스 스피츠이고 한 마리는 검은색 슈나우저이다. 아롱이와 다롱이다. S는 여기 와서는 예쁜 인형들과 사랑스러운 아롱이 다롱이 때문인지 그동안 밤마다 꾸던 악몽을 꾸지 않는다.

큰 관으로 연결된, 시커먼 물이 넘실거리는 시궁창을 공포로 사시나무 떨듯 떨며 누군가와 열심히 도망가는 꿈이었다.

S는 강아지를 안고 화장실로 간다. 화장실 샤워부스 안에 내려놓자 아롱이 다롱이가 앞 다투듯 쉬를 한다. 샤워기로 목욕탕 바닥 아롱이 다롱이가 쉬를 한 자리에 수돗물을 틀고, 쉬가 씻겨 내려가도록 샤워기를 바닥에 내려놓는다. 그리고 자신도 용변기에서 소변을 보고 세면기에서 이를 닦는다. 그리고 손을 씻고 부엌 쪽으로 온다. 아저씨는 벌써 집을 나선 모양이다. 식탁에는 언제나처럼 삶은 계란과 야채샐러드, 사과와 토마토 그리고 식빵과 잼이 놓여 있다. 창문 밖이 막혀 있어도 습관처럼 창문을 연다. 막혀 있기 때문에 더 넓은 투 베드 룸을 얻을 수 있었다. 이번에도 아저씨는 문간방을 고집했다. 몇 벌 되지 않는 양복과 전자책, 서랍장에 들어 있는 내의가 짐의 전부였다. 아저씨의 돈으로 얻은 집이니만큼 아저씨가 큰방을 차지해야 한다고 했지만, 막무가내였다.

"니네 엄마가 겨우 걸음마를 시작한 너를 두고 자살하고 너를 나한테 맡긴다는 편지와 함께 강보에 싸인 너를 경찰이 안고 왔을 때, 날벼락을 맞은 것 같았다. 날벼락도 그런 날벼락이 없지."

아저씨의 목소리가 항상 메아리처럼 귓속에서 맴돈다. '엄마랑은 어떻게 알았어요?' 항상 입속으로 맴도는 물음이었으나 한 번도 내뱉지는 않았다. 그러나 너무 피곤하다며 아저씨는 술이라도 한 잔 들어간 날은 주저리주저리 S 이야기를 늘어놓았다.

'네가 태어난 날 우리 집에 너의 엄마가 기어 들어온 것도 우연이라 하기에는 짓궂은 운명의 장난이었다. 시각장애인에게 아이라니. 난

니네 엄마가 왜 나랑 안면도 없으면서 우리 집으로 왔는지 지금도 의문이야. 그런 것은 어쨌든 그날 난 금방이라도 아이가 튀어나올 것 같이 배를 움켜쥐고 진땀을 흘리는 네 엄마를 응급실로 데려갔을 뿐이야. 그런데 느닷없이 2년이 지나 너의 엄마는 자살하면서 나에게 너를 키워달라고 유서를 남긴 거야. 경찰이 너를 안고 들이닥쳤을 때는 기가 막혔지. 경찰이 아이 아버지가 아니냐고 심문할 때는 이건 하나님이 나를 조롱하고 있는 것이라고 생각했어. 할 수 없이 너의 엄마 유서를 개봉하고야 겨우 경찰이 너를 나한테 맡기고 떠났지. 경찰에서는 몸도 불편하신데 너를 보육원에 보내는 것이 낫겠다고 했지만, 그럴 수는 없더라. 네 엄마는 네가 철들기 전에, 엄마가 두 다리가 없는 앉은뱅이라는 사실을 알기 전에 이 세상에서 사라져야 한다고 생각한 모양이야. 또 그것보다 더한 것은 너를 끼고 있는데도 지분거리는 남자들을 견딜 수 없는 모양이더라. 넌 너의 엄마를 쏙 닮았다고 했어. 앉은뱅이로 살기에는 그 뛰어난 미모가 아까웠지. 오직 너를 맡기고 간다는 유서와 자신의 기구한 운명이 그대로 기록된 낡은 노트를 남기고 갔지. 네가 철들기 전에 자신이 자살해야 너의 인생이 더 이상 자신으로 인해 꼬이지 않는다고 생각한 모양이더라. 오죽했으면 그랬겠니. 모두 눈도 보이지 않는 사람이 너를 키운다는 게 말이 안 된다고 했지만, 너를 정말 보육원에는 보내고 싶지 않았다. 내 몸이 고달프더라도 열심히 일해 아줌마를 고용해서 너를 길렀지. 집에 돌아와 너를 안으면 그 한순간에 모든 시름이 사라졌지. 처음에는 너를 나한테 맡긴 너의 엄마를 원망했지만, 잠깐씩 너의 재잘거리는 소리만 들어도 온몸에 소름이 끼칠 정도로 희열이 솟았지. 어릴 때 열병으로 시각장애인이 된 나의 삶을 위로하기 위해 너를 보낸 것 같아. 너를 길러준 아줌마도 너를 얼마나 귀히 다루는지. 너의 어여쁜 모습을 보지 못하는 것이 안타까워 어떻게라도 수술을 받아 한 번만이라도 너를 보고 싶다는 생각을 한 적이 있었지. 네가 이렇게 무럭무럭 자라주어 얼마나 고마운지. 난 이런 행복을 알게 해준 너의 엄마에게 정말 고맙다는 생각밖에 안 들어. 너의 엄마는 나에게 가족의 맛을 알게 해줬어. 일을 끝내고 집에 돌아오는 시간이면 항상 냉랭한 기운이 나를 맞이하던 집에 아이의 웃음소리, 아장아장 걷는 발걸음 소리, 그 모든 것이 아름다운 음악 소리처럼 울려 퍼졌지. 집으로 돌아오는 시간은 가슴이 뛰어 어떻게 왔는지 모르게 집에 도착했단다. 너의 어릴 때 재잘거리는 소리와 책 읽는 소리, 그 행복을 누가 갖다 줄 것이며, 그 행복을 무엇으로 대신할 수 있겠니. 다행히 네가 복이 있었는지 너를 키워준 아줌마가 착한 사람이었지, 너를 어떻게나 애처로워하는지. 나 혼자 생활비만 충당하다, 네 우유 값이나 간식 등 식비와 아줌마에게 줄 돈 때문에 몇 배의 일을 해야 해서, 몸은 고달팠지만 너로 인한 삶의 충만감은 그 무엇으로도 대신할 수 없는 것이었단다.'

한숨처럼 내뱉은 아저씨의 이야기를 듣고 자랐다. 아줌마로부터 말을 배우고 글자를 배우기 시작하면서 엄마가 아저씨한테 쓴 유서와 그 노트가 궁금했다. 초등학교도 갔었다. 그러나 3학년도 채 다니기 전에 아저씨와 함께 지나가던 것을 보았는지, 학부형 중 한 명의 항의가 들어가면서 학교를 그만두어야 했다. 시각장애인의 아이와 같이 공부시킬 수 없다는 것이었다. 교감이 그 학부형을 몇 번 불러서 설득을 했지만 막무가내로 내보내지 않으면 자신의 아들을 전학시키겠다고 엄포를 놓았다고 한다. 학교에 후원금을 가장 많이 내는 학부형이라 S를 다른 학교로 옮겨달라고 학교 측에서 오히려 아저씨에게 사정을 했다고 한다. 그러나 S는 더 이상 학교에 가지 않고 교과서를 보며 혼자 공부하겠다고 버텼다. 중학교도 고등학교도 가기 싫었다. 이 세상은 어차피 자신과 더불어 사는 세상은 아니라는 생각이 들었다. 한글 읽기는 주로 아줌마와 아저씨에게, 영어는 학원에서 배웠다. 학교에 가지 않는 대신 아저씨가 사 온 책은 가리지 않고 읽었다. 어릴 때 할 일은 텔레비전으로 만화 보기와 책 읽기밖에 없었다.

아저씨는 노트 이야기를 할 때마다 한숨을 쉬었다. '그건 줄 수 없단다. 비록 네가 이 세상을 다 이해한다고 해도 그 노트를 읽으면 너는 이 세상을 증오하게 될 거니까. 네가 이 세상을 증오하게 만들고 싶지 않단다. 나도 그 편지를 읽고 한참 우울증을 앓았으니까.'

S는 샤워를 마치고 얇은 흰 스웨터를 꺼내 입었다. 털이 주는 포근함이 온몸을 감싼다. 스웨터의 밑단이 조금 닳아 보이기도 했지만 그렇게 나쁜 느낌은 아니라 여겼고, 어차피 밖에서도 자신의 옷을 신경 써서 볼 사람이 없다는 생각이 들었다. 입 벌린 콘센트에 꽂힌 핸드폰을 집어 들고 그동안에 온 메시지 메일을 확인한다. 간이 의자에 내려

놓은 재봉틀을 들어 침대 옆 책상에 올려놓는다. 다롱이가 입을 흰색과 검은색 줄무늬가 있는 코트를 오늘 오전까지는 만들어야 한다. S는 서랍 속에서 옷감을 꺼내고 가위를 꺼내 마름질을 한다.

아롱이 다롱이가 오고 바로 며칠 후부터 맹추위가 계속되는 날이었다. S는 너무 추워서 아롱이 다롱이를 데리고 나갈 수가 없었다. 그때 마침 아르바이트를 쉬고 있는 중이라 재봉틀을 주문했다. 제일 처음 아르바이트를 동대문 옷집에서 시작했다. 주인이 옷을 만들면 그것을 S가 파는 작업이었다. 그러다 손님이 끊긴 한가한 시간에 주인에게 재봉틀 다루는 법과 옷 만들기를 조금씩 배웠다. 그래서 웬만한 옷은 만들 수 있었다.

재봉틀이 도착하자 너무 우중충한 옷만 입는다며 생일날 아줌마가 사다 준 한 번밖에 입지 않은 빨간 우단 원피스를 꺼내었다. 아저씨가 들어오지 않은 날 우단 원피스를 입고 아줌마와 저녁을 먹으러 갔던 기억이 떠오른다. 길 가는 모든 사람들이 자신을 쳐다보았다. 심지어 가던 길을 멈추고 쳐다보았다. 아줌마가 말했다. '워낙 네 인물이 뛰어나서, 배우가 지나가는 줄 아나 봐.' 그러나 자신은 얼굴이 빨개져 걸음을 걸을 수가 없었다. 그날 따라온 스토커 때문에 집을 몇 번씩이나 옮겨야 하는 괴로움을 겪었다. 그다음부터 그 옷을 한 번도 입지 않았다. 왜 아저씨가 항상 검은 옷과 낡은 옷을 입혔는지 그때서야 이해가 되었다.

아침을 대강 챙겨 먹고 식탁 위에 원피스를 올려놓고 대략 본을 떴다. 아롱이 다롱이 입힐 생각에 점심도 먹지 않고 마름질을 하고 재봉틀 앞에 앉았다. 저녁을 먹기 전에 완성했다. 처음 자신의 작품을 완성했다는 짜릿한 쾌감이 온몸에 소름까지 돋았다. 아롱이도 다롱이도 둘 다 빨간색이 잘 어울렸다. 옷을 입히고 차례대로 입을 맞추고 핸드폰으로 찍어 페이스북에 올렸다. 그런데 며칠이 지나지 않아 모두 아롱이 다롱이 옷을 어디에서 샀냐고 난리였다. 그래서 자신이 만들었다고 하니, 모두 자신의 강아지 것도 만들어달라며 졸랐다. S는 처음에 몇 명에게는 옷감 값만 받고 해주었다. 그런데 계속 주문이 밀려오는 것이었다. 아롱이 다롱이의 옷을 먼저 입혀 올리면 거기에 너도 나도 주문을 했다. 그러다 그것이 직업이 되었다. 온종일 옷을 만들며 집에서 뒹굴다 저녁이 되면 마치 약속이라도 있는 듯 밖으로 나간다. 그리고 카페 마감 시간에 카페로 간다. 거기서 에스프레소를 한 잔 마시고 아저씨를 만나 모시고 온다.

처음에는 어떤 약속이 있다거나 만나야 할 사람이 있는 것도 아닌데 그저 발길이 닿는 대로 걸었다. 그렇게 하다 보면, 어느 날은 사람들을 집어 삼키는 쇼핑센터에, 어떤 날은 한참 마감 정리를 하고 있는 지하 상가를 따라 걷는다. 어디를 가는지는 그렇게 중요한 문제는 아니었다. 다만, 집에서 나오는 순간부터 줄곧 통화를 했기 때문이다. 어떤 날은 친구 A와 다른 날은 또 다른 친구 B와 이렇게 많은 사람들과 전화를 하다 보면 Z까지 써내려가도 모자라지 않는 연락망에 감탄이 절로 났다. S가 안고 찍은 아롱이 다롱이 사진을 보고 한번 만나보고 싶다는 메시지가 많았다. S도 만나고 싶다고만 답하고 그다음 메시지는 읽지도 않고 지워버린다.

S는 규칙을 정하는 것을 좋아한다. 요 근래에 세운 규칙 중에 가장 마음에 드는 일은 하루의 마무리를 똑같은 카페에서 맞이하는 것이었다. 낙조를 즐기는 편은 아니지만, 해가 지는 것을 보면서 하염없이 길을 걷다 보면 달이 전선에 걸릴 무렵에야 도착하는 그런 카페였다. 어차피 아저씨를 기다려야 했다. 아저씨는 밤에는 똑같은 어둠인데도 빛이 사라진 어두움이라 방향 잡기가 더 힘들다고 했다. 그래서 아저씨가 일이 끝나는 근처 카페에서 기다리기로 했다. 조금 넓다는 게 흠이긴 했지만, 한켠의 벽에 기대면 바깥이 훤히 내다보이고 앞의 화려한 조명이 실내에서 자신을 숨겨주어 이 카페가 마음에 들었다. 그리고 카페 주인을 의식하지 않아도 되었다. 창밖을 내다보면서 이 세상을 훔쳐보고 싶었다. 어차피 세상은 내 것이 아니었다. 잠시 카페에 가서 에스프레소를 시킨다. 카페의 주인이나 카페에 들어오는 사람 그 누구와도 대면할 마음이 없었다.

"에스프레소요."

주문을 하고 3700원을 딱 맞게 카운터에 올려놓았다. 직원이 거스름돈을 주는 것이 마치 특별한 호의를 베푸는 것처럼 느껴졌고, 누구의 호의도 받고 싶지 않았기 때문에 딱 그만큼의 잔돈까지 준비한다. 그러고는 영수증을 챙겨달라고 말하고, 자리로 돌아오자마자 전화를 시작했다. 매번 비슷한 사람들과 전화를 하는데 그들은 마치 같은 학원에서 목소리 강의라도 들은 양 기계적이었고 사무적이었다. '조금 친절히 대해주면 안 되나?' 하는 생각도 더러 들기는 했지만 아직까지 그들에게 마음을 내어줄 만큼 친밀한 관계는 아니라면서 스스로를 위로했다. S랑 전화를 하는 사람들은 대부분이 사무직이나 영업직에 종사하는 사람들이었는데 어떤 이는 S에게 인터넷 연결을 도와준다고 했고, 또 다른 이는 핸드폰을 바꿔주겠다고 했다. 그중 S와 가장 친한 사람은 대출이니 햇살론이니에 빠졌는지 하루 종일 그 얘기만 해댔다.

'안녕하세요. 이전에 인터넷 바꿔드렸었던 상담원 Q인데요…….'로 시작해 '요즘 날씨가 쌀쌀해졌는데 감기 조심하세요, 상담원 Q였습니다.'로 끝나는 그들의 멘트에 S는 일일이 대꾸를 해주었다.

"날씨가 쌀쌀해져서 네 옷도 하나 샀어. 따뜻한 스웨터인데 잘 어울릴 것 같아서……."

S가 그렇게 대답을 하고 나면 그들은 마치 약속이라도 한 듯이 전화를 끊었다. S는 자신의 존재 자체가 상처가 될 뿐 그깟 일에 상처를 받지 않는다. 그들이 끊고 난 후에도 S는 전화를 놓지는 않았다. S는 그들이 전화를 끊지 않았다면 어떤 대화를 이어나갔을지를 상상하면서 미소를 짓기도 했고, 마치 재미있는 일이 일어난 것마냥 소파를 치면서 크게 웃기도 했다. 어차피 세상은 우리 것이 아니라고 했다. 아저씨는 다른 사람들과 웃고 떠들고 그들과 같이하고 싶어 하지 말라고 했다. 그러면 그들은 너에게 더 깊이 들어오고 싶어 하고 너를 알

고 나면 사람들은 침을 뱉을 거라고. 사람들에게는 저마다 남들이 모르는 내가 있다고 한다. 나는 내가 왜 더러운지 모른다. 우리는 이 세상을 스쳐 가기만 하면 된다고 했다. S는 계속해서 울리는 핸드폰을 들어올렸다.

[카카오톡 프로필 마음에 들어서 연락했는데 조건 만남 가능하신가요?]

S는 이 또한 능숙하게 답장을 보냈다. 언제부터였는지는 모르지만 줄곧 이런 만남을 가졌던 것 같다. 어쩌면 스스로 즐기고 있는 건지도 모른다는 생각에 잠기기도 했으나 그때마다 S는 '꽃다운 나이에 이런 일 안 해보면 언제 해보나.' 하는 마음이 들기도 했고, 무엇보다 누군가가 자신을 필요로 하고 있다는 것이 느껴질 때면 온몸에 전율이 이는 것만 같았다.

S는 마감 시간에 임박한 카페를 빠져나와 가까운 포장마차에서 쥐포 안주와 소주 한 병을 시킨다. 일주일에 한 번 금요일이면 아저씨는 외박을 한다. S는 그 자유 시간을 자신도 즐겨야 한다고 생각한다. 소주잔에 술을 따라 마치 에스프레소 마시듯이 음미하며 따라 마신다. 그리고 간간이 쥐포를 손으로 조금씩 뜯어 입에 넣는다. 가끔 혼자 온 남자가 동석을 원하지만 다른 사람을 기다리는 듯 시계를 쳐다보고 전화를 받다 보면 말을 걸다 다시 제자리로 돌아간다. 천천히 한 병을 다 마시고 나면 세상이 별거야? 하는 생각이 든다. 이렇게 살면 되지, 아저씨 말이 맞아. 집이 있고 매월 쓸 만큼의 수입이 있고 자신의

몸이 이 세상에 의탁하는 동안만큼만 버티면 되는 것이다. 낯선 이와 만나기로 한 곳으로 간다. 제 몸을 가누지 못할 정도로 술이 취한 데다 바람이 불었고 아저씨와 같은 스킨 냄새가 알싸하게 나는 사람이 곁으로 걸어와 허리를 감쌌다. S는 제법 그럴듯하게 그에게 밀착했고 자신의 방보다 더 자신의 방 같은 401호에 들어왔다.

그리고 침대 위에 걸터앉는다. 주저리주저리 뱉어낸다.

"우리 엄마는 두 다리가 없는 앉은뱅이였대요. 저는 엄마에 대한 기억이 없어요. 제가 세상을 알게 된 다음에는 아저씨만 항상 제 옆에 있었거든요. 그동안 왜 꿈속에서나 가끔 검은 동굴 같은 것이 머리에 떠오르는 줄 몰랐거든요. 그게 하수가 흘러가는 관이라는 것을 지난 주에야 알았어요. 그러니까 아저씨가 들어오지 않는 금요일 알게 되었거든요. 아저씨는 자신의 방을 청소하는 것을 싫어하거든요. 아저씨가 한다지만, 겨우 방 먼지만 훔치는 정도죠. 그래서 아저씨 방에 들어가면 언제나 시큼한 땀 냄새가 나요. 그날도 빨래할 것을 다 세탁기로 넣고 이것저것 정리하다 보니, 어디서인지 낡은 노트가 떨어지는 거예요. 다시 제자리에 두려고 하다 너무 낡아 쓰레기통에 버릴까 하는 생각으로 안을 뒤적거렸죠. 근데 깨알 같은 글들이 몇 페이지씩 적혀 있는 거예요. 그러다 문득 제 이름 글자가 눈에 들어와 한번 읽어보자는 생각이 들었죠. 그것은 엄마의 일기였어요. 일기지만 바로 저 자신의 뿌리에 관한 것이었죠."

"야, 그만 씨부렁거리고 샤워나 해!"

금방 샤워를 끝내고 아직 물기가 뚝뚝 바닥으로 떨어지는 몸을 타월로 닦으며 남자는 신경질적인 목소리로 말했다.

"내가 뭐 너 신세타령 들으러 올 정도로 한가한 사람인 줄 알아?"

"그래도 아저씨, 저도요, 조금은 외롭거든요. 이렇게 얼굴을 맞대고 이야기를 하고 싶었거든요."

"야, 재수 없다. 내가 니 친구야?"

"친구 좀 해주면 안 되나요? 저도 가끔은 외롭거든요. 그리고 저도 친구하고 수다나 떨고 데이트도 하고 싶단 말이에요."

"재수 없다. 수다 같은 것은 네 친구하고나 해. 옷이나 벗어!"

남자는 S의 옷을 낚아챘다. 털 스웨터가 마치 껌 늘어나듯 길게 늘어나자 남자는 가슴으로 손을 집어넣었다. S는 남자의 손을 뿌리치고 말하던 것을 계속 이었다.

"글쎄, 우리 엄마가 날 시궁창에서 길렀대요. 두 다리가 없는 앉은뱅이가 기어 다니면서 저를 길렀대요. 그런 엄마에게 남자들은 더럽게 지분거렸대요. 아이는 옆에서 자지러지게 울고 엄마는 강간을 당하고. 우습지 않아요?"

S는 큰 소리로 몸까지 흔들며 웃었다.

"사람들이 앉은뱅이라고 무시해 짐승처럼 짓밟고 저를 빼앗아 갈까 봐 전전긍긍 줄곧 하수관 속에 살았다지 뭐예요."

S는 또 침대 모서리를 치면서 미친 듯이 웃었다.

"야, 그게 웃으면서 할 말이야? 재수 없어. 그만하라고 했지, 빨리 샤워나 해."

남자가 S를 질질 끌어다 화장실 앞에 내팽개쳤다. S는 다시 침대로 돌아가 걸터앉았다.

"우리 엄마는 결국 누구의 씨인지도 모르는 저를 낳고 제가 두 살까지 연명을 하다 자살을 했대요."

"씨팔, 재수 없어."

남자는 방에 이리저리 늘어져 있는 자신의 옷을 주섬주섬 주워 입었다.

"아저씨, 제 얘기 좀 들어주면 안 되나요? 아저씨도 나 모르고 나도 아저씨 모르고, 그런데 무슨 육체적인 교류가 되겠어요. 중요한 것은 정서적 소통이 우선이잖아요."

남자가 S의 뺨을 때렸다.

"야, 내가 너하고 사귀자고 했어? 너는 매춘을 하러 온 거라고. 매춘을 하려면 똑바로 해! 씨팔."

남자는 문을 부숴버릴 듯 쾅 소리를 내며 나가버렸다. S는 유리창이 흔들릴 정도로 크게 웃었다.

S는 '내일은 죽자' 하며 건물을 빠져 나와 어둠을 훑듯이 천천히 천천히 발을 옮겼다. 그리고 좁은 골목에 서서 담배를 물었다. 그러고는 기척에 놀라 뒤를 돌아봤을 때, 아주 익숙한 남자와 마주했다.

"저기요. 많이 취한 것 같은데 태워다 줄게요. 집이 어느 방향이에요?"

S는 머뭇거리다 그의 차에 올라탔다. 에스프레소를 시킬 때를 제외하고 그와 나눈 단 한 번의 눈짓으로의 대화, 와이파이 비밀번호를 알려달라고 했을 때의 '하는 수 없이……'라는 말이, 짧기 때문인지 그 후 계속해서 입속에서 맴돌았다. 그 말이 가장 마음에 들었을지도 모른다. 얼마 가지 않아 S는 집 앞에서 내렸다. 고맙다고 인사를 할 정도로 친한 사이는 아니기 때문에 그에게 가벼운 목례만 하고, 집으로 돌아와 마음에도 없는 소리를 적어 누군가에게 전송했다.

■ ■ ■

이튿날도 S는 카페에 왔다. 나는 S를 관찰하는 일을 어제부로 그만두기로 했다. 하지만 침묵 속을 파고드는 S의 웃음소리는 내 귓가를 자극시키기에 충분했다.

"나 내일 생일이잖아. 엄마랑 아침을 먹을까? 근데 보자는 사람들이 많아서……."

행복한 듯 웃고 있는 S를 바라보면서 나는 퍽 오래간만에 마음의 안도감을 느꼈다. 그 후로 S는 자신의 생일에 대한 계획을 계속해서 세워나갔다.

"그러면 한두 시간 정도밖에 못 보는데 괜찮겠어?"

나는 S의 가득 찬 스케줄 속에 고개라도 비집고 들어가고 싶었다. 어떤 마음에서 나에게 그런 메시지를 보냈는지도 물어보고 싶었지만 그보다는 위태로운 절벽을 걷고 있는 S가 신경 쓰인다는 쪽이 맞겠다. S는 연신 웃음을 지었고 오늘도 역시나 그녀가 카페를 빠져나갈 때까지 전화는 끊기지 않았다. 나는 눈을 감고 S의 미소를 음미하기로 했다. 작게 속삭이는 S의 목소리 사이로 전화벨이 울렸다. 나는 잠시라도 S의 목소리를 듣는 것을 방해받고 싶지가 않아서 내 핸드폰을 바라보았지만, 화면은 공허하기 그지없었다. 나는 그녀 쪽을 바라보았고, 침묵을 깬 건 뜻밖에도 S였다. 그녀는 당황한 듯이 아무도 없는 주변을 두리번거렸고, 황급히 핸드폰의 종료 버튼을 눌렀다. S는 다급하게 핸드폰을 귀에 가져다 대고,

"아, 핸드폰이 잠깐 이상했었나 봐."

하고는 긴 꼬리를 끌며 카페 밖으로 달아나버렸다.

나는 S가 빠져나간 카페의 한켠을 멍하니 바라보았다. 그녀에 대한 생각들이 꼬리에 꼬리를 물고 늘어갈수록 머리가 복잡해졌다.

'왜 전화가 울린 걸까. 뭘 그렇게 눈치 본 걸까, 들어온 지 30분도 되지 않았는데…….'

하는 생각들이 나를 집어삼켰다. 나는 몸을 일으켰고 S가 앉았던 자리로 갔다. 어쩐 일인지 영수증에는 아무것도 적혀 있지 않았고, 살짝 구부러진 모양이 그녀의 축 처진 어깨 같았다. S가 남기고 간 영수증을 바라볼 때면 나는 꼭 영수증이 나에게 말을 걸고 있다고 느껴졌다. '누구라도 내 통화 내역을 봐주세요.' 하는 느낌의 안쓰러운 어투였다.

■■■■

평소와는 다른 아침을 맞이했다. 침대에 아롱이 다롱이를 올려놓고 같이 뒹군다. 벽에 딱 달라붙어 있는 마지막 남은 달력 한 장을 보면서 하품을 했다. 아저씨는 크리스마스 시즌이 돌아오면 매년 여행을 간다. 누구와 어디로 가는지는 모른다. 어떤 해는 일주일, 어떤 해는 10일간 갈 때도 있다. 가기 전에 생일 선물로 친구들과 같이 보내라며 꽤 많은 돈을 식탁 위에 올려놓고 간다. 그리고 너도 이제 혼자 사는 데 익숙해져야 한다며 생일 축하 카드에 긴 편지를 써놓고 간다. 자신이 없는 사이에 친구를 데리고 집에서 놀고 같이 크리스마스 파티를 하라고 한다. 그러나 한 번도 친구를 집에 데려온 적은 없다. 그러나 아저씨가 늦은 밤 잠시 들어와 잠만 자고 나가는데도 아저씨가 없다는 해방감이 온몸을 짜릿하게 한다. 달력 곳곳에 X 모양 잉크를 먹은 자국들이 선명했다. 12월 24일. 크리스마스이브이다. 크리스마스가 주말을 끼고 있다고 생각하니까 벌써부터 주위가 소란스러워 보였다.

침대에서 내려와 아롱이 다롱이를 내려놓는다. 그리고 옷장을 뒤진다. 크리스마스이브 때 입을 옷을 찾는다. 하나같이 실이 풀리거나 나달나달한 스웨터와 검은 바지다. 아저씨가 준 돈을 생각한다. 그 돈으로 멋진 드레스를 한 벌 살까? 1년에 한 번쯤은 자신을 잊고 행복해도 되지 않을까. 누구를 부를까. 케이크와 샴페인을 사다 놓고 같이 생일 파티를 하자. 상상만으로도 마음이 뜨거워진다. 욕조에 물을 채운다.

그리고 느긋하게 몸을 담근다.

속이 텅 빈 느낌에 근처 편의점으로 갔다. 편의점에서 생리대를 집었다가 마지막 한 개가 남은 먼지 쌓인 미역국을 보았다. 한참을 고민하다가 미역국을 챙겨 테이블에 앉았다. 미역국을 조리하는 방법을 읽으면서 조금의 설렘을 느꼈다. '점심 겸 저녁으로 먹는 거야, 생일이라서가 아니라…….' 하는 형식적인 마음이 들기도 했지만 그것은 핑계에 지나지 않다는 걸 알고 있었다. 전자레인지에서 완료되었다는 소리가 날 때까지 자신도 모르게 콧노래를 흥얼거렸다. 얼마 지나지 않아 전자레인지가 멈추었고 미역국을 꺼내 테이블에 올려놓았다. 한 숟가락을 입에 떠넘기면서 마른기침을 토해냈다. 까슬까슬한 밥알이 목구멍의 벽을 타고 내려갔고 쓰레기통에 미역국을 쏟아버렸다.

침대 위에 생리대를 던져놓고 거울을 마주 보았다. 창백한 얼굴에 분을 발라도 생기가 돌기는커녕 하얗게 질린 사람처럼 보였다. 붉은색 립스틱을 발라보아도 크게 달라지는 것은 없었다. 화장을 하면서 핸드폰을 꺼냈다. '음성 메모'의 창을 띄워두고 말을 시작했다.

"생일 축하해. 매년 하는 말인데 매년 부끄럽네……."
로 시작되는 1분 남짓한 음성 메모를 저장하고 카페로 갔다.

■■■■■

에스프레소를 시키지 않았는데도 커피를 가져갔다.

"오늘은 제가 커피 쏠게요."

"어머, 제 생일인 줄 어떻게 알았어요?"

"생일이기도 하고 크리스마스이브잖아요."

나는 크리스마스이브를 S와 함께 보낼 이벤트를 생각하고 있었다. 그래서 케이크와 샴페인을 준비했다.

"오늘 기념으로 제가 술 한잔 쏘고 싶은데?"

"잠까지 재워줄래요? 저는 술을 먹고 싶은 만큼 먹으면 그 자리에서 꼬꾸라져 자고 싶거든요."

순간 나는 내 귀를 의심했다. 다시 말해줄 수 있냐고 물어보기도 민망해서 나는 아무런 표정도 짓지 않았다. 그녀는 더 이상 빨아들일 공기도 없을 만큼 숨을 들이마셨다가 낮게 한숨을 내뱉었다. 나는 긴 고민 끝에 내린 결론인 것처럼 그녀의 의자를 빼며 그녀를 의자로부터 일으켰다. S의 눈을 마주 보지는 않았지만, 유리창으로 매번 보았던 그 표정일 거라 쉽게 예상이 가능했다. 나는 카페의 블라인드를 내렸다. 전구의 필라멘트에 작은 전율이 일었고 셔터를 닫았다. S와 나는 길을 따라 차 있는 곳으로 갔다. 아무런 말도 오고 가지 않았고, 한동안의 어색한 침묵을 즐겼다. 샴페인과 케이크를 뒷좌석에 옮기고 자신의 오피스텔이 있는 쪽으로 향하였다. 깊숙이 들어가는 골목 끝에 있는 오피스텔 건물은 조용한 주택가에 자리 잡고 있다. 자신이 카페에서 돌아오는 시간에 지나가는 사람을 본 적이 한 번도 없었다.

좁다란 엘리베이터에 올랐다. 네 사람이 겨우 들어갈 만한 작은 엘리베이터에서 나는 S와 숨결을 교환하는 느낌이 들었다가 어색한 기운에 올라가는 층수만 응시했다. 곧이어 6층에서 엘리베이터가 멈췄고 내리자마자 두 번째 방 앞에서 번호를 눌렀다. 현관에서 불을 켜고 식탁에 가져온 케이크와 샴페인을 올려놓았다. 그리고 싱크대에서 손을 씻었다. S도 남의 오피스텔이 어색한지 바로 현관 앞 왼쪽에 있는 화장실로 갔다. 싱크대 위의 찬장에서 와인 잔과 접시와 포크, 촛대와 초도 꺼내었다. 언젠가 크리스마스이브에 멋진 파티를 하기 위해 사 모은 초와 촛대였다. 한 번도 다른 사람을 오피스텔에 데려온 적이 없었다. 계속 손이 떨렸다. 일부러 큰 목소리로 샤워하고 있는 S에게 말했다.

"데이트도 안 했는데 오랫동안 만나온 것 같아요. 그렇게 생각되지 않아요?"

S가 목욕탕에서 나오자마자 수건을 걸친 그녀를 식탁 의자에 앉혔다. 그리고 얼음을 탄 위스키와 물을 섞은 잔을 건넸다. S는 웃음을 보이며 어깨만 살짝 올렸다 내렸다. 목욕탕의 열기로 볼이 불그스름했다. 짜인 각본을 읽듯이, 머릿속에서 크리스마스 때만 되면 몇 번이고 그렸던 그림을 그리듯이 그렇게 따라 하니 몸속에서 전율이 일어났다. 어깨가 부르르 떨렸다. 결혼 빨리 하라는 엄마의 성화에 오피스텔을 얻어 독립한 후, 5년째 꾸고 있던 환상이 처음 현실 속에서 일어

나고 있었다. 촛불만 남겨놓고 샴페인을 따랐다.

"자, 위대하신 S를 위하여!"

"위대한?"

"예수님의 탄생을 미리 알리기 위해 내려온 천사잖아요. 그러니까 위대하죠."

"그렇게 생각하니, 제가 멋진 사람이네요."

"멋진 사람인 줄 몰랐어요? 그런 의미에서 러브 샷 한 번 하죠."

그러고는 S 옆으로 가 오른쪽 팔을 S의 팔에 감았다. 샤워 타월이 바닥에 떨어졌다. 그녀의 머리에서 나는 은은한 라일락 향기가 그의 코를 간지럽혔다. 숨도 쉬지 않고 와인을 죽 들이켰다. 그녀는 입에만 한 모금 머금고 잔을 내려놓으며 다시 타월을 주워 올려 자신의 몸에 걸쳤다. 그러고는 마치 다른 사람과 통화를 하는 것처럼 두서없이 말을 뱉었다.

"언제나 이번 생일만 지나면…… 그런 생각을 했어요. 12월 25일 예수님 탄생한 날 죽는 것도 멋있지 않아요?"

"네? 왜 죽어요?"

"고향이 어디세요? 저는 고향이 시궁창이에요. 두 다리가 없는 엄마가 아이를 키우겠다고, 아니죠. 아이와 자신을 지키겠다고 시궁창으로 시궁창으로 옮겨 다니며 연명하다 결국 자살로 마감한 엄마나 그 딸도 결국 같은 운명 아니겠어요?"

S는 마치 독백처럼 한숨 속에서 뱉어내었다. 그리고 머리를 세차게

흔들고는 와인 잔을 다시 잡아 마셨다. 서로의 이야기를 시작도 하기 전에 S의 신상 발언 특히 충격적인 이야기가 부담스러웠다. 와인을 마시고 안주로 내놓은 치즈의 껍질을 벗겨 입에 넣었다.

"왜 이런 이야기가 거리낌 없이 제 입에서 줄줄 새는 줄 모르겠네요. 분위기 때문인가? 죄송해요. 저 자신도 지난주 엄마의 일기를 읽고 아직도 그 충격에서 벗어나지 못했어요."

나는 일어나 목욕탕 창문을 활짝 열고 거실 창문도 활짝 열었다. 갑자기 몸에 열기가 치솟았다. S의 이야기를 정식으로 받아들여야 할지, 그냥 농담처럼 넘겨야 할지 침묵 외에는 어떤 말도 할 수가 없었다. S는 자신의 옆머리를 오른쪽 엄지와 검지를 동원해 비비 꼬기 시작했다.

나는 어제 그녀의 통화에서 S의 생일이라는 것을 알았다. 생일날 파티를 가장해서 한번 이벤트를 하고 그녀에게 데이트를 신청, 정식으로 사귀자고 하고 싶었다.

"오늘 아침에 편의점에서 미역국을 데웠는데 전자레인지에서 미역국이 아니라 내가 데워져 나온 것 같았어요."

반쯤 열린 창문으로 들어오는 바람이 몸의 열기를 서서히 앗아갔다. 무언가 말을 해야 한다고 생각했다. 달빛이 그녀의 얼굴을 쇼윈도의 불란서 인형처럼 비추었다. 드문 미인이었다. S는 그녀의 가치를 모르는 것 같았다. 어디 한 곳 어긋난 곳이 없는 완벽한 미인이었다. '그런 그녀가 시궁창에서 자랐다고? 말도 안 돼!' 그때 S와 함께 가던 시각장애인 노신사가 클로즈업되었다. 그 그림도 너무나 어울리지 않은 그림이었다고 생각하고 있었다.

“그런데 미역국이 하나도 안 따뜻했어요.”

나는 S의 말을 이해할 수 없었다. 단지 잠시 눈을 뜨고 그녀와 한동안 눈을 맞추는 게 내 대답의 전부였다. S는 다시 이야기를 시작했다.

“어렸을 때에는 검정색 옷을 빨면 흰 옷이 되는 줄 알았을 때가 있었어요. 왜 나만 이런 걸까. 지금도 문득 그런 생각이 들면 검정색 옷을 하루 종일 표백제에 담가놓은 적이 있어요. 엄마의 일기 속에 이 아이에게는 검은 옷만 입히라는 글이 있더군요. 그래서 아저씨는 검은 옷 대신 항상 낡은 옷을 입게 했지요.”

나는 S를 끌어당겨 안았지만, 그녀의 몸은 굳어 있었다. 그녀는 공상가이거나 작가 지망생이 아닐까. 그 이야기가 그녀의 삶이라고 하기는 너무 현실성이 없어. 나는 어색한 분위기를 깨기 위해 일어서 잠시 볼일을 보러 화장실로 갔다. 오늘을 위해 짜놓은 시나리오가 머릿속을 스쳐갔다.

S가 왼손으로 와인을 마시고 오른손으로 다시 머리를 꼬고 있었다. 나는 그녀의 옆자리로 가 오른손을 잡았다.

“사람들은 나의 진짜 이야기를 하면 언제나 당신과 같이 동문서답을 하더군요.”

나는 와인 잔을 들어 마셨다. 창문으로 들어온 한 가닥 돌풍 같은 바람에 촛불들이 몸서리치듯 파르르 떨린다. 몇 년 전 헤어진 여자도

"당신들은 나보다는 오직 섹스에만 관심이 있잖아요." 하고 떠나갔다. 남자들은 여자에 대한 관심이 총체적으로 드러나는 것이 섹스인데, 그 이야기를 하면 또 속물 취급을 받을까 봐 아무 말을 할 수 없었다. 그때도 한참 그녀에게 열을 올리고 있었는데 그 말을 듣고 그것이 축 늘어진 채 일어설 줄 몰랐다. 여자들에게 환심을 사는 것이 수학의 수열을 푸는 것보다 더 어렵다.

"설령 그렇다 하더라도 지나간 이야기잖아요. 우리는 앞으로의 삶을 살아야 하고요. 누가 자신의 이야기를 하면 들어주는 것 말고 할 게 없잖아요. 그렇다고 그 사람의 과거를 되돌릴 수는 없잖아요. 듣는다고 그 상대방을 다 이해할 수는 없죠. 그러나 기껏 그 사람을 이해한다는 것은 자신과 전혀 다른 그 사람의 삶을 받아들인다는 것이죠."

나는 말했고, S는 눈을 감은 채 고개를 끄덕였다. 그러다 반쯤 남은 와인을 한 입에 다 넣었다. 나는 빈잔에 다시 와인을 따랐다. S는 천천히 말을 씹듯이 뱉어냈다.

"아저씨는 말했어요. 다른 사람들 앞에서 네 과거 이야기를 하지 말라고요. 저를 지금까지 맡아서 길러준 아저씨거든요. 그런데 재미있는 것은 그런 이야기를 하면 사람들이 제가 꾸며낸 이야기라고 정말 아무도 믿지 않는 거예요. 지금도 그쪽에서는 제 얘기라고 생각하지 않잖아요? 그렇죠? 사람들은 자신이 믿고 싶은 것만 믿죠. 거짓말을 하면 진실이라고 믿고 진실을 이야기하면 거짓말이라고 생각하더군요. 세상 참 재미있지 않아요? 인생은 어차피 자신이 만든 요지경 속에서 살아가는 거더라고요."

와인 한 병을 다 비우고 양주 한 잔씩을 더 했다. S도 나도 침잠하듯 침묵을 지켰다. 한참을 아무 말 없이 술만 마셨다. 나는 비틀거리며 일어나 싱크대 위 찬장에서 생일 선물로 준비한 그녀에게 어울릴 듯한 노란 실크 드레스가 포장된 상자를 꺼내었다. 그녀의 멋진 미모에 항상 털이 너덜거리는 스웨터는 어울리지 않았다. 그녀가 카페로 들어오는 날 첫날부터 그 생각을 했다. 멋진 드레스를 입은 그녀를 보고 싶었다.

"생일 선물이에요. 한번 입어보세요."

"제게요?"

약간 혀 꼬부라진 소리로 손가락으로 자신을 가리키며 물었다.

"생일이잖아요. 오늘 오전 내내 백화점에서 골랐어요."

"오늘 저는 일어나자 샴페인과 케이크, 드레스를 사러 갈까 망설였어요. 내 생각을 읽은 것처럼 완벽하게 준비를 하셨네요. 당신은 누구인가요?"

"크리스마스이브잖아요. 그리고 당신의 생일이구요."

그녀는 포장을 조심스럽게 뜯어 상자를 열어보았다.

"판타스틱, 판타스틱! 역시 환상 속의 제가 진짜 저랑 어울리는 것 같아요. 너무 멋져요. 제 생애의 최고의 선물이에요. 멋진 드레스를 그냥 입을 수 없죠. 드레스에 대한 예의를 갖추어야죠? 오늘 여기서 재워준다고 했죠?"

“좀 전에 샤워했잖아요?”

“좀 전에 샤워는 당신을 위한 것이었고, 지금은 드레스를 위한 거예요. 저는 더러운 여자거든요.”

전혀 그녀답지 않은 과장된 몸짓과 흥분된 목소리로 소리를 지르며 비틀거리며 목욕탕으로 들어갔다. 처음 그녀가 카페로 들어왔을 때 샤아 하며 가슴속에 찬바람이 지나가는 느낌을 다시 받았다. 갑자기 그녀가 낯설어졌다. 샤워기에서 떨어지는 물방울 소리가 리드미컬하게 그녀의 몸을 타고 흘렀다. 불투명한 유리로 S의 르누아르의 소녀 같은 발그레한 분홍 살결이 어른거렸다. 나는 그녀를 안지 않아도 좋으니 이대로 고요한 밤이 흘러가기만을 바랐다.

핸드폰의 벨소리가 울렸다. 마치 내 것처럼 익숙한 그녀의 벨소리가 귓가에 울렸고, 나는 살짝 눈을 떠 그녀의 핸드폰을 집어 들었다. 마른 기침을 한 번 하고 나는 핸드폰의 액정을 바라보았다. 자정이 가까웠기 때문에 ‘누구일까’ 하는 마음과 ‘전화를 받아도 될까?’ 하는 마음이 뒤섞여 연기처럼 공중에 흩어졌다. S의 샤워기 소리가 멈췄고, 어딘지 모르게 다급한 그녀의 비명이 들리는 것도 같았다. 나는 핸드폰을 내려다보았고, 그것이 전화벨이 아니라 S가 맞춰놓은 알람이라는 것을 깨닫는 데에는 그리 길지 않은 시간이 걸렸다. 나는 태연하게 알람을 껐고, S의 단추처럼 풀려버린 핸드폰의 잠금 화면에는 하루 종일 대략 20분 정도마다 울리도록 설정된 알람들이 일렬종대로 줄 서 있었다. 나는 알람의 ‘모두 OFF’ 버튼을 눌렀고 S는 다시 샤워기를 틀었다.

그녀가 샤워를 끝마칠 때까지 나는 침대에 앉아서 담배를 태웠다. 재떨이에 몇 개의 담배꽁초가 머리를 처박고 있었다. 환기를 시킬 겸 침실 창문까지 활짝 열었고 곧이어 S가 하얀 수건을 몸에 두른 채 침대로 걸어왔다. 나는 S 혼자만의 시간을 즐길 수 있도록 욕조로 몸을 옮겼다.

내가 다시 침대로 돌아왔을 때, S는 손톱을 물어뜯고 있었다. 드레스는 방바닥에 늘어져 있었다. 무언가에 쫓기는 사람처럼 나를 흘긋거리며 쳐다보았고 가끔씩 침대가 떨릴 정도로 다리를 흔들기도 하였다. 나는 S의 하얀 몸을 덮은 수건을 포장지를 뜯듯이 풀어냈다. 그리고 노란 드레스의 목을 찾아 그녀의 머리 위로부터 입혔다. S는 눈을 질끈 감았고 그녀의 전화기가 다시금 요란한 소리를 냈다. S는 반쯤 입은 드레스를 걸치고 전화를 들고 거실로 갔다. 나는 침대에서 그녀가 전화를 끊을 때까지 기다렸다. S는 카페에서 전화를 하던 것처럼 오늘 있었던 일들을 단순히 나열하는 듯했다.

“엄마랑 아침을 먹으려고, 케이크는 다음에 받을게. 선물은 며칠 뒤에 나 만나면 주라.”

S의 목소리가 퍽 다정해 보였지만 어딘지 모르는 쓸쓸함은 가시지 않았다. 그녀는 말을 잠시 멈추고 통화 상대의 목소리를 듣는 듯했다. 고개를 끄덕였고 자신이 상대방의 말에 동의한다는 추임새를 넣기도 했다. 나는 그러는 와중에 S를 안고 싶다는 생각이 사라졌다. 그녀의

가냘픈 목소리를 자장가 삼아 잠을 청했고 웅크린 채로 잠 속으로 빠져들었다. 어디선가 대출 상담이니 인터넷 연결이니 하는 낯선 여자의 목소리도 들리는 것 같았다.

내가 눈을 떴을 때, S는 없었다. '꿈인가' 하고 어제의 기억을 떠올렸고 나는 그것이 꿈이 아니었음을 곧 알 수 있었다. 소변을 위해 간 화장실에는 뱀이 허물을 벗듯 널브러진 수건과 화장실 욕조의 배수구 사이로 고개를 내민 S의 머리카락이 어젯밤을 대신 설명해주는 듯했다. 드레스는 그대로 방바닥에 누워 있었다. 오전에 방을 빠져나오면서 잠시 안내 데스크에 들러 나와 함께 온 여자의 행방에 대해 물어볼까 싶기도 했다. 하지만 서둘러 오피스텔을 빠져나오기에 바빴다. 아직 그녀가 카페에 올 시간이 멀었지만 그녀가 거기에 있을 것 같았다.

시간이 꽤 흘렀고 S가 올 시간에 다다랐다. 나는 능숙하게 에스프레소를 내렸고, '에스프레소 맞죠?'와 '아침에는 왜 그냥 갔어요?'보다 더 근사한 말을 생각하고 있었다. 문이 열리는 소리와 함께 찬바람이 불어 들어왔고 나는 S일 거라는 확신에 고개를 들었다. 낯선 남자가 비를 털며 들어왔다. 그 후로 한참 동안 S는 오지 않았고 매일 에스프레소는 식어빠졌다. 나는 카페의 블라인드를 내리면서 내가 모르는 사이에 S에게 실수라도 했는지에 대해서 곱씹어보았다. 그렇게 꼬리에 꼬리를 물던 생각은 끝이 나지 않았고 그 후로 그녀는 카페에 오지 않았다.

나는 이따금씩 에스프레소를 내려둔다. 누구를 위한 것은 아니라는 나의 말은 변명이었다. 그러나 나는 그 일에 대해 습관이라고 이름을 붙였다. 카페의 문을 닫을 시간이 되면 차가워진 에스프레소가 시야에 들어온다. 그러면 늘 식은 에스프레소를 싱크대에 부었다. 그때마다 커피가 원래부터 식어 있던 건 아닌가 하는 의문이 잠깐 일었다.

자정이 넘은 시간이었고 전화벨은 세 번도 채 울리지 않고 차갑게 식어버렸다. 대출이나 잘못 걸린 전화이겠거니 하면서 나는 다시 잠을 청했다. '필요한 전화면 다시 하겠지.' 하는 생각도 잠시 들었다. 나는 어쩌면 그때 그 전화가 대출이나 잘못 걸려온 전화가 아니라는 것을 알고 있었을지도 모른다. 나는 그녀가 지나갔을지도 모르는 거리를 샅샅이 뒤졌다. 그리고 한 번 데려다 준 적이 있었던 그녀의 집 근처를 한 달 이상 헤매었다. S는 흔적도 없이 사라졌다. 그러나 S의 마지막 말이 그녀를 생각할 때마다 떠올랐다.

> 그런데 재미있는 것은 그런 이야기를 하면 사람들이 제가 꾸며낸 이야기라고 정말 아무도 믿지 않는 것이에요. 지금도 그쪽에서는 저 얘기라고 생각하지 않죠? 그렇죠? 사람들은 자신이 믿고 싶은 것만 믿죠. 거짓말을 하면 진실이라고 믿고 진실을 이야기하면 거짓말이라고 생각하더군요. 세상 참 재미있지 않아요? 인생은 어차피 자신이 만든 요지경 속에서 살아가는 거더라고요.

예수님이 태어난 날 죽겠다던 그녀는 정말로 죽었을까. 엄마 노트의 인생을 털고 새로운 인생을 살아갈까. 죽었을지도 모르지만. 이미

S는 내 속에서 자라고 있었다. 두 다리를 잘린 여인이 아이를 안고 도망가는 꿈을 자주 꾼다. 세상 안으로 들어오지 못하고 밖으로만 떠돌다 간 외계 인간을. 이 세상 안으로 끌어들이기 위해 매일 밤마다 거리를 헤매며 찾는다. 오늘이 아니면, 내일, 내일이 아니면 모레……
언젠가 만날 수 있다는 꿈을 가지고.

그미의 책

그미의 책

왜 이렇게 오래 사는지 모르겠다. 젊은 청춘이 다 갔는데도, 즐거울 것도 슬플 것도 없는데도 인생은 끝난 영화 필름처럼 지루하게 돌아간다. 더군다나 가사 재판은 유사한 사건의 되돌이표였다. 결혼하기 위해 모든 열정을 쏟았던 부부가 이혼하기 위해 피를 토하며 서로를 비난했다. 그 전날 재판에도 그랬다. 남자는 숙려 기간을 거쳐 세 번의 조정 기간에도 반복해서 말했던 부인의 불륜 현장 목격한 이야기를 다시 되풀이했다. 부인 역시 남편의 경제적 무능을 성토했다.

"이 여자는 새벽에 아이들 두고 빠져나가 여관에서 다른 남자랑 같이 잤어요."

"그래 나, 남자 있다. 누가 뭐래? 그러니까 이혼하자는데, 왜 이혼 안 하겠다는 거야?"

이런 상황은 최근에 일어난 진풍경이다. 여자들은 불륜을 저지르고도 전혀 죄의식이 없고, 남자는 오히려 이혼만 말아달라고 매달린다.

"이렇게까지 남편이 매달리는데, 꼭 이혼을 해야 합니까? 지난번 다시 잘해보기로 하지 않았습니까?"

"저 사람, 자기 버릇 개 못 줘요. 술만 한잔 들어갔다 하면, 마누라에게든 아이들에게 닥치는 대로 물건을 집어던지거나 패대기치니까요. 그리고 열흘 이상 술로 지새운다니까요. 제발 이혼만 하게 해주세요. 아이들 양육이요? 그것도 제가 책임질 테니까요."

"유책임자는 선택권이 없습니다. 합의를 하면, 서로 부담이 없을 텐데……."

"보셨잖아요? 합의가 될 수 있겠냐고요. 전 더 이상 법정에 오는 것도 싫고, 유책임자로 압류당해도 가져갈 것도 없고, 더 이상 지옥 속에서 견디기가……."

여자는 흐느끼기 시작했다. 남자의 숨소리가 거칠어지더니, 확 자리를 박차고 나가버린다.

사무직원이 따라 나가더니, 못 잡았는지 혼자 돌아왔다.

"알았습니다. 조정은 안 되겠네요. 강제 판결로 돌리겠습니다. 그에 따른 불이익은 감수하셔야 됩니다."

"네."

여자는 흐느끼며 간단히 한마디 하고는 나가버린다.

국선변호사로 활동하며, 가사 문제까지 관여하다 보면 이 세상 사람들은 마치 이혼하기 위해 사는 사람들 같다. 법정에까지 올 정도 되는 부부는 갈 데까지 간 부부들이다. 더 이상의 열정도 미련도 남아 있지 않다. 조그마한 연민이라도 남아 있으면, 그나마 불씨를 살릴 수도 있다. 그러나 그들의 가슴은 찬바람 센 들판에 나와 있는 것 같았고, 더 이상 말을 걸 수가 없다. 모든 미사여구, 덕담, 판사, 변호사가 소용없다. 단지 법조문에 의해 판결을 내리면 된다. 거의 대부분이 이혼을 강행했고, 법정에서 다시 한 번 피 터지는 싸움을 했다. 그들을 보고 있으면 그도 함께 우울했다. 거기다 주말에 참여해야 할 결혼식 몇 군데, 또 조문에, 집안 행사에 뛰어다니다 보면, 더더구나 이 지루한 인생을 그렇게 오랫동안 살아야 하는지 우울했다.

그날도 그랬다. 어쩔 수 없이 참여해야 하는 변호사협회 총회 참석, 두 군데의 결혼식, 또 친한 동료 변호사 부인의 출판기념회 등. 다른 건은 무시하더라도 최소한 자신이 참여해야 할 행사만 해도 그랬다. 마지막 행사인 죽마고우인 친구 부인의 출판기념회는 경기도 용인까지 가야 했다. 몇 건의 행사를 거쳐 도착한 시각은 시작하기 20분 전. 친구와 그 부인에게 축하 인사를 나누며 부인에게 찬사를 늘어놓았다. 학생 때부터의 문학 지망생이 문학에 입문하지 못했기 때문일까, 문학 하는 사람들만 보면 마치 자신의 분신을 보는 듯했다. 늦깎이 소설가로 등단했다니 더군다나 축하해줄 일이었다. 부인이 건네준 프로그램을 일별하다, 머리를 꽝 때리는 벼락 같은 것이 지나가는 듯했다. 자신이 무엇 때문인지 판별하기 전에 이미 천둥 번개가 머리를 쳤다. 다시 한 번 프로그램을 살폈다. 그것은 프로그램 중의 한 이름 때문이었다. 자신이 20년 이상 가슴속에 꼭꼭 숨겨두었던 그 이름이었다. 이름은 또다시 프로그램 속에서 튀쳐나와 펀치를 날렸다. 순간 머리가 띵하며 머릿속이 하얘졌다. 묻지 않아도 그미였다. 출판기념회 주인공의 작품평을 위해 초청된 평론가였다. 몇십 년의 세월을 훌쩍 건너뛰었다.

그해 여름도 그랬다. 몇 번의 사법고시 실패는, 언제 끝이 날지 모르는 막막함을 가슴에 안겨줬다. 두 번, 또 두 번의 실패로 다시 1차 시험을 준비해야 하는 암울함에 가슴은 무거웠고, 무언가 해야 한다는 강박감만이 그를 짓눌렀다. 낮에는 공부를 하는 둥 마는 둥, 자신에게 할당된 암자에서 뒹굴다 밤이면 숨겨놓은 소주 한 병을 들고 계곡으로 내려가 속을 풀고는 했다. 지리산의 유월은 갖가지의 야생화가 만발해 천국이 따로 없었다. 가는 곳마다 감탄이 저절로 터져 나왔다. 자신의 암자 바로 옆에 향기를 풍기는 백서향으로부터, 본당을 둘러싸고 있는 부처꽃의 은은함, 계곡 주위를 둘러싸고 있는 앵초꽃들, 낮에는 야생화 스케치만으로 즐겁고 행복했다.

하루는 작심하고 야생화 스케치에 나갔다. 고시생을 위해 지어놓은 암자는 거의 비어 있었다. 자신도 모르게 자신의 죽마고우였던 그 친구의 암자로 발을 옮긴 것은 어쩌면 그 친구에 대한 그리움 때문이었을 것이다. 그쪽 암자를 따라가다 보면 여기저기 미치광이풀이 어지럽게 널려 있었다. 얌전하게 생긴 나무와 다르게 꽃가지에 늘어져 있는 붉은 자주 꽃 때문인지 이름이 미치광이풀이다. 그 풀을 볼 때마다 묘한 기분이 들었다. 어쩐지 가까이 가고 싶지 않았다. 그러나 그 풀은 가는 데마다 눈에 띄었다. 계곡가에 피어 있는 창포에 눈을 꽂았다. 그러다 귀에 익은 음악이 그의 발길을 끌었다. 그는 음악이 흘러나오는 곳을 향해 걷다 눈을 끄는 시선에 발을 멈췄다. 문이 닫혀 있을 것이라 생각했던 친구 암자의 문이 활짝 열려 있었다.

반가운 마음에 성큼 발걸음을 옮기려다 보니, 훤히 내려다보이는 암자의 방 안에는 여자가 책을 두 손으로 치켜세우고 누워서 뒹굴고 있었다. 위의 흰 티셔츠와 아래 통 넓은 노란 치마바지에 싸여서 어디까지가 몸이고 어디부터가 옷인지 구분할 수 없을 정도로 옷과 몸이 뒤섞여 이리 뒹굴 저리 뒹굴 책에 빠져 있었다. 잠시 착시 현상인가 하고 눈을 비볐다. 그리고 그 모습이 얼마나 좋아 보였는지, 순간 자신도 그렇게 이리 뒹굴 저리 뒹굴 책을 읽고 싶다는 생각이 들었다. 이 고시촌에 느닷없는 여성의 출현도 낯설었지만, 방에서 뒹굴뒹굴 책 읽는 풍경은 익숙한 장면이었음에도 왜 그렇게 충격을 받았는지. 무언지 모르는 복잡한 심사가 띵하게 그의 머리를 때렸다. 이제 갓 대학에 입학한, 아니면 고등학생쯤 되는 앳된 여자였다.

이 고시촌에는 밥하는 보살 할머니 외에는 여자는 찾아볼 수 없다. 그것도 겨우 스무 살 안팎의 여자라니! 여자의 출현만으로도 멀미를 느낄 정도였다. 모차르트의 클라리넷 협주곡이 숲 속을 울릴 만큼 크게 들렸다. 클라리넷 협주곡은 평상시 들었던 음색과는 다른 계곡 소리와 함께 하모니가 되어 새로운 울림을 주었다. 이 음악 역시 충격에 한몫했었으리라. 대부분 자신의 암자 안에서 겨우 자신 혼자만이 들을 수 있을 정도로 볼륨을 조정해 음악을 들었다. 그렇지 않으면 낮은 소리의 불경을 지속적으로 틀어놓는 사람도 있었다. 그러나 많은 고시생들은 책, 법조문 외 무언가를 하는 것을 호사 취미로 터부시했다. 서로 만나는 것도 거의 금기 사항이었다. 시험이 끝나고 한잔하는 정도, 시험 보는 전날 밥 먹는 자리에서 잠시 서로 덕담이나 하는 정도만 하고 서로가 서로를 피했다. 누구도 충분히 공부를 했다는 확신을 가질 수 없기 때문에, 항상 미진한 마음이 있기 때문에 선뜻 누구와 소통하는 데 부담을 느꼈다. 그래서 그런지, 이 고시촌은 분위기 좋은 고시촌으로 알려져 있다.

음악에 도취되었는지, 책에 도취되었는지 여자는 한참을 지켜보아도 기척을 눈치채지 못했다. 한참을 망설였다. 그냥 돌아갈 것인가? 아는 척을 할 것인가? 말을 붙일 명분이 없었다. '이 암자는 친구 암자인데요.' 속으로 말을 붙여보았다. '그래서요?' 한다면 할 말이 없었다. 더군다나 그미는 책 외에는 눈길을 주지 않았다. 일단 물러가기로 했다. 그리고 저녁에 다시 오기로 했다.

저녁에 갔을 때도 똑같은 자세로 책에 빠져 있었다. 단지 낮과는 달리 그 옆에 커피잔과 식빵, 복숭아가 놓여 있었다. 왼손으로는 책을 들고 오른손으로는 식빵을 뜯어 먹으며 책에서 눈을 떼지 않았다. 가끔 잔을 들어 커피를 마셨다. 그 암자 뒤로 저녁 해가 막 가라앉고 있었다. 그런데 그 순간이었다. 어디서 나타났는지 다람쥐가 그미가 식빵을 뜯으려는 찰나 그 식빵을 물었다. 그미의 찢어지는 고함 소리에 놀라 다람쥐는 쏜살같이 그가 있는 계곡 쪽으로 달려왔다. 그가 몸을 숨기기도 전에 그미가 또 한 번 아악 하는 고함 소리를 질렀다.

그미가 두려워하지 않게 그는 얼른 자신의 모습을 드러내기 위해 일어섰다. 그리고 무작정, '죄송합니다. 죄송합니다…….' 하고 몇 번씩이나 머리를 수그렸다. 그미는 황당한 가운데 사과를 어떻게 받아들여야 할지 머뭇거렸다. 그는 '혼자 소주라도 마시러 계곡을 내려오는 중이었는데, 여기는 제 친한 친구의 암자라 저절로…….' 당황스러운 나머지 말이 엉겼다.

"진이 오빠가 친구예요……?"

그미는 놀란 표정을 추스르며 물었다.

"네, 고등학교, 대학교 모두 동창인 죽마고우죠!"

그미는 경계의 태세를 풀고는, 진실 여부를 가늠하듯 그의 얼굴을 쳐다보았다. 그는 용기를 내어 말했다.

"마침 술 한잔하려고 계곡의 적당한 곳을 찾고 있던 중이라……혹……."

그는 머리를 긁적거리며 억지로 너스레를 떨었다. 그는 당황스런 상황을 벗어난 것을 기회로 성큼성큼 그 암자에서 계곡으로 내려왔다. 될 수 있으면 그미의 모습이 보이지 않는 오목한 곳에 자리를 잡았다. 어지럽던 마음을 추스르기 위해 가지고 온 오징어를 안주 삼아 몇 잔의 소주를 연거푸 마셨다. 한참이 지났다. 아니, 그렇게 길게 느껴졌다. 가지고 온 소주를 몇 잔 연거푸 마셨다. 급하게 마신 술에 몽롱해졌다. 이미 어둠이 계곡에 내려앉고 있었다.

갑자기 자신의 앞날이 까마득하게 느껴졌다. 그미 때문이었을까. 자신의 처지가 더욱더 비참하게 다가왔다. 고시를 단념한다는 생각은 하지도 못하고, 고시의 끈을 잡고 버티고 있었다. 웃자란 듯 자신만 한 키의 큰 굴참나무들과 소나무들이 뒤엉켜 우우 소리를 내며 흔들리고 있었다. 동시에 자신의 몸도 흔들렸다. 한낮의 더위가 가라앉으며 계곡의 골짝 골짝 물안개가 피어오르기 시작했다. 그 안개 속을 뚫고 그미가 나타났다. 빨간 티셔츠에 청반바지였다. 발은 맨발이었다. 마치 땅 아래에서 솟아 나오듯 그렇게 나타났다. 그는 또 한 번 죄송합니다 하고 고개를 수그렸다. 그리고 소주 한 잔을 건넸다.

"열심히 책을 읽던데……."

"책? 아니에요. 백지 책이에요."

"네?"

"……."

그의 질문에 대화는 끊기고, 한참 침묵이 계속되었다. 그는 마른 오징어를 죽 찢어 그미에게 건넸다. 그미는 오징어를 받아 다시 잘게 손으로 찢었다. 그냥 찢어서 오징어를 싸가지고 온 신문지 위에 올려놓았다. 그러다 갑자기 얼굴이 밝아지며 대화를 시작했다.

"저 자신과의 대화를 위한…… 백지 책이죠. 혹시 자신 속에서 자신이 앓는 소리를 들어보신 적 있나요?"

"?"

"저는 하루의 일과를 끝내고 자려고 하면 끙 하는 소리를 들어요. 그 소리는 내 속 안 깊숙한 곳에서 울려 나와요. 처음엔 내 몸이 너무 힘들어서 내는 소리인가 했어요. 그러다 차츰차츰 그 소리에 대해 궁금증이 일기 시작했어요."

"그 소리는 언제부터?"

"아마, 대학 들어온 이후인가 봐요."

"고등학교 때는 괜찮고? 오히려 고등학교 3학년 때가 더 힘들었을 텐데……."

"공부하는 것 자체가 힘들지, 친구들과의 관계는 단순하잖아요?"

그미는 그 말을 채 맺지도 못하고 다시 한참 머뭇거렸다. 그는 하늘을 올려다봤다. 나뭇잎으로 가려진 숲은 이미 새까맣다. 그때 느닷없이 검은등뻐꾸기가 '홀딱 벗어' '홀딱 벗어' 하며 발작적으로 울었다. 어둠이 내려앉으면 새들은 둥지를 찾아 잠을 청하기 때문에 울지 않는다. 아직 초저녁이기 때문일까. 검은등뻐꾸기 울음소리가 마치 '홀딱 벗어' '홀딱 벗어' 하는 소리 같아서 저 새를 '홀딱 벗어' 새라고 일러주면, 낄낄거리는 녀석과 철학적으로 해석해서 '그래, 산속에 와서는 홀딱 벗어야 해, 일상적 가면의 모습을.' 하고 크게 반성하는 녀석들도 있었다. 그는 그미에게 술 한 잔을 다시 따르고 자신도 술 한 잔을 다시 마셨다. 잠시 마음을 추스르는 듯 그미는 가만히 있었다.

"얘기하고 싶지 않으면 안 해도……."

두 사람 주위를 몰려온 안개가 두 사람을 애무하듯 감싸 안았다 금방 사라졌다. 그동안 들리지 않던 계곡 물소리가 확성기를 댄 듯 크게 들려왔다. 그는 갑자기 이런 산속에서 그미와 함께 있다는 무한한 행복감이 솟아났다. 갑자기 노래를 부르고 싶었다.

"내가 노래를 한 곡 부를 테니 듣고, 마음에 들면 이야기를 하고 마음에 들지 않으면 하지 마세요."

그는 목을 추스르며 산속에 있을 때 언제나 생각나는 노래, 어떤 땐 자신을 위로하는 것 같기도, 어떤 땐 빨리 하산을 명령하는 듯한 노래, 자신의 반려자와 같은 노래, 하덕규가 가사와 곡을 짓고 양희은이 노래한 〈한계령〉을 부르기 시작했다. 그미는 눈을 감고 자신 속으로 스며들고 있었다.

> 저 산은 내게 우지 마라 우지 마라 하고
> 발아래 젖은 계곡 첩첩 산중
> 저 산은 내게 잊으라 잊어버리라 하고
> 내 가슴을 쓸어내리네

그미의 감성은 노래에 견디지 못했다. 그미의 눈물은 '잊으라 잊어버리라 하고' 그 소절을 부르자 봇물 터지듯 뺨을 타고 흘러내렸다. 그러다 '저 산은 내게 내려가라 내려가라 하네/지친 내 어깨를 떠미네' 그 소절에 가서는 아예 흐느껴 울기 시작했다. 그는 노래를 끝내고 그미가 울도록 내버려두었다. 한창 대학 생활을 즐겨야 할 대학생이 이런 첩첩산중까지 왔다면, 특별한 개성을 지녔거나, 아니면 특별한 사연이 있을 것이라는 생각이 들었다. 그는 마지막 남은 소주를 한 잔 따라 마셨다. 그미는 한참을 울었다. 그러고는 활짝 웃었다. 그미의 웃음에 그전까지 깜찍하고 발랄하던 그미가 백합처럼 황홀하게 피어났다. 그 순간 열꽃이 온몸으로 퍼져나갔다. 그는 얼른 계곡에 발을 담갔다. 계곡의 찬 기운이 다리를 타고 올라오는데 마치 그 찬 기운이 슬픔처럼 느껴지면서, 자신의 처지가 다시 서럽게 생각되었다. 우울한 듯, 쓸쓸한 듯, 묘한 표정을 짓더니 그미는 과장된 어투로 말했다.

"제 취미가요, 확 트인 방에서 뒹굴뒹굴 책 읽기거든요. 이 방 임자가 저의 외사촌 오빠인데 자신이 고향에서 두 달 정도 머문다면서, 여기 얼마간 있어도 된다길래, 방학하자마자 책 싸 들고 왔죠. 저는 어른이 되어서 제일 하고 싶은 것이 이런 방을 가지는 거예요. 이 방은 정말 제가 소망하던 방이에요. 문만 열면 확 트인 계곡에 물 흐르는 소리까지, 이 암자는 이제 제 거예요."

취미가 뒹굴뒹굴 책 읽기라니, 꿈이 소박해도 이렇게 멋질 수 있구나 하는 생각을 하며 그녀의 해맑은 얼굴을 물끄러미 쳐다봤다. 그러나 그 책은 백지 책이냐고 물을 수 없었다. 또다시 그미의 상처를 건드릴까 봐 두려웠다. 그는 자리를 툭툭 털고 일어섰다. 일부러 유쾌하게 뱉었다.

"고시가 끝나면 고시촌이 황량한데, 이런 기적이 일어날 수도 있네요. 저도 집에 가서 한두 달 있다 올까 하다, 하도 면목이 없어…… 울며 겨자 먹기로 암자를 지키기로 했는데…… 이런 행운이…… 하여튼 반갑습니다."

말이 툭툭 끊어졌다. 그미 역시 일어나 엉덩이를 털었다. 그리고 다리가 저린 듯 계곡에서 잠시 동작을 멈췄다. 다리를 절룩거리며 물속에 담갔던 발을 바위에 걸쳤다. 그는 얼른 손을 뻗쳤다 거뒀다. 그는 모른 척 성큼성큼 발걸음을 옮겼다. 자신의 암자로 향하였다. 그날은 좀체 잠을 이룰 수가 없었다. 그미 속에 풀어내야 할 이야기는 그미 스스로가 다가올 때까지 기다려야 할 것이다. 그는 자신의 존재 자체도 버텨낼 수 없을 정도로 힘든 자신의 처지를 생각했다. 남의 상처를 껴안을 자신이 없으면 그미의 상처를 건드려서는 안 된다는 생각이 들었다. 의도적으로 그미를 만나는 것을 피했다. 그러나 마음과는 달리 온몸은 그미를 향해 있었다.

그미는 정말 하루 종일 방을 뒹굴었다. 그리고 해 질 무렵에는 마치 해를 등지고 떠나는 사람처럼 숲으로 사라졌다. 암자에서 그미가 사라지는 모습을 볼 때면 더 이상 그미를 볼 수 없을 것 같은 슬픔이 그의 목을 메게 했다. 한 번도 아니고 매번 그랬다. 그미를 본 이후로 그의 몸은 언제나 열에 들떠 있었다. 그래서인지 그미를 보면 먼저 부끄러움 때문에 숨어버렸다. 그미를 만나면 자신의 비참한 상황이 부각되면서 막연한 미래에 대한 불안감이 되살아났다. 그러면서 고시 공부에 대한 초조감이 더 그를 짓눌렀다. 그는 그녀와 부딪치지 않는 밤 12시가 지난 다음에야 암자를 나섰다. 그리고 어두운 숲 속을 헤매었다. 간간이 들려오는 짐승의 울음소리가 마치 자신의 내면에서 울려오는 소리처럼 처절하게 들려왔다.

그날도 공부에 열중하려다 실패하고 새벽 1시를 조금 지나 숲 속을 향해 걸었다. 숲 속을 걷다 보니 그때까지 그미의 암자에 불이 켜져 있었다. 그리고 쇼팽의 〈야상곡〉이 흘러나왔다. 그는 그미의 암자의 뒷담에 기대어 〈야상곡〉을 들었다. 그미와 같은 음악을 함께 들으니, 마치 그미와 함께 있는 것 같았다. 이미 자신 속에 들어온 그미가 요동을 치며 시시때때로 그를 충동질했다. 그러나 그는 두려웠다. 다시 2년의 지옥 같은 세월을 견뎌내야 했다. 그때 늑대 울음 같은 처절한 울음이 들렸다. 단지 그미의 취미가 그의 취미가 되었다. 읽는 책은 달랐지만, 민법, 형법, 국제법 등을 그미처럼 뒹굴면서 한번 가볍게 읽어나가는 것으로 다시 공부를 시작했다.

그러나 온통 그미의 암자에 귀와 눈의 주파수가 맞춰져 있었다. 서로가 서로의 일거수일투족을 감시할 정도로 암자 거리는 가까웠다. 단지, 문의 방향이 그미의 암자는 계곡으로, 그의 암자는 산을 향해 있었다. 암자 안에서는 음악이 들려오는데, 또 계곡에서 간간이 물질하는 소리가 들렸다. 그의 가슴이 방망이질하기 시작했다. 자신도 모르게 계곡 방향으로 가다 우뚝 멈춰 섰다. 그미가 전라의 몸으로 계곡 속에 잠겨 있었다. 발치에는 흰 명주 수건이 물속에서 흔들리고 있었다. 수건의 흔들림은 마치 그미도 함께 흐르고 있는 것처럼 보였다. 물의 흐름과 수건, 몸의 흐름이 일체가 된 설치 영상을 보는 듯했다. 그미가 간간이 몸의 자세를 고칠 때마다 물소리가 났다. 그는 움직일 수가 없었다. 그의 몸은 마치 불타오르는 기둥 같았다. 한 줄기 바람에 오동잎이 떨어져 계곡을 타고 흘렀다. 그미가 일어나기 전에 거기를 떠나야만 했다. 그러나 움직일 수 없었다. 그는 그미와 또다시 부딪칠까 봐 불안과 초조로 가슴이 바작바작 타기 시작했다. 그러다 한 줄기 강풍이 지나가더니 후두후두 빗줄기가 내리기 시작, 소나기가 쏟아졌다. 그는 얼른 그 틈에 몸을 날려 자신의 암자로 향했다. 암자에 도착하자 한숨이 터져 나왔다. 그미는 알지 못하는 그와의 숨바꼭질은 한동안 계속되었다.

그러던 어느 날 그미가 그의 방으로 찾아왔다.

"요즘은 계곡에서 소주 안 마셔요? 생각보다 조용해요. 이런 천국이 또 있을까 생각이 들 만큼, 여름인데 추울 정도로 시원하고……."

어느 날 저녁을 먹은 후 한참이 지난 9시가 넘은 시각이었다. 아무 거리낌 없이 그미가 그의 방으로 들어왔다. 오히려 그가 당황해서 읽던 책을 주섬주섬, 정리하기 시작했다. 암자 안에는 될 수 있으면 책 외엔 아무것도 두지 않았다. 옷도 걸 수 있는 것은 걸고 나머지 모든 잡동사니와 함께 정리해서 가방 속에 보관, 작은 벽장에 두었다. 암자는 겨우 네 평 정도, 책상과 의자뿐이었다. 그미는 가져온 양주에 종이컵, 종이에 싼 호두와 오징어를 꺼냈다. 그는 벽장을 열어 얼른 휴대용 앉은뱅이 플라스틱 상을 꺼내어 다리를 폈다.

"오, 이런 것도 있네요, 너무 앙증맞아요!"

그미는 상을 보자 손으로 만져보면서 진짜 앙증맞아 귀여워 못 견디겠다는 표정을 지었다.

"지금 제가 공부 방해하는 것 맞죠? 오빠가 절대 방해하면 안 된다고 해서 얌전히 있다 좀이 쑤셔서……."

"저도 좀이 쑤셔 책 속의 글자들이 엉기고 있었어요. 까짓것 인심 쓰죠, 뭐. 밤새우지는 않겠죠?"

"밤새우면 안 되나요? 아버지 방에서 훔쳐 온 양주로 밤새 마시려고 했는데…… 농담이에요."

그는 그미가 따라준 양주, 그미에게도 한 잔 따라 잔을 부딪쳤다.

"오빠 친구니까, 오빠라고 할게요, 정식으로 오빠에게 신고식 할게요. 지난번에는 얼떨결에…… 소주를 얻어 마셨지만……."

발렌타인 21년산이었다. 술은 입에서 달았다. 그미와 만난 첫날 이후 술은 처음이다.

"백지 독서가 잘 돼요?"

말을 꺼내놓고 아차 하는 생각이 들었다. 그의 말에는 아랑곳없이 자신의 말을 했다. 그동안 사람에 대한 굶주림 때문이리라. 고시생들 중에도 가끔 한 달 두 달 칩거하다 아무나 찾아가 미친 듯이 떠드는 친구들이 가끔 있다. 그럴 때는 그냥 들어주는 것이 가장 큰 미덕이다. 그러나 가끔 말을 들을 준비가 되지 않은 상대방을 선택, 싸움으로 번지기도 한다.

“자꾸 잡생각이 떠올라요. 제가 한 살 때부터 기억을 되살리고, 그것을 다시 지우고, 또다시 저의 과거로 돌아가 기억나는 것을 떠올리는 것을 반복하다 보면 저를 구성하고 있는 것이 무엇인가를 알 것 같아요. 그러나 생각의 고리가 툭툭 끊어지고, 다른 사람들, 엄마, 아빠, 오빠, 친구들의 말이 툭툭 튀어나와요. 제 의식을 뒤덮고 있는 것은 모두 다른 사람들 말이에요. 그 의식 속에 저는 없어요.”

그는 숨을 죽였다. 그미가 다시 술을 따랐다. 멀리서 짐승 우는 듯한 소리가 들려왔다.

“잡생각에 빠져들지 않게, 백지 책을 들어도 소용없어요. 좀체 의식은 맑아지지 않아요. 어떤 땐 뒤엉켜 수습할 수 없을 때도 있어요. 그럴 때면 홀딱 벗고 계곡으로 내려가요. 그러면 생각은 달아나고 계곡 찬물을 견디려고 전전긍긍하죠. 그러다 20분쯤 지나면 계곡물도 저의 몸의 일부가 되어 편안해져요. 그러면 저는 제 속의 장기를 하나하나 꺼내어 물속에서 씻어내죠. 장기들은 처음에는 꿈틀꿈틀하며 저항해요. 간, 신장, 위 차례대로 꺼내요. 얼마나 더러운지 그것들이 저의 몸속에서 나왔다고 생각할 수 없을 정도로 찌들고 더러워요. 하나 씻는 데 한 시간 이상 걸려요. 깨끗이 씻고 씻어 도로 넣으면 속에서 또 반란이 일어나요. 깨끗한 장기가 들어가니, 더러운 장기들이 왕따를 시키는 거죠. 몸이 깨끗해야 의식도 제자리를 찾을 것 같아요. 장기가 제자리를 찾을 동안 백지 책을 들고 방을 뒹굴뒹굴하죠. 또 한편으로 백지 책에 저 자신을 채워 넣으려고 하면 저는 어디 갔는지 사라져 버리고, 제 기억 속에 올라오는 것들은 몽땅 다른 사람들의 말이에요. 그 말들은 먼지가 켜켜이 쌓여 아무리 씻어도 씻어도 떨어져 나가지 않아요. 저의 일부가 되어 있어요. 그러니 이런 깊숙한 산속에 왔는데도 산의 정기가 제 속에 어떻게 들어오겠어요? 저는 산과 함께 호흡하기 위해 새벽마다 일어나면 숲 속에 가서 바닥에 납작 엎드려요. 그리고 산소리를 들어요. 처음에는 들리지 않던 각양 각종의 새소리가 들리더니, 이젠 다른 짐승 소리까지 들려요. 그러나 아직 산소리는 안 들려요. 몸과 마음을 더 비워야겠지요. 제 속에 들어와 있는 쓸데없는 것들을 완전히 씻어버려야 산소리가 들리겠지요?"

그미는 절망적인 표정을 지었다.

"그렇게 자신에 몰입하려는 계기라도?"

그가 조심스럽게 물었다.

"우리 오빠는 고시 공부를 고투, 자기와의 싸움! 그런 용어로 표현하던데…… 저는 책에 열중하다 보면 저 자신은 책 속으로 빠져 제가 사라지거든요. 그게 몰입 아니에요? 그런데 백지 책을 읽으면 오히려 몰입이 안 되거든요. 그래서 저는 백지 책을 들고 제 이야기로 채우려고요. 그러다 보니 몇 번의 혼란에 빠져들어요. 제 과거의 기억이 모두 사람들로 가득 채워져 있거든요."

그미의 얼굴을 다시 쳐다보았다.

"어느 날 저는 문득 제 속의 끙 하는 소리가 저를 돌보지 않는 저 자신이라는 생각이 들었어요. 저를 위로해야겠는데 방법을 알 수가 있어야죠. 우선 저 혼자 시간을 보낼 수 있는 곳으로 찾아가 한번 저 자신을 되돌아보자는 생각을 하게 되었어요. 근데 마침 고시가 끝났다고 저희 집으로 사촌 오빠가 온 거예요. 그때 절을 소개해달라고 했더니, 자기 암자를 빌려주겠다기에 이리로 달려왔죠."

그미와의 대화에서 오는 충격을 감당하기 힘들었다. 한때 자신이 길을 잃어 방황했을 때, 그미와 똑같은 생각을 하고 자신을 화두로 뒹굴었던 적이 있었다. 그미의 의식은 바로 그에게 전이되었다. 한때 괴로웠던 기억이 되살아났다. 매일 잠을 설쳤다. 몸의 불꽃은 사그라지지 않았고, 들떠 있는 몸은 음식을 받아들이지 않았다. 자신 속에 들어와 있는 그미를 밀어내어야만 했다. 온 산을 헤매었다. 그리고 산속에서 산과 더불어 잠을 잤다. 그미가 온 후로 공부는 포기 상태이다. 온몸이 들떠 붕 떠 있는 상태이다. 그러니 음식 또한 몸이 거부한다. 음식을 먹지 못한 채, 매일같이 설치는 잠으로 몸에서 마음이 빠져나온 허깨비같이 휘청거리며 돌아다녔다. 밤새 산을 미친 듯이 돌아다녔다. 그러고는 아무 데서나 뒹굴며 잠을 잤다. 암자가 답답해 거기에 갇혀 있을 수가 없었다.

어느 날, 날이 채 밝기 전 새벽, 숲 속 미루나무 밑에서 눈을 떴다. 새 울음소리도 들리지 않는, 천지가 텅 빈 듯한 공허함이 그를 에워쌌다. 그때였다. 산의 미세한 움직임과 함께 산울음 소리인 듯한 세미한 소리가 들려왔다. 가와바타 야스나리의 작품『산소리』에 나오는 산울음 소리였다. 신음 소리 같기도 꿈틀거리는 소리 같기도, 들릴 듯 들리지 않을 듯한 약하디약한 소리! 한때 자신을 비우면 자연의 숨겨진 소리를 들을 수 있다고 한 스님의 설법을 듣고 그토록 노력했어도 듣지 못했던 소리였다. 자신 속에 뒤끓었던 소리, 응응거리는 소리가 사라졌다. 그리고 몸이 가볍게 날아갈 듯했다. 새벽 예불에 참석하고 그동안 못 먹었던 밥을 나물에 비벼서 실컷 먹었다. 알 수 없는 충만함이 가슴을 드밀고 올라왔다. 알지 못하는 자신감이 솟아났다. 자신감과는 달리 공부에 몰입하기 위해 몸부림쳤다. 명상과 책 읽기를 반복하며 자신을 다스려나갔다.

그미가 다시 그의 암자에 찾아온 것은 2주일이 지난 어느 날이었다. 하산을 해야겠다는 것이다. 자신을 되찾았냐고 물었다. 자신 속에 웅얼거리는 타인의 소리는 지웠는데, 온전히 자신을 되찾지 못했다는 것이다. 변고가 생겼다는 것이다.

"무슨 변고?"

"장기를 씻고 태우다 보니 간에 검은 콜타르 같은 것이 씻어지지도, 태워지지도 않아요. 몇 날 며칠 반복해도 안 지워져요. 그런데 꿈에 제 간이 자신을 좀 구원해달라는 거예요. 내려가 병원에 가서 진단을 받아봐야겠어요."

"잠깐, 지난번부터 궁금했는데, 장기를 꺼내서 씻고, 태우고, 그건 어떤 의식 같은 거예요?"

"네, 제가 몸이 안 좋아 고등학교 1학년 때 여름방학 내내 금식 기도에 들어갔는데, 그 프로그램은 명상 프로그램과 같이 하는 프로그램이었어요. 제일 먼저 자신이 어릴 때부터 기억나는 것을 모두 꺼내어, 그것을 상상으로 태우고, 또다시 떠오르는 생각을 태우고, 떠오르는 생각이 아무것도 없을 때까지 그것을 반복하는 거예요. 한편으로는 그동안 혹사만 하고 청소를 안 해주었던 장기 하나하나를 상상으로 꺼내어, 씻고 다시 넣고 그것을 반복하다 보면 씻어도 씻어지지 않는 장기가 있어요. 고등학교 1학년 때는 폐에서 먼지가 닦아도 닦아도 안 없어지더라고요. 그래서 병원에 갔더니, 폐렴이라고 입원한 적이 있어요. 이번에도 모든 장기는 다 깨끗해졌는데, 간이 아무리 씻고 태워도 까맣게 타지 않고 남아 있는 검은 점이 보여요."

그러면서 그미가 가져온 모든 음식, 술, 견과류 등의 간식을 그에게 넘겨주었다. 그가 데려다 주겠다고 했다. 집에서 차가 오기로 했으니 걱정 말라고 밑에까지 천천히 내려가겠다고 했다. 짐도 배낭 하나라서 괜찮다고 했다. 다음에 또 올 거냐고 물었다. 그미는 대답을 않고 웃기만 했다. 그미가 떠나고 며칠간 명상으로 그미를 그 속에서 지웠다. 그미는 그렇게 그가 극도의 우울 속에서 헤매고 있을 때 환상처럼 와서 그에게서 떠나갔다.

그는 2년 후 고시에 합격했다. 그미가 산을 내려간 이후, 잠시 동안의 충만감은 간 곳 없고, 공황장애처럼 머리는 찢어질 듯 아프고 아무런 의욕이 일어나지 않았다. 그는 자신이 기숙하고 있는 절의 주지 스님께 금식 기도를 지도해달라고 부탁했다. 주지 스님은 고시에 떨어지자 바로 공부를 시작하지 말고, 금식 기도를 10일 정도 해서 자신을 추스른 다음에 다시 공부를 시작하라고 권했었다. 그러나 그때까지 금식 기도조차 받아들일 수 없었다. 그미가 온 것이 자신이 금식 기도를 하게 하기 위해 온 것 같았다. 그는 그 이후 금식 기도를 통해 몸과 마음을 추슬렀다. 그 이후 탄력 있게 고시 공부에 임할 수 있었다. 3주간도 되지 않는 그미와의 만남이었지만 그미는 전 생애를 걸쳐 그에게 가장 큰 영향을 준 사람이었다. 그러나 그 이후 그미를 생각하면 한쪽 가슴이 뻐근했고, 그미를 만난다는 것이 두려웠다.

고시에 합격한 이후 사촌 오빠라는 사람에게 그미의 소식을 물었다. '잘 있다'고 한마디로 잘라 대답했다. 그 이후 그미의 병은 나았느냐고, 정말 간에 이상이 생긴 것이었느냐고 구체적으로 몇 가지 묻고 싶었지만, 더 이상의 대화를 허락하지 않는 그의 완강한 태도에 그미에 대한 마음을 닫아버렸다. 그미를 만난 이후 그의 마음을 지배하는 전 존재가 되어버린 그미를 다시 만난다는 것 또한 두려웠다. 너무나 자신을 닮은 또 하나의 인간을 바라본다는 것은 고통이었다. 그러다 그미가 대학을 졸업했고, 결혼을 했고, 대학 교수가 되었고 등등의 소식을 풍문으로 들었다. 그리고 신문에서 그미에 관한 기사도 보았다. 그러나 마음만 달려갈 뿐, 어찌할 수가 없었다.

그런데, 정말 기적처럼 출판기념회에 그미가 나타난 것이다. 그때처럼, 지치고 지쳐 더 이상 걸을 수 없어, 헉헉거릴 때 그 앞에 나타난 것이다. 20년의 세월, 정말 우스운 것이었다. 그미도, 암자에서 본 발랄했던 옷차림과는 전혀 달리 교수로서 적당한 품위와 위엄을 갖추었다. 그럼에도 그미는 그때 그대로의 모습이었다. 그가 악수를 건넬 때의 그미의 환한 웃음 속에 활짝 핀 백합은 20년 전의 그미의 모습을 상기시켜주었다. 순간 그는 마치 이 순간을 위해 지금까지 살아왔구나 하는 행복감에 도취되었다.

한국작가회의 회장과 그 지방 작가회의 대표의 축사가 있고, 그미가 나와서 그 작품에 대한 특징을 간략히 소개했다. '진부한 이야기라 해도 그것을 어떻게 플롯화하느냐에 따라 작품은 긴장을 유발, 전혀 다른 새로운 의미를 창출하기도, 독자들의 흥미를 불러일으키기도 합니다. 이번에 출판한 S 작가의 작품이 그러한 경우입니다. 일상적인 소재를 다루었음에도 새롭고 신선감을 주는 것은 바로 플롯화에서 비롯된 것입니다.'

그미의 말은 천상의 소리처럼 그를 과거의 몽상의 세계 속으로 빠져들게 했다. 산속의 계곡에 자신을 맡긴 채, 전라로 몰아의 경지에 빠져들던 그미, 흰 명주 수건과 흐르던 그미의 몸은 지금도 선연하다. 옷과 몸이 혼연일치가 되어 암자에서 뒹굴던 그미, 그미로 인해 자신이 다시 거듭날 수 있었던 그 이후의 충만한 시간들! 그는 그미와 함께 20년 전의 그 암자를 향해 달려갔다.

잔혹한 낙관

잔혹한 낙관

아침에 설거지를 끝내고 잠시 뉴스를 틀었다. '세월호 침몰'이란 자막이 크게 뜨면서 전남 진도군 병풍도 앞바다에 서서히 가라앉는 세월호 사진이 클로즈업되었다. 그 세월호에는 경기도 안산시에 있는 단원고 2학년 수학여행 학생들이 단체로 타고 있었다. 그 학생들에겐 인생 최고의 순간이었을 것이다. 단체로 친구들과 같이 제주도라니. 뜨거운 가슴이 풍선처럼 부풀어 올라 있었을 것이다. 그런데 침몰이라니. 정현은 갑자기 가슴이 울렁거렸다. '아니야, 진정해.' 속으로 마음을 가라앉히고 가슴을 쓸어내렸다. '설마. 구조되겠지. 그래, 구조될 거야.' 혼자 마음을 다듬으며 커피를 내렸다. 아니나 다를까 커피를 마시고 메일을 검색하기 위해 인터넷을 열었더니 바로 전원 구조라는 기사 제목이 다시 올라왔다. '정말 다행이다.' 정현은 마치 자신의 아들이 살아 온 것처럼 한숨을 푹 쉬었다.

세월호 사건은 마음에서 지우고 메일 검색과 답변, 그리고 메일 보낼 원고 정리 등에 두 시간 이상이 흘렀다. 점심을 먹을 생각에 다시 뉴스를 보기 위해 텔레비전을 틀었다. 전원 구조라는 뉴스가 허위 보도였다는 아나운서의 멘트와 함께 몇 시간이 지나 배가 서서히 바다 속으로 가라앉는데도 속수무책으로 학생들을 구조하지 못하고 있다는 소식이 전해졌다. 정현은 기가 막혔다. '첫 뉴스 나온 지 벌써 세 시간이나 지났는데 아직이라니. 도대체 정부는 뭐 하고 있는가.'라는 생각이 들면서 학생 한 명 한 명의 울부짖음과 그들의 공포를 생각하니 기가 막혔다. 구조된 학생과 선생 등이 일부 있었지만 대부분이 구조되지 못해 학부모들은 발만 동동 구르고 있었다. '아니, 우리나라가 그렇게 대책 없는 국가였나.' 하는 생각이 들었다. 지금까지 구조를 못 했다는 것은 구조할 가능성이 낮다는 뜻이라는 생각에 안타까웠다.

그 이후 며칠 동안 아무런 일이 손에 잡히지 않았다. 밤새 뜬눈으로 뉴스를 지켜봤지만, 일부 구조 외에는 결국 대부분이 죽음으로 돌아왔다. 지금까지 선진국 대열이니 어쩌니 떠들던 국가가 겨우 이 정도밖에 되지 않았나. 정말 이 나라를 떠나고 싶다는 생각이 들었다. 그 학생들은 대한민국에 태어났기 때문에 무의미하게 목숨이 희생됐다. 그런 생각이 들면서 오랜 기억이 머릿속을 헤집고 튀어나왔다.

동굴 같은 어둠침침한 방에 웅크리고 있던 자신의 모습이 떠오른다. 매일 낮 동안은 똑같은 취조가 이루어졌다. 낮에는 경찰서로 가서 어떻게 『자본론』을 손에 넣게 되었는지 과정을 소상히 쓰라는 것이었다.

"누군가 모르는 사람이 『자본론』 여섯 권을 가져와서 사라고 해서 그 당시 도서관에 같이 있던 대학원 학생들이 한 권씩 샀을 뿐이다."

"그 가져왔던 사람이 누군가?"

"대학원에는 여러 사람들이 책을 가지고 왔다. 그중에는 출판사 영업 직원도 있었고, 출판사 사장도 있었다. 정확하게 『자본론』을 가져온 사람이 누군지 기억에 없다."

"왜 『자본론』을 샀는가. 이 책은 정상 출판된 것도 아니고 해적판으로 나온 책이 아닌가. 그것을 알고 샀나?"

"누군가가 번역한 것을 인쇄해서 묶었다는 얘기는 들었다."

"왜 『자본론』을 샀는가?"

"논문을 쓰려고 작정한 김남천이라는 사람이 독립운동을 하다 월북한 사회주의자였기 때문에 사회주의의 사상의 근간이 되는 『자본론』에 대한 내용을 알고 싶었다."

"당신은 왜 월북 작가를 연구하려고 하는가? 당신도 공산주의자인가?"

"아니다. 1920, 30년대 문학사에서 카프, 즉 예술프롤레타리아동맹은 민족주의 문학 운동의 중요한 단체였고, 그중의 핵심 멤버인 김남천도 문학사에서 중요한 인물이라 연구하고 싶었을 뿐이다."

"당신은 다른 학생들과 나이 차이도 있는데, 꼭 빨갱이 문학을 연구해야 할 이유가 있는가?"

"아니다. 단순히 금서에서 풀린 월북 작가들의 작품이 새롭게 조명되어야만 한다고 생각했을 뿐이다."

"김남천이 박헌영의 꼬붕인 것은 알았나? 김남천이 박헌영이 숙청될 때 같이 숙청된 것을 알았나."

"알았다."

"그런데도 연구해보고 싶었나?"

"단순히 학문적인 호기심이었다. 문학사에서 중요한 카프 문학 쪽을 한번 훑어보고 싶었다."

"그래서 『자본론』은 읽었나?"

"부분적으로 읽었다."

"읽은 감상은?"

"전체를 읽지 않았기 때문에, 잘 모르지만, 소유에 따라 계급의 특징이 달라진다는 말은 공감이 갔다."

"당신도 공산주의자가 될 소질이 있네. 공산주의 이념에 동의한다는 것 아니냐?"

"그렇지 않다. 이념에 동의한다고 모두 공산주의자는 아니지 않느냐?"

매일 똑같은 질문에 똑같은 답변이었다. 그러고는 경찰서 뒤쪽에 있는 창살이 달린 허름한 유치장에 집어넣어졌다. 경찰이 들이닥친 시간부터 차분하자고 몇 번을 다짐했지만 몸이 떨려 서 있을 수가 없었다. 테이블 귀퉁이를 잡아야 겨우 몸을 바로 할 수 있었다. 혼자 독방에 떨어지자 그때야 정신이 돌아왔다. 남편도 같이 왔지만, 똑같은 질문과 답변이 몇 시간 반복되자 섣불리 끝날 것 같지 않은지 아이들 식사 때문에 우선 집으로 갔다가 다시 오겠다고 돌아갔다.

그날 아직도 잠이 덜 깬 이불 속에서 뒤척이고 있었다, 경비실에서 보내는 벨 소리에 놀라 일어난 것은 7시도 채 안 된 시각이었다. 남편이 호출 전화를 끊으면서 '경찰이 우리 집에 수색 왔다는데?' 하며 고개를 갸우뚱거렸다. 정현은 화들짝 놀라며 며칠 전 후배 박사과정 학생 한 명이 했던 불온서적 단속이 시작되었다는 말이 생각났다. 그때 자신은 불온서적 같은 것은 가지고 있지 않다고 생각했기 때문에 귓등으로 흘려들었다. 정현은 서재로 달려가 불온서적이라고 여길 수 있는 책을 모두 쇼핑백에 넣었다. 그 당시 대학생들이 많이 읽던 『민중사』, 『어느 청년 노동자의 삶과 죽음』, 『공산주의 운동사』 등의 책들이었다. 베란다로 달려가 장독을 열어보았다. 장독이 워낙 작아 다 들어가지 않을 것 같았다. 다시 안방으로 들어와 장롱 이불 사이에 넣었다. 그리고 거실로 달려가 거실에 있던 책을 살펴보는데 집 현관 벨이 울렸다. 남편이 현관을 열자 들이닥친 경찰은 남편과 정현을 부엌 식탁 의자 있는 쪽으로 밀치며 바로 거실 책장으로 갔다. 정현의 눈에는 띄지 않던 『자본론』, 『1930년대 민족해방운동』 등 몇 권을 들고 나왔다. 그때 정현은 『자본론』 같은 책을 가지고 있다는 사실도 잊고 있었다. 정현과 남편도 그것이 거실에 있었다는 사실에 놀랐다. 그때 얼결에 사놓고는 앞 몇 장을 뒤적이다 언젠가 스터디를 시작할 때 읽어야지 하고 책장에 꽂아두었었다.

첫날, 담요 한 장밖에 없는 유치장에 던져지자 하루가 짧다고 볶아치던 일상이 까마득히 멀어졌다. 휴일이라 불온서적 조사를 위해 배치된 두 명은 조사가 끝나자 돌아가고 당직자만 남았다. 경찰서 안에 정현과 당직자 한 사람뿐이었다. 당직자마저 저녁 식사를 위해 밖으로 나갔는지 조용했다. 그러니까 유치장에 갇혀 있다는 사실이 더 견딜 수 없었다. 지금 한창 애들 밥을 먹이고 다음 날 숙제를 체크하고 목욕을 시켜서 잠을 재울 준비를 할 시간이었다. 그렇게 중요하게 생각되던 일상이 멈추면서 반복적인 일들이 마치 '후' 불면 날아가버리는 먼지처럼 생각되었다. 당직으로 남은 경찰관에게 성경이라도 넣어달라고 부탁해야겠다고 생각했다.

마음을 가라앉혀야 한다고 생각하니 성경이 읽고 싶었다. 무늬만 기독교인일 뿐 아직 성경도 완독을 못 했다. 그리고 유치장을 훑어보았다. 한쪽 구석에 놓여 있는 담요 외에는 아무것도 없었다. 정현은 바바리코트 주머니에서 휴지를 꺼내어 방을 훔쳤다. 시멘트에 인조마루 장판이 발라져 있었다. 언제 닦고 안 닦았는지 금세 휴지가 흙먼지로 새까매졌다. 다시 포켓을 뒤졌지만 더 이상 휴지는 없었다. 백은 여기 도착하자 바로 뺏겼다. 담당 경찰이 캐비닛 안으로 확 버리듯 던져 넣었다.

언제 왔는지 정복을 벗고 트레이닝으로 갈아입은 경찰이 침을 찍 바닥에 뿌리며 방 앞을 지나 밖으로 나가고 있었다.

"걸레와 성경 좀 주시겠어요?"

그는 나가던 걸음을 멈추고 비웃는 듯한 웃음을 잔뜩 입에 머금고, '자본론에서 성경이라' 혼잣말처럼 뱉더니 사무실 쪽으로 다시 들어갔다. 정현은 들어올 때 잠시 흘깃 본 책장이 생각났다. 그 당시만 해도 병원, 호텔 어느 곳이든지 성경은 다 비치되어 있었다. 교회에서 선교를 위해 갖다 놓은 것인지 마음만 먹으면 손쉽게 읽을 수 있는 게 성경이었다. 흘깃 본 책장에는 민법, 형법 적용 사례, 운전면허 문제집 등 법에 관련된 서적이 몇 권 진열되어 있었다.

사무실 쪽에서 고개만 돌려

"얼마 전까지 본 것 같은데, 성경 같은 것은 없는데……요."

반말도 아니고 높임말도 아닌 어중간하게 말꼬리를 늘어뜨리며 사라져버렸다. 남편이 설렁탕을 시켜 도착한 것은 바로 그때였다.

"아직 8시도 안 됐는데 아무도 없네. 요즈음 공무원 세월 좋네."

"오늘 휴일이잖아요. 아이들이 많이 놀랐죠?"

"참 깜빡했네. 우선 이것 따뜻할 때 먹어야 하는데? 당직 경찰 어디 갔어?"

"글쎄요. 좀 전에 밥 먹으러 가는 것 같더니 아직 밥 안 먹었던 모양이지?"

"이렇게 혼자 두고?"

"밖에서 열쇠 채워두고 갔는데, 뭔 걱정이에요."

"다른 경찰서에 근무하는 친척에게 전화해서 물어봤더니, 불온서적 단속에 관련 지시가 떨어진 지 얼마 안 되어 언제 끝날 줄 모르겠다는데. 6 · 29 선언 이후 금서가 풀리면서 무작위로 북한 쪽에서 넘어온 김일성 주체사상 등 불온서적이 많이 흘러 들어왔대. 기간을 잡아놓고 검열을 하면 그 기간 동안 꼼짝할 수가 없대. 그래서 한바탕 소탕 작전을 시작했나 봐. 거기에 걸린 거지. 쉽게 풀릴 것 같지는 않아. 단단히 각오해야."

"말이 안 되지. 북한에서 흘러온 책도 아닌데 단순히 『자본론』을 가지고 있다는 것으로 구속을 해?"

"아직 구속은 아니고, 검찰로 넘어가야 구속이지."

"아무튼 책을 가지고 있다는 것으로 이런 처벌은 너무 심하지 않아?"

"아직 명목상 조사 중이니까."

"신분이 분명하면 불구속 수사를 해야잖아?"

"아직 경찰도 입장 정리가 안 된 것 같아. 며칠만 기다려보자."

"나, 이런 기분으로 밥도 먹고 싶지 않아. 그냥 들고 집으로 가서 애들이나 건사해. 내일부터 누가 오기로 했어?"

"어머니가 내일 아침 기차로 올라오신다고 했어. 아침에 내가 애들 밥 먹여 학교 보내면 오후에 오실 거니까. 당분간 집 문제는 걱정하지 마. 기껏 이삼 일이겠지, 당신 말대로 불구속으로 조사만 하면 되지,

이렇게 안 보내주는 걸 보면 뭔가 꼬투리를 잡고 있는 것 같기도 하고. 아무튼 경찰이 아무리 협박해도 거짓 진술서는 쓰지 마. 같은 말 반복하더라도 있는 그대로만 써. 그래도 국물이라도 마셔. 우선 배가 불러야 당당하게 대응할 수 있어. 당당해야 해. 아무것도 겁낼 것 없어. 『자본론』은 논문 쓰기 위해서 필요한 책이었다는 것만 주장해."

"그냥 거기 두고 가. 나중에 경찰 와서 문 열면 먹을게. 애들한테 가봐야지."

"애들한테는 숙제하고 있으라고 했으니까, 조금 더 있다 가도 돼."

남편은 경찰서 사무실 쪽으로 가 의자를 하나 끌고 와 방 앞에 앉았다.

"나는 괜찮다니까. 그냥 가. 당신이 있다고 위로가 되는 것도 아니고, 오히려 불안해서 쓸데없는 말만 많이 하게 돼. 아이들 건사나 해."

"불안해할 필요 없어."

"아 참, 언제까지 여기 있을 줄 모르지만 책 좀 가져다 줘."

"어떤 책?"

"글쎄, 갑자기 책 때문에 여기 와 있으니 우리 집에 있는 책이 모두 불온서적 같네. 하하. 참 성경 좀 갖다 줘. 그동안 읽을 시간이 없다는 핑계로 못 읽었는데, 여기 있는 사이 좀 읽으며 생각 좀 하게."

그때 마침 당직 경찰이 그제야 식사를 했는지 이를 이쑤시개로 쑤시며 들어왔다.

남편은 일어서서 창살에 걸린 열쇠를 흔들면서 경관을 쳐다봤다.

"경찰서 기물을 함부로 옮기는 것 아니오."

그러면서 바닥에 침을 찍 뱉으며 사무실 쪽으로 가 열쇠를 가져왔다. 의자를 옮겼다고 그러는 모양이다. 창살이 열리자 설렁탕 봉지를 바닥에 놓으며 남편은,

"바닥에서 먹을 수 있겠어?"

했다.

"테이블에 가서 식사 좀 하면 안 돼요?"

남편은 사무실을 손으로 가리키며 경찰에게 물었다.

"여기가 그 댁 안방인 줄 아슈?"

"그냥 두고 가. 먹고 싶을 때 먹을게."

순간적으로 자신이 진짜 죄인이 된 것 같았다. 남편 보는 앞에서 유치장 바닥에 몸을 꾸기고 앉아 밥을 먹을 생각을 하니 기가 막혔다. 더 있겠다는 남편을 억지로 보냈다. 남편과 같이 있을수록 이 상황에 놓인 자신을 과장해서 수다를 떨게 된다. 이 상황이 어떻게 연결될지 알 수 없는 그 상황이 불안하고 두렵기조차 하다. 그런데 남편이 같이 있으면 당장이라도 집으로 갈 수 있을 것 같은 희망이 마음속에 스며든다. 그것은 남편이 일상의 한 부분이기 때문일까. 지금 이 상황을 과장도 축소도 하지 않고 그대로 들여다보고 싶은데 자꾸 다른 생각이 끼어든다.

남편을 보내고 우선 심리적 안정을 위해서 자리를 정돈해야겠다고 생각했다. 담요의 먼지를 털려고 담요를 들었다. 시멘트에 인조 장판

만 깔려 온기가 없기 때문인지 지네가 담요에서 떨어져 바닥에서 오물거렸다. 깜짝 놀라며 설렁탕 포장 봉지를 뜯어 지네 위에 덮고 바닥을 쳤다. 그리고 창문 밖으로 던졌다. 담요도 집어 던졌다. 갑자기 이곳에서 밤새울 작정을 하니 암담했다. 그러면서 아직 초가을인데도 몸이 떨려오기 시작했다. 설렁탕 포장을 뜯었을 때 아직도 따뜻했다는 생각이 언뜻 떠올랐다. 다시 설렁탕을 들었다. 봉지 입구를 조금 찢었다. 설렁탕과 밥, 깍두기, 나무젓가락과 플라스틱 숟가락이다. 먹으려면 플라스틱 그릇에 밥을 말아 먹는 수밖에 없다. 아직 밥은 먹고 싶지 않다. 따뜻한 국물만 좀 마셨다. 처음에 식욕이 전혀 없더니 따뜻한 국물이 들어가자 몸속으로 스며들듯 한없이 넘어간다. 하기야 점심때도 경찰서에서 시켜준 불어 터진 자장면을 전혀 먹을 기분이 나지 않아 먹지 못했다. 따뜻한 국물이 들어가니 비참했던 기분이 좀 나아졌다. 다시 담요를 집었다. 확 펼쳐 몇 번을 흔들었다. 더 이상 지네는 없다. 반으로 접고 다시 반으로 접어 담요를 바닥에 깔고 그 위에 앉는다. 그리고 입고 온 바바리로 무릎을 덮고 얼굴을 묻었다. 아무리 생각해도 자신이 여기 있어야 할 이유가 없는 것 같다. 정현은 벌떡 일어나 창살을 흔들었다. 이를 닦고 있던 참인지 경관이 칫솔을 입에 문 채 달려왔다.

"이, 마저 닦고 오세요. 할 말이 있으니까."

정현은 다시 담요 위에 앉았다. 서양에서는 기본 교양서에 불과한 『자본론』을 가졌다는 게 그렇게 잘못인가를 따져보았다. 6 · 29 선언과 함께 금서가 풀렸는데 불온서적을 다시 조사하는 이유가 무엇일까. 하기야 경찰서 당직이나 서는 하위직 경찰이 무엇을 알겠는가. 그들은 시키는 대로만 할 뿐이지. 그럼 언제까지 입장 정리가 될 때까지 기다려야 한단 말인가. 정현은 답답해졌다.

"무슨 할 얘기……요?"

언제 왔는지 창살 앞에 서 있다.

"너무 답답해요. 책 한 권 때문에 이렇게 사람을 감금한다는 게, 이해가 가세요?"

또다시 찍 하고 침을 바닥에 뱉었다.

"아저씨, 침 좀 뱉지 마세요. 아저씨가 뱉은 침이 마르면서 그 속에 있는 균이 공기로 올라온다고요."

"잘난 체는? 저 결핵 없거든요."

"결핵뿐만이 아니에요. 아저씨 침이 깨끗한 줄 알아요?"

"하도 세상이 더러워서 저절로 침이…… 됐고요. 할 말이 뭐요?"

"경찰 아저씨가 생각할 때 책 한 권 때문에 이렇게 갇혀 있다는 게 이해가 돼요?"

"아줌마, 대한민국 정부가 언제 국민들에게 이해받고 일한답니까. 국가가 죄인이라 하면 죄인이지. 아버지가 납북된 것 때문에 저는 태어날 때부터 죄인으로 태어났어요. 그건 이해가 돼요? 스스로가 왜 죽어야 하는지도 모르고 형장의 이슬로 사라져버린 인간들이 얼마나 되는 줄 알아요? 아줌마, 유치장에서 며칠 고생하는 것은 코미디 수준이에요."

"아니, 어떻게 경찰이 그런 말을……."

"아줌마, 여기 있어봐요. 억울한 사람 천지예요. 아무도 자신이 죄를 지었다고 생각 안 해요. 아줌마 생각에 제 아버지 납북된 게 제 죄냐고요. 아버지가 유명한 학자였다는 것도 나에게 아무 소용이 없었어요. 그것 때문에 납북됐고, 그로 인해 엄마가 죽고 내가 평생 죄인으로 살고 있는데, 그게 무슨 소용이에요. 저는 경찰서에 근무하면서, 근무는 아니고 여기는 내 집과 마찬가지예요. 참 아버지 덕도 봤네요. 아버지 제자가 서장으로 있을 때 제가 불쌍해 보였는지, 여기 사환으로 일하라고 해서 들어온 게 벌써 이십 년이 됐어요. 그리고 하도 궂은일을 다 맡아서 하다 보니 정식 경찰로도 만들어줬어요. 정식 경찰관이 되어도 계속 저 혼자 당직하며 여기서 살거든요. 여기 와서 저를 이해하게 됐고요. 이제 억울한 것도 아무것도 없어요. 더도 말고 쫓겨다니지 말고 밥이나 얻어먹고 살다 죽는 소원밖에 없어요. 이렇게 사는 것도 대한민국에 태어난 죄 때문이에요. 아줌마도 대한민국에서 태어난 죄예요. 아줌마는 이 나라에서 보지 말라는 책을 샀으니, 분명 죄를 지은 거라고요. 나는 내가 짓지도 않은 죄 때문에 내 인생을 대한민국이 저당 잡았는데…… 내가 구원받은 건 여기 경찰서예요. 여기 와서 사람들마다 죄가 없다며 억울하다는 이야기를 들으면서 대한민국에는 나 같은 사람이 한두 명이 아니구나, 그러니까 대한민국에 태어난 게 바로 죄구나, 그렇게 생각하니까 마음이 편해졌어요. 아줌마는 기껏 한 달이나 여기 있겠어요? 그 며칠 때문에 호들갑 떨지 말고 조용히 있다 나가쇼. 여기 오는 사람 제 얘기하면 모두 저 때문에 위로받고 간다고 해요."

다시 찍 하며 침을 뱉었다. 침 뱉는 게 버릇인 사람과 같이 있는 것도 기분이 썩 좋지 않았다.

정현도 경찰관의 말을 듣고 쇼크를 먹었다. 결국 대한민국에 태어난 게 죄라, 그 말이 이 상황을 참 잘 설명해주는구나 싶었다. 대한민국에 살고 있는 누구나 당할 수 있는 일이니 '호들갑' 떨지 말라는 것이다. 모순 덩어리의 대한민국을 이해하지 않고는 아무것도 이해할 수가 없다는 것이다. 그러기에 대한민국이 세계 최강국 기독교 국가가 된 것일까. 무조건 하나님만 믿고 살면 속 편하기 때문에. 경찰은 갑자기 입을 닫고 정현이 있는 방 뒤로 갔다. 뒤쪽에 간이 부엌이 있는지 거기에서 달그락거리는 소리가 났다. 그러고는 유치장 열쇠를 열고 들어왔다. 소주와 마른안주가 든 봉투를 바닥에 내려놓았다.

"아줌마, 아무리 생각해도 이것은 풀릴 문제가 아니니, 술이나 한잔하고 자는 게 최선이에요. 밤새도록 나를 괴롭힐 것 같아 술 먹이고 재우려고 그러니, 다른 생각은 마시우."

"이건 위법이잖아요. 유치장에 감금되어 술이라뇨?"

"그럼 가져가요?"

바닥에 엉덩이를 붙이다 바로 일어선다.

"아줌마, 따지고 살아봤자 여기 감금되어 있잖아요. 옳고 그른 건

나중에 하나님 앞에서나 따지시고, 여기서는 편히 쉰다 생각하고 쉬세요."

"지금 당장 불편한 데 어떻게요?"

"그러니까, 술 한잔 먹고 자고 아침에 일어나 조사받으면 돼요. 생각해서 가져왔으니까. 따지지 말고. 그렇지 않으면 추운 데서 잠도 못 자고 미치는 사람도 봤어요. 혼자 고함 지르다 받아주는 사람 없으니까 자살하는 사람도 봤고요. 아줌마, 제가 여기서 당직 선 지 이십 년째 유. 자, 술잔 받으셔."

종이컵에 소주를 따라 정현에게 건넸다. 정현이 얼결에 소주잔을 받았다. 긴 밤 날밤을 샐 수도 없고 암담하기는 했다. 그런데 감금 상태에서 낯선 사내와 술이라니. 정현은 자신조차 납득시킬 수가 없었다.

"수면제 먹는다 생각하고 한잔 쭉 들이켜요."

경찰은 그러면서 자신이 먼저 한 잔 마셨다.

"아니요, 전 못 마셔요. 술 가지고 여기서 나가세요."

그리고 엉거주춤하게 엉덩이를 바닥에 대고 앉은 경찰을 떠밀었다. 그러자 경찰이 발딱 뒤로 넘어지면서 정현이 쥐고 있던 술잔이 부딪쳐 술이 바닥에 흩어졌다. 화가 났는지 발딱 일어나며 가져온 것을 모두 주섬주섬 챙기기 시작했다.

"이 아줌마가. 지금 이 시각부터 날 찾기만 해봐라."

유들유들하다 생각했더니, 딱 자르는 폼에 찬바람이 돈다.

그러고는 사무실 쪽으로 가서 문단속을 하고 불을 끄고 뒤쪽으로 사라졌다.

정현은 바닥에 깔 수 있는 매트리스라도 갖다 달라고 부탁하려다 그만 술 때문에 망쳤다는 생각을 하며 담요가 있는 구석에 쪼그리고 앉았다. 술을 마시고 잠을 자는 게 시간을 단축시키는 가장 좋은 방법이라 순간 생각했지만, 둘이만 있는 경찰서에서 무슨 일을 당할까, 생각만 해도 끔찍했다. 억지로 잠을 청할 수밖에 없다. 정현도 불을 껐다. 잠이 전혀 올 것 같지 않다. 내일 수업도 있는데, 여기 오지 않았으면 내일 발표 내용들을 훑어보느라 밤을 새울 텐데. 이 속에 들어와 있으니 모든 것이 정지된 느낌이다.

그러고 보니, 조사가 끝나면서 화장실을 갔다 온 이후 다섯 시간 이상 화장실을 가지 않았다. 세안도 해야 하고 이도 닦아야 하는데, 찬바람 쌩하고 나간 사람이 다시 올 것 같지 않다. 다시 불을 켰다. 그리고 담요를 들치고 일어나려는데 손에 뭔가 걸렸다. 경찰이 얼결에 가는 바람에 열쇠 뭉치를 두고 갔다. 그러고 보니 창살 열쇠도 안 잠그고 갔다. 갑자기 머릿속이 환해졌다. 열쇠를 찾기 전에 빨리 화장실에 가서 볼일을 보고 이를 닦고 와야겠다. 칫솔은? 정현이 문을 조용히 밀고 나가 사무실 캐비닛 쪽을 보았다. 캐비닛에도 열쇠가 그대로 달린 채 있다. 당직 경찰이 의외로 인간적이라는 생각이 든다. 일부러 캐비닛 문을 열어놓지는 않았겠지만, 그만큼 경계심이 없다는 뜻이 아닐까. 캐비닛 옆 책장에 시집이 한 권 눈에 띄었다. 얼른 정현은 시집을 꺼내어 겨드랑이에 끼었다. 그리고 캐비닛을 열어 백을 꺼내고 언제나 백 속에 넣고 다니는 칫솔이랑 간이 화장품이 든 파우치를 얼른 꺼냈다. 그리고 빨리 화장실로 갔다. 볼일을 보고 이를 대충 닦고 세면대에서 세안을 하는 도중에도 몸이 부들부들 떨려 서 있을 수가 없다. 추워서인지 불법으로 하고 있는 짓들이 불안해서 그런지 계속 떨려왔다. 비누에 손을 비벼 닦는 둥 마는 둥 하고, 걸려 있는 수건에 얼굴을 닦으려니, 찌든 땀 냄새와 담배 냄새까지 고약하다. 닦지 않고 물을 뚝뚝 흘리며 돌아왔다. 백에서 꺼낸 손수건에 얼굴을 다시 제대로 닦고 담요 위에 앉으니 겨드랑이에 끼어 있던 시집이 떨어졌다.

그 책장 속에 시집이 딱 한 권 있었다. 누가 가지고 왔다 두고 간 것을 책장에 꽂아둔 것인가. 정현은 담요 한쪽은 깔고 한쪽으로는 무릎을 덮었다. 그리고 시집을 열었다.『불바다』라, 1948년 시인으로 이름을 올리고 벌써 여섯 번째 시집이다. 이정민 시인? 친근감이 드는 이름이다. 시집 안 속표지 작가 소개란을 보았다. K대 영문과 교수? 까마득히 잊혀진 이름이었다. 어떻게 그 이름을 잊을 수 있을까? 시집은 뒷전이고 갑자기 그 교수와 공부했던 연구실이 펼쳐지면서 그분과의 기억이 머릿속을 꽉 채운다. 오늘은 정말 이상한 날이다. 그동안 전혀 생각지 못한 일들이 한꺼번에 일어난다. 이정민, 이분은 10년 전 정현이 대학원을 다닐 당시에 만났던 분이다. 그분 때문에 정현의 대학원 논문이 나올 수 있었다. 정현이 다닐 당시의 대학원에서는 수업은 하는 둥 마는 둥 주로 저녁 때 술집을 전전하는 것으로 대학원

생활의 명맥을 유지했었다. 그 당시 대학원생 중 문학 전공하는 학생은 얼마 전에 자살한 마○○, 소설 전공 김○○, 시 전공의 박○○, 이○○, 허○○ 다섯 명이 다였고, 박사과정의 정○○, 노○○, 김○○ 등 열 살 이상 연상의 박사과정에 있는 강사들과 어울려 술집을 전전하고 다녔다.

공부는 개인의 몫이었다. 정현은 그 당시 원형 비평(Archetypal critism)에 매력을 느끼고 있었다. 원형 비평의 이론가인 노스럽 프라이(Nothdop Frye)의 『비평의 해부』를 제대로 읽어보고 싶었다. 지금은 번역본이 나왔지만, 그 당시엔 번역본이 없고 원서뿐이었다. 그런데 노스럽 프라이의 해박한 지식 때문에 읽을 때마다 막혔다. 고민 끝에 그쪽으로 이름이 난 그 당시 K대 영어영문학과에 계시는 이정민 교수를 찾아갔다. 이정민 교수는 그 당시 우리나라에서 유일하게 원형 비평에 관한 논문을 썼던 분이었다.

지금 돌이켜 생각하면 그분은 교수로서의 권위 의식이나 체면 같은 것 없이 순수한 인간 그 자체로, Y대학교 대학원생이라는 것 하나만 가지고 정현을 제자로 받아들여준 것 같았다. 주로 책을 읽는 것은 그 분의 연구실에서였는데, 무시로 들락거린 것 같았다. 책을 끝까지 읽었는지는 기억에 없다. 정현은 어쨌든 그것으로 그 당시 꽤 괜찮은 논문을 썼고, 아마 졸업과 동시에 결혼을 했기 때문에 논문조차 이정민 교수에게 갖다 드리지 못했을 것이다.

그분을 찾아 그분의 연구실에서 한 장 한 장을 읽어나갈 때마다 원형 비평 이론에 빠져들곤 했었다. 이정민 교수는 '10년만 이쪽으로 연구하면 그쪽의 대가가 될 것이다.'라며 자신의 대학원생도 아닌데 열심히 정현을 지도해주었다. 그분은 너무 자신의 연구에만 치중하여 그 당시 저서가 10권이 넘었다. 부인이 너무 외로워하다가 우울증을 앓고 있다고 했다. 여자의 입장에서 안타까운 나머지 연구를 좀 줄이고 자녀들이나 부인과 함께하는 시간을 가져야 하지 않겠냐고 해도, 나중에 자녀들이 자신의 저서를 보고 오히려 자랑스러워할 것이라고 정현의 말에 전혀 개의치 않는 것 같았다.

그 이론서를 바탕으로 정현은 논문「원형 비평에 의한 채만식의 『탁류』」라는 논문을 썼다. 원형 비평이라는 것은 프로이트의 제자인 융의 이론을 바탕으로 한 이론인데, 융은 각 국가는 집단의식을 중심으로 민족의식이 형성된다며, 개인적 체험 외에 조상 때부터 내려 쌓여온 의식이 그 민족의 집단 무의식을 형성한다고 했다. 정현은 이 논문에서「심청전」의 물의 이미지가 현대 소설인 채만식의『탁류』까지 어떻게 변화 발전했는가를 분석했었다. 그해 우수 논문으로 대학원 신문에서 뽑혔고, 교수들의 칭찬을 받았다. 그리고 그 당시 시를 가르치는 P교수에 의해 공부가 중단되었다. 그분의 '여자들은 박사과정에 당분간 입학시키지 않는다'는 선언 아닌 선언으로 대학원 공부는 끝이었다. 결혼하고 10년이 흘렀다.

여기서 이렇게 시집을 통해 그분을 떠올리다니? 그 순간 정현은 마치 타임머신을 탄 것 같다. 갑자기 그분을 뵙고 싶다. 호가 초곡인 이

정민 교수는 서울대 영문과를 졸업하고 영국 응용학술원에서 학위 취득, 생전에 미국의 전기연구원(ABC)에서 선정하는 세계 명사 5천 명 가운데 한 사람으로 선정되었다. 연구 저서뿐만 아니라 일찍 시인으로 활동, 열 권 가까운 시집을 남겼다. 그 무렵 그분의 시집을 몇 권 받았음에도 시인이라는 생각은 정현의 머릿속에 남아 있지 않았다. 그 당시 대학원 졸업과 동시에 결혼이라는 이질적 이력이 정현의 삶에 많은 단절을 경험하게 했다. 바로 이정민 교수님의 기억이 그렇고 또 지도교수였고, 마지막 조교까지 하면서 모셨던 H교수에 대한 기억이 그렇다.

어느새 잠이 드는가 싶었는데 뒤쪽에서 들려오는 노랫소리에 깼다. 한때 권혜경의 히트곡이었던 〈산장의 여인〉이었다. 무슨 남자가 청승스럽게 〈산장의 여인〉이라니, 권혜경도 이 노래를 부른 이후 어려운 일이 많아서 그 노래를 부른 것을 후회했다는데, 당직 경찰도 가족 없이 언제나 혼자서 여기에서 지나려면 신세 한탄이 저절로 나오겠다는 생각이 든다. 도심 한가운데 살면서도 버림받아 혼자 외로이 산장에서 사는 기분으로 살고 있는 걸까. 대한민국에 태어난 죄로, 경찰서라는 살벌한 곳에서 혼자 20년을 살았다니, 본인 말대로 별별 일을 다 겪었을 것이다. 갑자기 당직 경찰이라는 사람이 애처로워 보인다. 밤새 〈산장의 여인〉을 반복해서 들었던 것 같았다. 방 여기저기서 찬바람이 마치 선풍기를 틀어놓은 듯 솔솔 들어왔다. 바람 소리에 잠시 뒤척일 때마다 〈산장의 여인〉의 노랫소리가 들려왔다. 정현은 자다 깨

다를 반복하고 갈수록 추워지는 몸을 웅크릴 수 있는 한 웅크렸다. 그리고 경찰서가 떠나갈 듯 코 고는 소리가 들려왔다. 정현은 노랫소리와 코 고는 소리가 어떻게 번갈아 들리지 하는 생각으로 몸을 뒤척이며 밤을 보냈다.

창살을 흔드는 소리에 놀라 깼다. 전날 밤 당직 경찰의 노랫소리 때문인지 끝도 없는 모래 언덕을 혼자 걷고 있었다. 깨자마자 경찰의 '대한민국에 태어났기 때문'이라는 말이 가장 먼저 떠올랐다. 그 경찰 덕분에 머릿속이 정리가 되었다. 궁금한 것도 불만도 더 이상 의미가 없다는 생각과 함께 체념적인 생각이 들었다. 하루 동안 유치장에 가둬둔 효과였다. 아직 어둠으로 주위가 컴컴한 가운데 한 남자가 우뚝 서 있었다. 정현은 밤새 추위에 떨던 지친 눈을 겨우 떠 올려다보았다. 당직 경찰이었다.

"춥지 않았어요?"

당연한 것을 묻는다는 식으로 정현은 대답을 하지 않았다.

"자, 여기 따뜻한 물이라도 마셔요."

정현은 따뜻한 물이라는 말에 얼른 일어났다.

"남자들은 술 한잔 주면 고맙다고 마시는데, 여자들은? 하기야……."

물컵을 건네주며 히죽거렸다.

"아침은 시켜줄까요? 아니면 아침에 아저씨가 올 거예요?"

"오겠죠."

물컵을 받으면서 그래도 잠시라도 용케 눈을 붙였다는 생각을 했다. 따뜻한 물이 속으로 들어가니 온몸의 세포가 확 일어나는 느낌이다. 아. 그 상황에서도 좋다, 라는 생각이 들었다. 결국 일상에서 즐기던 것을 구속, 감금 등으로 즐길 수 없는 불편함 그 자체가 바로 불행이구나.

당직 경관은 정말로 술 한잔을 먹고 푹 자라고 가지고 온 것인지도 모른다. 그렇지만 그 상황에서 술을 받아먹을 여자가 누가 있겠는가. 뒤쪽에서 커피포트에 물 끓이는 소리가 났다. 정현이 그 물 끓는 소리를 듣고 커피 생각을 하자 정말 커피 냄새가 났다. 그 순간 만 원을 주고라도 커피 한 잔을 얻어먹고 싶다는 생각이 간절히 들었다.

밤새도록 잠이 깼다 들었다 하며 머리를 어지럽히던 생각의 결론은 자신이 여기에 왜 갇혔는지에 대한 것은 논리적으로, 혹은 이성적으로 생각해도 아무 소용 없다는 것이었다. 불온서적을 검열하기로 권력자가 정하면, 그것이 필요한 일인지 또 옳은지 그른지는 따질 필요가 없다. 권력자의 의지에 관련된 것이다. 아랫사람은 열심히 검열해서 실적을 올리면 된다. 이틀이 될지, 사흘이 될지 알 수 없다. 그냥 참고 나갈 때까지 기다리는 수밖에 없다.

정말 커피를 가져왔다. 믹스커피지만 황감했다. 이 당직 경찰은 의외로 순수한 사람인 것 같다.

"죄인한테 너무 잘해주시는 것 아니에요?"

정현은 전날 밤 오해하고 떠밀던 생각을 하며 일부러 부드럽게 말했다.

"죄인은 무슨? 우리나라는 아무나 죄인으로 만들면 죄인이 되는 거죠. 저요, 이십 년 동안 아버지 납북된 것 때문에 죄인으로 몰리고, 어머니 홧병으로 죽고, 혼자 고아로 돌아다니면서 볼 꼴 못 볼 꼴 다 봤어요. 얼마나 많은 사람들이 연좌제로 인생을 저당잡히고 사는지 몰라요. 쫓겨 다니다 학교도 제대로 못 다닌 내가 잘되면 장돌뱅이 신세죠. 저도 또래랑 몰려다니며 나쁜 짓 많이 했어요. 여기 옛날에 계셨던 서장님이 제가 말썽 부리며 동네 부랑자들과 몰려다니니까, 여기 불러와서 심부름 시키지 않았으면 저도 지금쯤 감방살이 하고 있었을 거예요. 머리로 자책하지 마세요. 아무 소용 없어요."

이 경찰관은 자신 이야기를 마치 주문 외우듯 했다. 그 이야기로 누구나 다 이 경찰관처럼 전 생애를 저당잡힐 만한 사람은 없을 테니, 들으면 위안이 될 것이라는 생각이 들었다. 우선 정현은 그 당직자의 침을 찍 뱉는 불량스러움에 반감을 가졌다. 그러다 그 경찰이 녹음기라도 틀어놓은 것처럼 반복적으로 그 자신의 얘기를 하는 걸 듣고 보면 슬그머니 자기 자신이 지금 놓인 상황은 아무것도 아니라는 위안을 받았다. 거기다 밤새 들려오던 〈산장의 여인〉의 노랫소리는 그를 품어주고 싶다는 엄마 같은 마음마저 생기게 했다. 어떤 서장이었는지, 이분을 여기 경찰서에 둔 것은 여러 가지 효과를 노린 것 같다.

커피를 같이 마시며 당직 경찰이 들려준 이야기는 정현이 막연하게 생각했던 권력의 무소불위의 힘이 엄청나다는 것을 알게 해줬다.

"저는 어떻게 될 것 같아요?"

"몰라요. 담당 경찰도 모를 거예요. 그냥 취조만 할 뿐이에요. 그대로 따라 답변만 하세요."

"언제까지요?"

"글쎄요? 볼온서적 단속 기간이 끝날 때쯤 되면 결론이 나지 않겠어요?"

얘기 도중 전화벨 소리가 울렸다. 점검을 위한 전화인지 여기에 아무 일이 없다는 보고로 전화를 끊고 그는 바로 사무실 쪽으로 갔다.

아침 10시에 다시 불려나갔다. 남편이 아침으로 샌드위치와 커피를 가져다주고 전날 있었던 애들 이야기를 간단히 들려주고 바로 회사로 갔다. 당직 경찰 말대로 경찰서 쪽에서도 정현을 어떻게 처리할지 모르고 똑같은 질문을 반복했다. 남편 역시 앞으로 어떻게 될지 모르는 것 같았다. 그냥 위쪽에서 혐의가 밝혀질 때까지 계속 진술서를 쓰라는 것이었는데, 거짓말을 하지 않는 이상 그대로 반복해서 쓸 수밖에 없었다. 세 번째 날, 남편이 어디서 들었는지, '당신의『자본론』배포 책임자였다고 하더래.'라는 말을 했다. 그 말을 듣는 순간 '바로 이것이었구나.' 하는 생각과 더불어 온몸에 오싹 소름이 끼치고 그동안 버티고 있던 힘이 빠지며 몸이 무너졌다. '아니, 왜 그래? 어디 아파?' 남편이 사무실로 가 컵에 물을 따라 왔다.

밤이나 낮이나 잠을 푹 잘 수 없었다. 밤마다 반복되는 당직 경찰의

〈산장의 여인〉 노래와 코 고는 소리는 낮에도 들려오는 것 같았다. 끼니도 겨우 국물로 배를 채울 뿐 식욕이 없었다. 멍한 상태로 시간만 때우고 있는 것이다. 차츰 아무래도 좋다는 생각과 그냥 이 경찰서에서 나가 따뜻한 방에서 잠이나 실컷 잤으면 하는 바람뿐이었다. 그러나 막상 조사실에 앉으면 전투력이 살아났다.

세 번째 날 담당 경찰이 그런 불온서적을 읽게 된 것이 논문 때문이라면 논문 주제를 바꾸면 되지 않느냐고 했다. 6 · 29 선언과 함께 민주화에 대한 열망이 커지면서 그동안 금서로 지정되어온 월북 작가의 작품에 대한 연구가 가능하게 되었다. 정현이 김남천 작가 연구를 하게 된 것은 순전히 자료 때문이었다. 박사과정에 있는 다른 학생들보다 10년이나 늦게 입학한 정현은 여러 가지 면에서 불리했다. 초등학교 6학년과 4학년의 아이들을 건사하는 가정주부의 역할이 그 당시 정현에겐 가장 우선이었다. 박사과정에 입학했을 때 대학원 분위기는 정현이 대학원을 다닐 때와는 전혀 다른 학문적 열정으로 꽉 차 있었다. 박사과정에 있는 학생들은 최소한 두세 개 이상의 스터디를 하고 있었다. 대부분 자료를 구하기 힘든 1920, 30년대 자료집을 읽는 스터디였다. 자료를 혼자 구하기도, 읽기도 힘든 것을 스터디를 통해 분업하면서 그동안 전혀 미개척 분야였던 카프 시대의 문학을 하나하나 읽어나갔다.

정현은 석사과정 시절과 다르게 공부에 대한 열정이 되살아났다. 스터디는 대부분 수업이 끝난 후 저녁을 먹고 7시 이후부터 시작되었다. 초등학생 두 명이 딸린 정현은 거의 스터디에 참석할 수 없었다. 그러나 카프가 시작된 1925년부터 1932년 카프가 해산된 지점까지의 자료는 김남천에 관한 논문을 쓰기 위한 필수 코스라 생각하고 겨우 한 개 스터디에 참여했다. 그러다 보니 그 팀과 친목도 필요했다.

어느 날, 평소엔 스터디를 끝내고 항상 술 먹는 자리인 2차에 끼지 않고 혼자 집으로 돌아갔던 정현은 그날은 어쩐지 같이 술을 하고 싶었다. 술자리는 스터디가 끝난 10시 이후부터 시작되어, 조금만 마셔도 12시가 넘었다. 그날 역시 12시 넘게 마셨다. 그중 남자 후배가 정현을 가리키며 선배 집에 가서 한잔 더 하자고 다들 택시를 탔다. 남편이 술은 좋아하지만 모범적인 삶의 규범에서 벗어나지 않는 사람이라 은근히 걱정이 되었으나, 그래도 그 상황에서 어찌할 수 없었다. 새벽 1시가 넘은 시간에 집에 도착했다. 남편이 문을 열어주자 우르르 달려드는 후배 대여섯 명을 보고는 남편은 '뭐 하는 여자야?' 하고는 안방으로 들어가 버렸다. 정현은 후배들을 거실로 안내하고 집에 있는 양주 발렌타인 17년산 한 병과 치즈와 견과류를 가지고 다시 술판을 벌였다. 다들 술에 취했음에도 그 양주 한 병을 다 마시고 새벽 4시가 지나서야 집을 나갔다. 그 이후 정현은 기억이 없었다. 아침에 일어났을 때는 남편도 아이들도 학교에 다 간 이후였다.

김남천, 그로 인해 정현은 학문을 다시 시작하게 되었다. 그런데 논문을 바꾸라니? 정현은 경찰에게 다시 질문을 했다.

"바꾸지 않으면 어떻게 되는데요?"

"그건 여기서 나가는 것을 장담하지 못하는 거죠."

"그건 구속도 가능하다는 거예요? 분명히 하세요. 그건 위에서 내린 지시인가요?"

"아니요, 제가 충고 드리는 거죠."

"당신들이 여기 삼 일씩이나 가둬놓고 기소도 하지 않는 것은 분명한 저의 죄과를 밝힐 수 없기 때문이죠? 그런데 불온서적을 가졌다고 여기에 데려와놓고 논문을 바꾸라고요? 그리고 불온서적의 정의가 뭐예요. 불온서적 목록을 보여주세요. 『자본론』이 들어 있다는 분명한 결정적 증거를 보여주세요. 그리고 저를 구속하든지 조치를 하세요. 이렇게 어중간한 상태로 있고 싶지 않아요."

정현이 강하게 나가니까 조사하던 경찰이 움찔했다. 그러더니 밖으로 나갔다 들어오더니 좀 더 부드러운 어조로,

"불온서적은 우리의 체제, 자본주의를 근간으로 하는 시장경제 체제를 흔들 만한 이념 서적을 말하는 것이겠죠. 『자본론』은 시장경제와 사유재산을 인정하지 않는 공산주의 틀을 제공한 이념 서적이니까 '불온서적'에 해당된다고 할 수 있죠. 그리고 '불온서적' 목록도 비밀문서에 속해 관계자 외에는 볼 수 없어요. 가정도 있으신 분이 이렇게 여기에 며칠씩 있는 것이 딱해서 충고하는 거요."

커피를 시키고 왔는지 사환 아이가 커피 잔을 들고 와 정현 앞에 내려두고 나갔다.

"『자본론』을 어떻게 구했는지 그 과정을 자세히 말씀해주시겠어

요?"

갑자기 정중하게 말했다. 정현은 『자본론』 배포 책임자 혐의를 받고 있다는 남편의 말이 생각났다.

"저는 사회주의나 공산주의 사상에 대해서 학문적 관심 외에는 전혀 흥미가 없어요. 그냥 얘기한 대로 논문을 쓰려면 그것을 읽어야 된다고 생각했어요. 금서가 해제되었다고 해서 그동안에 읽을 수 없었던 책을 다 읽을 수 있는 줄 알았죠. 제가 숨겨둔 비밀문서를 읽은 것도 아니고, 이건 너무하지 않아요? 아무리 조사를 해도 저는 똑같은 대답을 할 수밖에 없어요."

그리고 이틀 동안 똑같은 질문을 하더니, 사흘째는 부르지도 않고 그대로 유치장에 두었다. 그러니까 또 무슨 꿍꿍이속일까 싶어 더 미칠 것 같았다. 그때 정현은 '대한민국에 태어난 죄'라는 말을 백 번 천 번 외우고 외우면서 참고 다시 참고 그들의 처분을 기다렸다. 그런데 5일째 되는 날 느닷없이 유치장을 열어주며 집으로 가라는 것이었다. 결국 그동안 지켜본 결과 『자본론』 배포책이 아니라는 것이 드러난 모양이다. 정현은 어이가 없었다.

택시를 타고 집에 오면서도 '대한민국에 태어난 죄'를 다시 외우기 시작했다.

「김남천 연구」로 박사학위를 땄다. 교수도 되었다. 더 이상 카프 쪽을 공부하는 게 힘들었다. 스터디를 계속하지 않으면 자료 읽기가 힘든 공부였다. 주부로서 밤까지 스터디를 쫓아다닐 수 없었다. 그 이후 방향 전환을 했다. 여성문학을 체계적으로 정리하자는 생각이 들어 옆의 여자대학 박사과정에 있는 강사들과 후배 강사 대여섯 명, 모두 열 명 정도 모아서 스터디 팀을 짰다. 그리고 1920년대 신여성 1세대 나혜석, 김명순, 김일엽부터 한 사람씩 논문을 맡아 쓰기로 하며 스터디를 시작했다. 거의 10년 동안 세 권의 페미니즘과 관련된 책을 한길사에서 출판했다. 연구서로 3판까지 찍는 쾌거를 올렸다.

정현이 근무하던 대학의 강사로 출강 온, 막 학위를 받은 젊은 학자들이 가끔 조심스럽게 물었다.

"혹 선생님이 「김남천 연구」 쓰신 분 맞으신가요?"

정현은 그 젊은 강사를 흘깃 쳐다보고는

"네 맞는데요."

"아, 선생님을 만나뵙게 되어 영광입니다. 학계에서는 교수님이 「김남천 연구」를 끝으로 연구를 그만두셨다는 소문이 퍼져 있습니다."

"그래요. 그쪽 연구는 안 해도 여성문학 쪽으로 계속 논문을 쓰고 있는데. 하하, 하기야 그쪽 연구자들은 페미니즘 쪽 논문을 읽지 않으니 죽은 사람이겠네요."

"저희는 선생님 박사 논문 「김남천 연구」를 한 챕터씩 잘라서 스터디 했어요."

"와우, 저까지 감동적이네요. 몰랐어요."

"그 당시 자료 구하기도 힘들었을 텐데 어떻게 「김남천 연구」로 박사 논문을 쓸 생각을 하셨는지 대단하세요. 김남천에 관한 첫 번째 박사 논문이었잖아요?"

"그러게요. 힘든 기억밖에 없네요."

세월호 뉴스를 보며 어지러웠던 기억들이 떠올랐다 다시 가라앉기를 반복한다. 세월호는 시간이 지날수록 서서히 가라앉고 304명의 목숨들이 영원히 바닷속에 수장되었다. 세월호 뉴스가 나오는 몇 달간 뜬눈으로 밤을 지새며 다시 대한민국에 태어나 희생된 학생들을 위해 명복을 빌었다. 얘들아, 다시 태어날 때는 인간의 생명을 최고로 아는 더 좋은 나라에 태어나거라.

하늘 아래 첫 서점

하늘 아래 첫 서점

지리산 중턱에 자리잡은 새재마을의 겨울은 북적대던 여름에 비하면 고즈넉하다. 그나마 가끔 동네에서 들려오는 개 짖는 소리만 찬 공기를 깨울 뿐이다. 1천 미터 넘는 산중턱에 자리 잡은 새재마을은 하늘에서 첫 번째로 발견되는 마을이라고 '하늘 아래 첫 동네'라고 부른다. 덕천강가에 뜨문뜨문 남아 있던 감나무의 홍시를 쪼아대던 요란한 새들의 소리마저 잠들면 골짜기에 고이는 괴괴한 산소리만이 새재마을을 감돈다.

찬경은 부엌에서 새우젓으로 간한 두부와 가래떡을 넣은 떡국을 간단히 끓여 먹고 다시 아래층 서점으로 내려왔다. 얼마 전에 김유정만을 평생 연구하다 돌아가신 학교 선배이자 퇴직 교수의 책이 도착해 정리하던 중이다. 새로 도착한 책을 우선 정리하고 찬경이 읽어야겠다고 마음먹은 책은 회전 책장에 정리했다. 하루 종일 작업한 덕분인지 허리가 뻐근하다. 아직 정리되지 않은 책을 미뤄두고 찬경은 회전 책장에서 한 권으로 된 김유정 전집을 꺼내어 책상에 앉는다. 이리저리 뒤지다 「산골 나그네」라는 작품이 눈에 들어왔다. 항상 허둥대며 읽은 작품들이었다. 산골의 가을 풍경의 묘사가 절묘하다.

> 산골의 가을은 왜 이리 고적할까? 앞뒤 울타리에서 부수수 하고 떡잎은 진다. 바로 그것이 귀밑에서 들리는 듯 나직나직 속삭인다. 더욱 몹쓸 건 물소리, 골을 휘몰아 맑은 샘은 흘러내리고 야릇하게도 음률을 읊는다.
> 퐁! 퐁! 퐁! 쪼록 퐁!

그 부분까지 읽고, 낮게 틀어놓은 〈페드라〉의 주제곡 〈기차는 8시에 떠나네〉를 조수미 노래로 눈을 감고 듣고 있었다. 읽고 있던 김유정 작품과는 전혀 상반된 분위기임에도 감정이 고조되며 페드라를 외치던 그 장면이 여전히 가슴을 때린다. 그때 문 열리는 소리가 들렸다. 이 시간에 좀체 손님이 오지 않는데. 찬경은 몸을 일으켜 좀 더 밝은 조명의 불을 켰다. 손님은 들어오자마자 한참 문 입구에서 꼼짝하지 않았다. 그러다 갑자기 '흑' 하는 흐느낌 소리가 들리는 듯했다. 찬경이 혹 아는 사람인가 하고 빤히 쳐다보았다. 음악에 도취되었는지 문도 닫지 않은 채 그대로 서 있었다. 입술에 손가락을 댄 채 찬경을 바라보았다. 여자의 몸속에서 찬바람이 불어오듯 바깥에서부터 불어오는 바람이 그녀의 몸을 뚫고 들어왔다. 주객이 전도된 상황에서 찬경이 오히려 머쓱해졌다. 찬경은 다시 읽고 있던 책이 놓인 긴 통나무로 되어 있는 책상으로 돌아왔다. 그때서야 그녀의 목소리가 들려왔다. 〈기차는 8시에 떠나네〉가 끝나고 〈마농의 샘〉에 나오는 베르디의 〈운명의 힘〉이 시작되고 있었다.

"여기 좀 있어도 되죠?"

여자는 찬경의 뒤를 따라와 책상 가까이 놓인 의자에 앉더니 서점을 눈으로 훑으며 말했다.

"네, 그럼요. 근데 어떻게 이 시간에……."

차림을 보니 여행 중인 것 같지도 않고, 등산복 차림도 아니다.

"저 윗동네 살아요. 여기 이런 서점이 있다니 기적 같아요. 하늘 아래 첫 서점이라, 새재마을에 있는 서점이라는 뜻이네요."

"네. 그렇게 인터넷에 올렸더니 금방 새재마을에 있는 서점임을 알더라고요. 하기야 지리산 이쪽을 다녀간 사람은 모를 리 없죠."

50대 후반 정도의 나이인데도 청바지에 엉덩이까지 오는 검은 티셔츠 위에 빨간 점퍼를 깜찍하게 입었다. 머리는 생머리다. 딱히 미인이라고 할 수 없지만 모든 것이 나무랄 데 없는 균형적인 몸매와 얼굴 그리고 무엇보다도 발랄함이 주는 매력 있는 여인이다.

"여기 오래됐어요?"

"아니요, 삼 년 정도."

"어머. 삼 년. 그러면 저희가 오기 전부터 있었네요. 여기에 오고 동네 쪽으로는 첫 외출이에요. 하기야 마을보다 장터목 산장 쪽이나 무제치기 폭포 쪽에서 시간을 보냈거든요. 여기 이름이 너무 멋지지 않아요? 스스로 무지개를 친다고 무제치기 폭포라고 이름을 짓지 않나. 바위를 치면서 무지개 만드는 것 봤어요? 비가 온 뒤 바로 가면 몇 겹의 무지개가 겹치기로 걸려 있어요. 하늘 아래 첫 마을이라는 이름도 너무 호기심을 유발하는 이름이지 않아요?"

그러고는 말을 끊고 목을 뒤로 젖혀 천장까지 쌓여 있는 책을 본다.

"정말 책이 많네요. 그리고 다양한 책이네요. 책을 빌려주기도 해요?"

"네, 경우에 따라서. 대부분 등산객이나 관광객들이 다녀가기 때문에 여기서 몇 시간씩 쉬면서 읽고 가죠. 가끔 동네 사람들도 빌려 가기는 해요."

"어머? 몇 시간씩이나요. DVD도 있네요. 이것도 빌려줘요?"

"등산객들이 쉬어 가기 위해 들르는 곳이기 때문에 쉬면서 여기서 봐요. 빌려 가지는 않아요."

"어머? 어디서 봐요?"

"2층에 독방이 몇 개 있어요. 거기서 봐요."

"그럼 책도 거기서 몇 시간씩 보고 갈 수 있어요?"

"그럼요."

"그럼 커피도 있어요?"

"장시간 머무는 사람들을 위해서 2층 거실에서 언제나 커피포트에 내려놓고 있어요."

"근데 어떻게 그런 생각을 가지고 이런 서점을 만들었어요?"

"여기가 고향이에요. 부모님이 가지고 계시던 땅에, 저는 퇴직하고 책들을 버리든지 어떻게 처분하든지 하려고 했는데, 여기서 집을 짓고 책을 보면서 고향 사람들과 어울려 살고 싶다는 생각이 들었어요. 제가 그런다고 하니까 동료 교수들도 퇴직하면서 책 정리하다 필요 없는 책은 다 이쪽으로 보내주더군요. 그래서 책이 많아졌어요."

"몇 시간씩 머물고 가는데 얼마를 내야 해요?"

"주는 대로 받아요."

"네? 주는 대로요. 그럼 안 주면요?"

"그럼 안 받죠."

"그럼 뭘 먹고 살아요? 여기서 자고 가는 사람도 있어요?"

"저는 돈 벌기 위해 하는 것은 아니에요. 집 있고 연금으로 충분하거든요. 가끔은 등산객들이 차 타는 시간이 잘 안 맞으면 자고 가기도 해요. 요사이는 유튜브로 많이 알려져 일부러 여기 찾아오는 사람도 있어요."

"마치 딴 세상에 온 것 같아요. 저도 여기서 자도 돼요?"

"여자분 혼자서요?"

"여자 혼자는 안 돼요?"

"지금까지는. 여자분 혼자 와서 잔 사람은 없어요. 이 동네 사신다면서요?"

"아니요, 그냥 물어봤어요."

그때 그녀의 얼굴이 어두워졌다. 잠시 머뭇거리다

"커피 한 잔 드릴까요? 2층 구경시켜 드릴게요."

했다.

"그래도 돼요?"

"그럼요."

찬경은 먼저 계단으로 향했다.

"이 나선형 계단도 너무 멋져요. 마치 어릴 때 다락방 가는 것 같아요."

"자주 오세요."

찬경은 자신의 침실을 뺀 방 세 개와 작은 부엌을 모두 보여주었다.

그녀는 계곡이 바라보이는 방으로 들어가더니 나올 줄 모르고 계곡을 내려다보고 있었다. 찬경도 그 방으로 들어가 그녀가 보는 쪽으로 눈을 돌렸다. 계곡 아래 감나무에 새들이 쪼아 먹다 남은 홍시 하나가 바람에 대롱거리고 있다.

"방이 너무 마음에 들어요. 아무것도 없고 뒹굴면서 책을 보거나 영화를 본다는 거죠? 방 바깥은 계곡이네요. 제가 어릴 때 살았던 계곡이 있는 언덕 한옥 이층 다락방 같아요. 저는 거기서 조그만 창 아래 계곡을 내려다보며 책도 읽고 낮잠도 자고 하루 종일 뒹굴며 소녀의 꿈을 키웠어요. 그 다락방을 잊을 수가 없어요. 그 집을 떠나와 결혼해서 살 때도 항상 그 집에 있는 꿈을 꾸었어요. 제가 어릴 때부터 꿈꾸던 방이에요. 오늘 하루만 여기서 재워주면 안 돼요?"

"집 쫓겨났어요?"

찬경은 계속 재워달라는 그녀의 말을 농담처럼 받았다. 그녀는 흘깃 찬경을 쳐다보았다.

"오늘 아니면 평생 못 올지도 모른다는 생각이 들어서요. 또 제가 꿈에 그리던 집에서 저 스스로를 위로하면서 하루쯤 쉬고 싶어요."

찬경은 어떻게 답변을 해야 할지 몰라, 그녀의 말을 속으로 곱씹으며 못 들은 척했다. 그녀는 술을 마시러 아랫마을로 내려가던 길이었다고 한다. 그런데 밖에서 밝게 불이 비쳐 들어와봤더니 서점이었단다. 그녀가 거실 테이블에 앉자 찬경은 커피를 끓여 그녀 앞에 두었다. 커피 향을 음미한다.

"커피 향이 좋네요. 어디 커피죠?"

"아, 베트남 갔다 온 친구가 갖다 준 커피인데 여자 손님이 오면 저는 이 커피를 줘요. 남자 손님 중에는 이 헤이즐넛 향이 화장품 향이라고 그렇게 즐기지 않는 사람도 있어요."

"어마, 헤이즐넛이 천연 향이에요? 저는 인공 향을 가미한 것인 줄 알았는데……."

"베트남에 다람쥐를 방목해서 커피 체리를 먹게 해서 똥으로 나오면 그것을 씻어서 만드는 커피인데 거기다 헤이즐넛 커피 향을 가미한다네요."

"커피에 대해서 어떻게 그렇게 잘 아세요?"

"가져온 친구가 설명해주더군요. 이 커피를 이런 데서 먹어야 제대로 대접받을 것 같다고. 허허."

"그럼 말레이시아 같은 데서 생산되는 루왁 같은 거군요. 그럼 루왁처럼 가격도 비쌀 텐데?"

"비싸다고는 해도 제가 산 게 아니라서. 허허, 마음에 드셨으면 좋구요. 여자 손님들은 커피 향에 민감한 분이 많더라고요. 요즈음은 커피 마니아들이 많아서 커피 내놓기도 신경이 쓰여요. 사실 제가 이 집 지을 때 집 분위기와 커피에 제일 신경 써야겠다고 생각했거든요. 그래서 친구들이 커피 많이 보내줘요."

"이 집이 너무 마음에 들어요. 이제 알게 된 것이 한스러울 정도로."

"이제부터 자주 오세요."

다시 여자의 얼굴이 어두워졌다.

고개를 숙인다. 커피 잔을 다시 들고 코에 갖다 대어 향을 음미하다 한 모금 마시고는 거실 벽난로 쪽에 놓여 있는 기타를 들고 왔다. 기타를 들더니 잠시 손가락으로 튕겨보더니 줄을 조정했다. 그리고 목소리를 가다듬고 낮은 소리로 조용필의 〈그 겨울의 찻집〉을 불렀다. 기타와 노래 솜씨가 보통이 아니었다. 눈에는 눈물이 고였다. 찬경은 안 보는 척 찬찬히 다시 한 번 그녀를 보았다. 그녀는 다시 노래에 도취해 거들떠보지도 않고 이어서 김동규가 부른 〈10월의 어느 멋진 날에〉를 불렀다. 찬경은 머리카락이 얼굴을 반쯤 가리고 한쪽 눈에서는 눈물이 흘러내리는 그녀의 모습이 영화의 한 장면같이 비현실적으로 느껴졌다.

"기타는 누가 연주하던 거예요?"

언제 눈물을 흘렸냐는 듯이 얼굴에 미소가 확 퍼지면서 물었다. 시인 네루다는 저런 미소를 '나비가 피어나듯이 퍼지는 미소'라고 했던가. 그녀의 다양한 표정에 자신도 모르게 빠져든다.

"제가 연주하기도 하고 또 여기 오는 사람들 중에 연주하고 싶은 사람들도 연주하죠."

"이것을 빌려서 무제치기 폭포에 가서 한 번 연주하고 싶어요. 마을에서 무제치기 폭포까지 가는 길이 너무 멋지지 않아요? 처음 여기 올 때 하루하루를 어떻게 견디나 했는데, 하루하루가 기적이에요. 여기야말로 인간은 사라지고 자연 스스로가 주인이더군요. 돈이 없어도 살 수 있는……. 지금은 여기를 떠나서 어떻게 사나 하는 생각이 들어요."

찬경은 기적이라는 단어를 좋아하는구나 생각하며 그녀를 보았다. 그녀의 심상치 않은 신상의 변화가 느껴졌다.

"왜 떠나시나요?"

"아, 네, 그럴 사정이……."

그녀의 표정이 다시 어두워졌다.

"술 먹으러 가던 길이라고 했던가요? 여기서 한잔하죠."

찬경이 엉덩이를 들었다.

"마 됐십니더."

그녀의 억양이 갑자기 경남 사투리 억양으로 바뀌었다.

찬경도 잠시 망설였다. 여기서는 일체 술을 금지했다. 집이 완성된 첫해 술을 먹고 서로 싸우고 난장판이 난 적이 있었다. 그 이후로 술을 허용하지 않았다. 몰래 들고 와 마시는 사람들도 있다. 그러나 모른 체한다. 그러나 행패를 부리거나 말썽이 나면 이 집에 오는 것을 금지한다는 것을 방마다 붙여놓았다. 맥주 한두 잔 정도, 와인 한두 잔 정도로 더 이상 못 먹게 했다.

"손님과는 술은 잘 안 하는데…… 뭘로 하시겠어요?"

"소주 값밖에 없는데예?"

"제가 한턱 쏠게요. 동네 이웃이라면서요. 맥주? 와인? 소주?"

"오늘은 좀 취하고 싶어요."

찬경은 일어나 오징어포와 소주를 한 병 가져왔다. 술을 따르고 한 잔을 그녀에게 건넸다.

"자, 처음 만났으니까 건배하죠."

"아까 페드라 주제곡을 듣고 계시던데, 그 영화 좋아해요?"

"네, 얼마 전에 그리스 여행하면서 페드라가 죽었던 것과 비슷한 계곡을 돌며 그 노래를 들으니까 더 슬프게 들리더군요."

"왜 사람들은 슬픈 것을 더 오래 기억하죠?"

"자기 연민 같은 것 아닐까요?"

"남자도 그런 것 있나요?"

"남자는 감성도 없나요?"

"애틋함, 다하지 못함, 이런 것 때문에 미련이 남는 게 아닐까요. 첫

사랑이 이루어지면 첫사랑이 아니라잖아요."

찬경은 자신보다 열 살이나 더 어리게 보이는 여자가 마치 인생이 끝난 듯한 묘한 느낌을 준다는 생각에 다시 얼굴을 쳐다보았다.

"이 나이까지 아무 미련이 없다고 하면 거짓이죠?"

"그 감성이라는 것이 살맛나게 하기도 하지만 인생을 진창으로 만들기도 하지요."

그녀는 찬경의 얼굴을 자세히 읽으려고 하는 것처럼 쳐다본다. 찬경 때문인지 억양이 경상도 억양에서 서울 억양으로 왔다 갔다 한다.

"자신의 경험인가요?"

"글쎄요?"

두 사람은 서로 얼굴을 쳐다본다. 찬경은 얼른 오징어를 집어 입에 넣는다. 그녀는 엉뚱하게 벽에 걸려 있는 판화로 된 이중섭의 〈물고기와 노는 아이들〉을 쳐다본다.

"이중섭이 일본 여자랑 결혼을 안 했으면 좀 더 오래 살았을 것 같아요. 두 사람은 지독히 사랑했지만, 부인 이남덕 여사가 일본으로 돌아간 후 제대로 된 수입 없이 기식하면서 섭생을 제대로 못해 건강이 악화되었다는 생각이 들더군요. 한국 부인이라면 어떡하든 행상을 해서라도 제대로 이중섭을 화가로 성공하게 했을 거예요. 이중섭의 비참한 말로가 제 인생을 바꾸어놓았어요."

분명 사연이 있는 듯. 그러나 물을 수가 없었다.

"이중섭의 애틋하고 비극적인 가족 이야기 때문에 이중섭 그림이 더 좋지 않아요?"

그녀는 일어나 테이블에 있는 휴지를 뽑아 액자에 쌓인 먼지를 정성스레 닦는다. 찬경은 왜 그 장면에서 아내가 떠난 이후 그동안 한 번도 생각나지 않았던 아내와 그녀가 겹쳐 보였는지 이해가 되지 않았다. 숨이 탁 막히는 이 감동이 아내에 대한 그리움 때문인지, 아니면 가족에 대한 그리움 때문인지. 순간 서러움 같은 것이 가슴으로 올라왔다. 찬경은 자신을 의아해하며 술을 입에 털어 넣고는 아무렇지 않은 듯이 말을 이었다.

"생각만 해도 가슴이 아프지 않아요? 가족에 왜 우리는 목이 메는지?"

찬경은 진짜 목이 메었다. 그녀가 찬경 쪽을 흘깃 쳐다보았다.

"중간에 이중섭이 일본에 들어갔을 때 어떡하든 이중섭을 부인이 한국으로 돌아가지 못하게 말렸어야죠."

"사람마다 각기 사정이 있으니 그걸 우리가 다 이해하기는 힘들죠. 이남덕 여사는 그 나름 그렇게 못 하는 사정이 있었겠죠. 어떤 사람에게는 사랑만이 중요하다고 생각하지만 살아가는 데 급박한 게 너무 많지 않아요? 또 그 상황에 대한 대처는 사람마다 다르니까요. 어떻든 아중섭이 마지막까지 가족을 그리며 혼자 죽어갔다는 것이 저도 눈물겨웠어요."

그녀는 술을 입에 털어 넣으며 크게 한숨을 쉬었다. 눈에서 흘러내린 눈물 한 방울이 불빛에 반사되어 반짝거렸다.

"너무 편안하신 것 같은데?"

"저요? 사람은 다 마찬가지예요. 저도 사랑 때문에 한때 마음도 졸였고. 허허, 이런 이야기 오랜만에 하네요. 여기 지리산에 오니까 세상과 아주 멀어지는 것 같아요. 그리고 추억도 슬픔도 마치 다른 사람의 그것처럼 아득하게 느껴져요. 등산하며 오는 사람들도 사람 사는 이야기보다 산에서 생긴 일을 주로 대화 거리로 삼으니 우리가 살았던 세상하고는 좀 다른 세상에 있는 것 같기도 해요. 그래서 그런지 인생 별것 아니라는 생각이 많이 들어요. 내가 퇴직을 해서 그런지 먹고사는 문제도, 왜 그렇게 젊었을 때 아등바등하고 살았나 하는 생각이 들 정도예요. 퇴직한 친구들 중에는 아직 세끼 밥 때문에 아내에게 매여 사는 친구들도 많거든요."

"서울에 있는 친구들이 보고 싶지 않아예?"

"아니요, 친구들이 여기로 와요. 오히려 서울에 있을 때보다 더 많은 사람들을 만나는 것 같아요. 신기하게 이 멀리까지……. 기대하지도 않았는데……."

"등산하지 않는 사람은요?"

"여기까지 차가 다니잖아요. 저 밑 주차장에 세워놓기도 하고 조개골 산장에 세워놓기도 하지요. 휴가로 가족끼리 와서 가까운 조개골 가서 백숙과 도토리묵을 잘 시켜 먹어요. 가끔 메기탕도 먹고요."

"조개골 주인 잘 아세요?"

"자주 가고, 또 이웃이니까요. 이장이시고 이 집 지을 때도 도움 많이 받았죠. 제가 서울에서 죽 살았기 때문에 이쪽 사정을 몰라 이 집을 설계하신 분, 건축하신 분 모두 거기서 소개받았죠. 그리고 저희랑 그 댁이랑은 선친끼리도 잘 알고요. 왜요? 잘 아시는 사이인가요?"

"아니예."

그녀의 얼굴이 다시 흐려졌다.

"말씨를 보니 여기 사람은 아닌 것 같은데, 어떻게 여기?"

그녀는 대답 대신 잔을 들어 술을 홀짝 다 입에 털어 넣었다. 그러고는 침묵이 계속되었다. 찬경은 갑자기 자리가 어색해졌다. 질문한 것을 후회하며 더 이상 묻지 않고 비어 있는 술병 대신 새 술병을 가지러 부엌으로 갔다.

바람이 싸아 하고 지나가는 소리와 함께 나뭇가지 흔들리는 소리가 들린다. 찬경은 부엌 문을 열어 계곡 아래를 본다. 짱 하고 찬 공기가 볼에 부딪친다. 약한 물줄기가 힘없이 흘러내린다. 아직 계곡 구석구석 녹지 않은 눈이 어둠 속에서도 희뿌옇다. 하늘은 맑다. 새벽별 하나만이 반짝거린다. 멀리 산등성이에는 그림처럼 초승달이 걸려 있다.

찬경은 수도에서 물을 한 컵 따라 마시고 냉장고에서 소주 한 병을 들고 자리로 돌아왔다. 그녀는 테이블에 얼굴을 박고 있었다. 찬경은 그녀의 잔에 술을 따르고 자신의 잔에도 술을 따른다.

"다시 한 잔 들죠?"

처음 발랄하던 모습과는 달리 그녀의 주위를 감싸고 있는 우수의 그림자가 뭔지 알 수가 없다. 그녀는 연거푸 두 잔의 술을 들이켠다.

"참 인생 우습죠?"

50대 후반이라 인생의 쓴맛 단맛을 다 보았을 나이다. 그녀의 말을 듣고 찬경은 갑자기 유명을 달리한 아내가 생각난다.

"몇 년 전까지만 해도 제가 이 지리산 골짜기 있을 것을 상상도 못했어요. 저 자신도 저의 운명을 모르니."

"근데 어떻게 여기까지……."

"운명이라는 게 있는 것 같아요. 자신도 어쩌지 못하는 운명."

"저도 여기 오고 싶다는 생각은 했지, 올 줄 몰랐어요."

그리고 아무 말 없이 술잔만 기울였다. 찬경은 그녀가 어떻게 여기에 오게 되었는지 묻고 싶었지만, 어떤 사연이 있는 줄도 모르고 말을 꺼내기가 망설여져 일어서서 화장실로 가 볼일을 보고 왔다. 그리고 베토벤 〈비창〉 소나타를 틀고 술 한 잔을 들어 마시려는 찰나, 그녀의 몸이 갑자기 테이블에서 미끄러져 마룻바닥으로 떨어진다. 찬경은 급히 그녀 쪽으로 가서 그녀를 흔들었다. 응응거리며 의식이 잦아진다. '그 짧은 사이에 이렇게까지.' 찬경은 속으로 중얼거리며 이 난감함을 어떻게 처리해야 할지 한참 서 있었다. 밤에 술을 먹으러 마을을 찾아 내려올 정도면 제법 술을 하는 줄 알았는데 소주 한 병도 아니고, 겨우 반 병 넘게 마셨나? 이렇게 인사불성이 되다니. 그러다 졸다 일어날 수도 있으니 베개를 가져와 머리에 고이고 자신은 다시 술을 마셨다. 찬경도 오랜만에 하는 술이다. 자신도 무제치기 폭포에서 치밭목 산장까지 거의 매일 등산을 하는데도 그녀를 한 번도 보지 못했다는 게 신기하다. 자고 있는 옆모습을 본다. 그러나 낯설다. 그녀를 모르기 때문에 어쩌면 지나칠 수도 있다. 한 시간이 지나도 일어날 생각을 안 한다.

찬경은 어쩔 수 없이 그녀를 안았다. 그녀에게서 풍기는 은은한 향에 머리가 아찔, 다리에 힘이 빠진다. 정신을 가다듬는다. 아내가 떠난 후 이렇게 여자를 가까이해보기는 처음이다. 등골 아래로 열기가 훑고 지나가 한 곳으로 모인다. 순간 얼굴이 화끈거린다. '늙어 창피하지도 않냐?'는 아내의 말에 같은 집에서 10년을 별거했다. 나이 상관없이 가끔 불쑥 일어나는 욕망을 가두고 살았다. 몸 안에 누르고 눌렀던 야성의 발톱이 일제히 반란하듯 일어났다. 찬경은 서둘러 자신의 침실로 그녀를 안고 갔다. 얼른 침대에 뉘였다. 그녀가 입고 있던 점퍼를 벗겼다. 집에서 입던 옷인지 얇은 면 티셔츠에 청바지이다. 양말도 신은 그대로 이불을 덮어주고 그 방을 서둘러 나왔다. 생각지도 못한 자신에 대한 황당함이 곤혹스럽다. 얼굴에 오른 열기를 의식하며 부엌으로 가 찬물을 한 컵 들이켜고 거실로 왔다.

찬경은 혼자 다시 술잔을 들었다. 여기 내려 와서 자신과 대면하는 시간이 많았다. 아내를 그렇게 떠나보내지 않았으면 이렇게 내려오지도 못했을 것이다. 아내는 사람들을 떠나 여기 내려와 있는 것을 원치 않았다. 아이들 곁에 있고 싶다고 했다. 하기야 공부를 하고 있는 딸은 결혼 후에도 수시로 엄마를 불러들였다. 아내는 자신은 마치 이 세상에 아이들을 위해 태어난 것처럼 아이들의 요구에는 총알처럼 달려갔다. 어떤 때는 그런 아내가 이상했지만, 학교에 출근하고 바깥일만 자기 일처럼 알고 살아온 자신과 같은 사람에게 아이들에게 그렇게 충실한 것을 보고 바깥에 있어도 마음은 편했다. 자신은 언제나 집에만 오면 이방인이었다. 집에 와도 연구실의 연장 같았다. 밥만 먹고 서재에 갇혀 책을 읽거나 음악을 들었다. 가끔 같이 텔레비전이나 볼까 하고 거실로 나가면 자신이 없을 때는 시끌벅적하다가도 서재의 문이 열리는 소리만 나도 순식간에 조용해졌다. 자신이 뉴스를 볼 때도 거실에 아무도 얼씬 않았다. 그럴 때마다 마치 자신이 남의 집에 들어온 침입자 같다는 생각을 매번 했다.

그런데 갑자기 아내가 심장 쇼크로 쓰러진 것은 자신의 정년을 1년 앞두고였다. 그날도 찬경은 서재에서 책을 읽다 잠이 들었다. 화장실 때문에 일어난 것은 7시였다. 바깥에 있는 화장실에 화장지가 떨어져 안방으로 가 목욕탕 문을 여니 아내가 쓰러져 있었다. 놀라 흔들었지만 이미 몸은 싸늘했다. 찬경은 결혼해 따로 살고 있는 아들과 딸에게 전화를 하고 119를 불렀다. 병원 응급실에 도착했을 때 의사는 이미 심장 쇼크가 새벽 5시쯤 발생하여 더 이상 소생은 힘들다고 사망을 선언했다. 찬경은 5시 전후에도 화장실을 다녀왔다. 그러나 전혀 소리가 들리지 않았다. 어떻게 넘어지는 소리를 못 들었을까. 남편과 아내로 만나 오랜 세월을 살았는데 이 정도밖에 안 되는 인연이었나 생각하니 인생은 슬프고 허무하다는 생각이 들었다.

그렇게 아내를 보내고 나니, 그 집에 더 이상 머물고 싶지 않았다. 학기가 끝나기 무섭게 서둘러 고향으로 내려와 집짓기에 몰두했다. 미친 듯 서두르는 자신에게 주위 사람들은 심지어 아들과 딸조차 아무 말을 안 했다. 지금도 내려온 것은 후회 안 한다. 다른 사람들은 아내 잃은 슬픔이 너무 커 쇼크를 먹었나 보다 생각하지만 한 사람이 그렇게 어이없게 갔다고 생각하니 인생이 너무 허무했다. 그래서 바람 따라 살기로 했다.

찬경은 술병을 다 비우고 테이블을 정리하고 목욕탕으로 가 양치를 했다. 손님방으로 들어가 요를 깔고 베개와 이불을 내렸다. 그리고 계곡 쪽으로 난 작은 창문을 열었다. 아직 10시 30분밖에 안 된 시각인데도 칠흑 같다. 술기운이 온몸을 훑고 다니는지 몸에 열기가 후끈 오른다. 겨울 한철은 다녀가는 사람들이 뜸해서 간만에 마셨다. 그러나 기분은 좋다. 그녀를 안고 있는 동안 느꼈던 뿌듯한 열기가 그를 다시 들뜨게 한다. 다시 가슴이 벌떡거리며 얼굴이 발갛게 달아오른다. 창문 바깥으로 머리를 더 내민다. 찬 공기가 서서히 얼굴을 마사지하듯 어루만진다. 집에 사람과 같이 있다는 것이 이렇게 마음을 들뜨게 하는지 이전에 경험하지 못한 것이었다. 산행하는 사람들은 언제나 떼거리였다. 가끔 혼자 오는 남자도 있긴 있었다. 그러나 그 사람은 단지 손님이었다. 그녀도 단지 손님일 뿐이다. 그런데? 여자와 남자의 차이일까.

이런저런 생각으로 뒹굴다 잠이 들었다. 잠이 깬 것은 화장실 때문이었다. 화장실로 가기 위해 핸드폰 시계를 보았을 때는 3시였다. 아직 바깥은 어두컴컴하다. 볼일을 보고 부엌에 가서 물을 두 잔 마시고 보온병을 가지고 나와 커피포트 옆에 두었다. 찬경은 거실에 걸려 있는 두꺼운 점퍼를 걸치고 옥상으로 가는 계단을 올랐다. 그녀가 깰까 봐 발소리를 조심하며 옥상을 오른다. 동네 불이 다 꺼져 주먹만 한 별들이 껌벅거리며 하늘 가득하다. 찬경은 양손을 벌리며 가슴을 마음껏 펼쳐본다. 온몸이 열리듯 뼈들이 뿌드득 소리를 낸다. 한 줄기 바람이 스치니 찬 공기가 몸에 소름을 돋게 한다. 몇 집 되지 않는 동네가 어둠 속에 잠겨 있다. 어느 집 닭인지 꼬끼오 하는 소리가 들려온다. 찬경은 다시 하늘을 올려다본다.

다섯 살 때였다. 아버지와 지리산 장터목 산장에서 본 밤의 별들은 휘황찬란했다. 별을 둘러싸고 있는 은하수를 본 것은 그날 처음이었다. 장터목 산장에서 밤새 술을 마시던 사람들의 와우 하는 고함 소리에 자다 깬 것은 10시였다. 다음 날 아침 천왕봉 해돋이를 보기 위해 새벽에 일어나야 한다며 일찍 잠자리에 들었었다. 아버지를 따라 밖에 나오니 사람들이 다 몰려 나와 하늘을 쳐다보고 있었다. '와, 은하수다!' 누군가 소리를 질렀다. 와우, 총총히 박힌 별들 주위를 둘러싸고 운무 같은 것이 띠를 두르고 있었다. 그러자 마치 폭죽이 쏟아지는 것처럼 별똥별이 무수히 떨어졌다. 그때 어릴 때의 그 광경이 뇌리에 박혀 취미처럼 별을 쫓아 다녔다. 그 광경은 몇십 년이 지나도록 다시 볼 수 없었다.

찬경은 별을 따라 산길을 걷기 위해 머리에 쓰는 플래시 헤드라이트를 거실 테이블 서랍에서 찾고 커피를 끓여 보온병에 넣고 신발장에서 운동화를 찾아 길을 나섰다. 동네와 멀어질수록 별은 더욱더 많아지고 커 보인다. 30분 정도를 걸어 조개골을 지나 치밭목 산장까지 가기로 한다. 여름에는 이 시간에 나와 무제치기 폭포까지 갈 때도 있다. 그럴 때는 간단히 준비해 간 것을 크고 작은 폭포가 계속되는 계곡을 찾아 먹고 쉬었다 간다. 안개에 싸여 여러 겹의 무지개를 만드는 폭포에서 햇살 아래 휘황한 색깔을 내며 빛 화살로 쏟아지는 폭포, 마치 마법을 펼치는 듯한 무제치기 폭포는 그 자체가 예술이다. 어젯밤 그녀가 무제치기 폭포에서 기타를 연주하고 싶다고 한 말이 떠올랐다. 폭포의 물소리와 어울릴 수 있는 곡은 에릭 사티의 〈짐노페디〉 정도일까.

겨울에는 어두워 천천히 걷기에 시간이 더 걸린다. 또 사람이 아무도 없는 산길은 무섭다. 어둠 속에서 조그마한 소리만 들려도 화들짝 놀란다. 금방이라도 짐승이 달려들 것 같다. 키 작은 조릿대 가지들이 바람에 서로 몸을 부대끼며 이리저리 흔들린다. 몸의 컨디션이 좋을 때는 매일 걷지만 그날그날 기분에 따라 산길은 달라진다. 제 엄마가 죽은 후 딸애가 한 말이 생각난다. '아버지! 엄마가 떠나자 서둘러 고향으로 내려가면 엄마의 혼조차도 아버지께서 거부한다고 엄마는 생각할 거예요. 생각해보세요. 혼이라도 어머니가 아버지를 찾아 아버지 고향으로 가겠느냐고요.' 워낙 시어머니와 고부 간에 사이가 좋지 않았다. 찬경의 어머니는 오랫동안의 산속 생활에 익숙해 형식을 무시했다. 그런데 서울 출신의 아내는 형식, 절차, 예의를 많이 따졌다. 아내는 죽은 후에도 절대 찬경의 고향에는 오지 않을 것이다. 딸애의 말도 그럴듯하지만, 그렇다고 죽은 사람을 위로하기 위해 그 집에 머무를 수는 없었다.

아내가 가고 나니 아들과 딸이 자신을 마치 맡아야 할 짐처럼 느낄까 봐 그것도 부담스러워졌다. 뒤처리를 아들과 딸에게 맡기고 자신의 서재의 짐과 옷만 챙겨 이사를 왔다. 3년 동안 아들네와 딸네는 딱 한 번씩 다녀갔다. 걔네들로는 워낙에 먼 길이다. 가끔 며느리가 밑반찬을 해서 보냈지만, 보내지 말라고 했다. 여기 나물이 워낙 좋아 이불 빨래와 청소를 해주는 아주머니가 나물류를 가끔 해서 갖다 준다고 말했다. 여기 왔다 돌아가는 등산객들이 남은 음식이라고 두고 간 음식도 지천이다. 아내가 있을 때 매일 아침저녁 먹는 것이 일상의 큰 부분이었다. 그러한 생활이 허물어지니 끼니는 아무것도 아니었다.

한 시간쯤 걸으니 등에 땀이 난다. 앙상한 나뭇가지 사이로 한 줄기 빗줄기가 지나간다. 희끗희끗한 구름 사이로 짙은 회색 뭉게구름이 빠른 속도로 움직인다. 비가 오려나. 찬경은 갑자기 마음이 바빠졌다. 커피라도 마셔야지. 잠시 걸음을 멈추고 준비한 커피를 보온병 뚜껑에 따라 마셨다. 커피 향기가 산속으로 퍼진다. 따뜻한 커피 향기에 기분이 좋다.

커피 향기 때문인지 갑자기 어젯밤 그녀의 몸에서 풍기던 향이 생각난다. 아직도 자고 있을까. 아무리 그래도 처음 만난 낯선 산골 나그네 아닌가. 그 생각이 들자 마음이 두근거리며 침대 머리맡 서랍장의 저금통장이 생각난다. 설마? 하는 생각과 이 가슴 두근거림의 징후는? 하는 생각이 번갈아 나면서 더 이상 길을 걸을 수가 없다. 찬경은 서둘러 내려왔다. 1층에 불이 환하게 켜져 있다. 다시 퉁 하며 가슴이 내려앉는다. 2층으로 올라가는 계단으로 향했다. 역시 2층 현관에 그녀의 신발이 없다. 자신이 등산 출발할 때도 신발이 없었나. 정확하게 기억이 나지 않는다. 침실로 들어갔다. 침대에 어지럽게 이불 베개가 엉켜 있다. 서랍장도 열려 있다. 역시 저금통장과 도장을 같이 둔 비닐봉투가 없다. 시계를 보았다. 아직 은행 문을 열 시간은 아니다. 아니, 통장으로 현금 인출 기계에서 돈을 찾을 수도 있다. 비밀번호? 아, 그것도 저금통장 바로 제일 앞장에 잊을까 봐 연필로 기록해 두었다. 퇴직할 때 받은 현금과 아내 죽은 후 보험회사에서 받은 보상금, 또 조의금, 모두 합쳐 3억가량의 돈을 5천씩 아들, 딸에게 나누어 주고 1억 5천으로 집을 짓고 남은 5천 현금이 들어 있다.

어떻게 해야 할지 모르겠다. 아무리 생각해도 그녀가 그럴 것이라고는 생각이 안 든다. 그렇지만 자신이 그랬다는 것을 증명하듯 서랍의 문까지 열어놓고 갔지 않았나? 그녀가 용의주도함을 가지고 한 짓은 아니다. 찬경은 그녀가 한 행동을 상상해보았다. 화장실 때문에 일어났다. 그러다 자신이 찬경의 침대에 잤다는 것을 알고 당황한다. 그리고 찬경을 찾는다. 아무리 2층을 뒤져도 없다. 다시 아래층으로 간다. 아래층에도 없다. 집으로 가려니 집을 비워두고 갈 수도 없다. 다시 2층으로 와 침대 방으로 들어간다. 다시 잠을 청할까 하고 침대에 누웠다. 잠을 청하려 해도 잠이 안 온다. 이것저것 궁금해 뒤지다가 서랍에 있는 저금통장을 봤다. 도장도 비닐에 같이 들어 있다. 그때 그녀는 유혹을 느낀다. 그것을 가지고 서랍을 닫을 여유도 없이 급히 도망친다.

이 시나리오가 맞을까. 두 번째 시나리오는 일어나보니 자신이 남의 침대에서 잤다는 것을 알고 서둘러 자신의 집으로 가버렸다. 지나가는 객이 1층에 환하게 켜져 있는 불을 보고 들어왔다. 사람이 아무도 없자 2층까지 올라가 서랍을 뒤졌다? 그건 가능성이 낮다. 이 새벽에 집 앞을 지나갈 사람은 거의 없다. 있다고 해도 동네 사람일 것이다.

찬경은 2층 거실을 왔다 갔다 한다. 마음을 정할 수가 없다. 무엇부터 해야 할지.

순간 그녀가 조개골 주인 아저씨를 아느냐고 물은 것이 기억났다. 찬경은 문단속을 하고 조개골로 향하였다. 조개골에는 벌써 손님이 왔는지 식사 준비에 분주하다.

"안녕하셨어요?"

나물을 손질하고 있는 주인아주머니에게 인사를 했다.

"아, 네? 웬일이십니꺼? 새벽에 등산 안 가셨어예?"

"네, 잠시 갔다 왔어요. 아저씨는……."

"뒷마당에서 닭 잡느라고."

찬경은 집 뒤를 돌아 뒷마당으로 나갔다.

"이장님, 아침 먹으러 왔습니다."

"잘 왔어요. 생전 아침은 안 먹는다며요?"

"글쎄요, 오늘은 땡기네요."

"그럼 안방에 들어가 조금만 기다려 주소. 아침 손님이 있어 먼저 들여다 주고…… 안 바쁘지예? 방에 들어가 계시~소~."

"아, 괜찮습니다. 천천히 하십쇼."

찬경은 혼자 안방을 들어가기도 그렇고 그냥 마당을 어슬렁거렸다. 이장이 닭 손질을 마무리하고 솥에 넣었는지 찬경의 얼굴을 빤히 쳐다보며 찬경 쪽으로 왔다.

"꼭 할 말이 있는 것 같네예. 자, 들어갑~시~더. 내 바쁜 것은 끝났으예."

하고 먼저 마당 수도에서 손을 닦고 앞장선다. 찬경도 따라 들어간다. 방에 불을 넣었는지 훈훈하다.

"혹 이 주위에 산다는, 오십대 후반에 머리 길고 날씬한 여자, 여기 사람 같지는 않고, 외지에서 들어온 여자 같은데 아는 사람 있어요?"

"와요? 외지에서 여기 와서 사는 사람이 많나? 딱 한 집, 그러니까 요양차 온 부부는 아니고 같이 사는 여자 있제?"

"어떤 사람인지?"

"그 여자 부산 여자인데, 마, 지 발로 지 복 차고 나온 여자 아인교,

쯧쯧."

"네? 무슨 말씀을?"

"근데 교수님이 그 여자를 어찌 압니꺼?"

"아, 어제 서점에 왔더라고요."

"생전 외출을 않던데. 근데 와?"

"글쎄 좀."

찬경은 뭐라 말을 해야 할지 머리를 긁적거렸다.

"그 여자, 의사인 남편을 차고 나와, 첫사랑인지 뭔지 하는 암 말기 환자 간호한다고 온 지 일 년이 다 됐지, 아마. 첫사랑 남자하고는 학교 때 사귄 모양인데 남자는 꽤 알려진 화가라 카던데, 여자 집에서 반대해 의사와 결혼했는데도 이 남자는 이 여자를 못 잊어 결혼 안 하고 독신으로 혼자 산 모양이라 카데. 근데 아마 말기 암 환자로 시한부 인생이라는 것을 누구 통해서 들었는지 남편을 차고 나와서 마지막 길이라도 자신이 지켜주겠다고, 이쪽으로 왔지예. 참 순애보지. 지리산에는 빨치산 패만 숨는 게 아니라 그런 순정파도 많이 도망 오는 기라. 그래서 그 두 사람 우리 집에 오라 해서 밥도 많이 먹였다 아입니꺼."

"네? 그래서요?"

"자연식으로 치유해보겠다고 왔지만 그게 어찌 쉽나? 두 사람 다 대단한 게, 환자도 그렇고 그렇게 몸이 아프면서도 무제치기 폭포 전체를 계절별로 그림을 그린다며 매일 무제치기 폭포에 가서 안 사나.

근데 등산 가서 한 번도 못 봤어요? 하기야 그 사람들은 느지막하게 가니까 엇갈리겠네예. 봄, 여름, 가을 계절마다 각기 무제치기 폭포를 그리겠다고 죽을 사람이나 옆에서 간호하는 사람이나 다 같이 얼마나 애를 쓰는지. 거기에 꼭 그 여자 모습이 있는 기라예. 비를 맞고 있는 모습, 빛을 받고 있는 모습, 조는 모습, 여러 가지 크기의 갖가지의 모습이, 거대한 자연과 대조적으로 조그마하게 초라할 정도로 한 귀퉁이에 헐벗은 모습으로 그려놨다 아입니까, 그림을 보고 있으면 어찌나 멋지던지, 방 하나는 전체가 그림 전시장처럼 그림으로 가득 차 있어예. 아무리 무리하지 말고 보양을 좀 하라고 해도, 그 행복한 순간을 놓치고 싶지 않다고 하데예. 마, 결국 초겨울 내린 비에 감기가 걸려 폐렴으로 일어나지 못하게 됐지. 시한부 이 개월 받았는데 일 년 넘겼으니 생명 연장은 안 했나, 그래도. 복수에 물이 차, 호스피스 병원으로 옮기려고 해도 거기에 들어가려면 천만 원은 미리 선수금으로 넣으라고 하는 모양인데. 그 여자가 집 뛰쳐나올 때 가져온 돈은 다 썼고 돈이 없어, 어제 저녁에 우리 집에 잠시 왔더만은 우리도 그래 큰돈이 모이나. 돈 좀 모였다 하면 아 새끼들이 다 가져가고. 우울하게 한참 앉아 있더니 가버렸더마."

찬경은 더 이상 말을 할 수가 없었다.

"그래도 마, 어떻게 순정파인지, 아무리 첫사랑이라지만 언제 헤어진 사람인데, 가족 없이 아프다고 집을 뛰쳐나와서까지 간호를 하고 지극정성으로 뒷바라지를 하는 걸 보니, 여자들 지조 없다고 하지만 이런 순정파를 보니, 세상이 얼마나 따뜻하게 느껴지는지예. 안 그렇습니까, 교수님예? 그 남자는 자신이 지금 죽어도 여한이 없다 안카나 마, 말년에 이런 호강을 받을 줄 몰랐다며. 자신은 이것으로 모든 것을 다 보상받았다며, 아프면서도 무척 행복해했지. 우리 부부가 부러울 정도로, 허허."

이장은 상을 행주로 닦으며 계속 그녀의 칭찬에 입이 마른다. 그러자 부인이 나물류를 쟁반에 담아 들어온다.

"갑자기 와서 제 밥 있습니까?"

"밥이 와 없노. 우리 집이 밥집인데……. 언제 닥칠지 모르는 손님들 생각해서 항상 여유 있게 반찬이랑 밥을 한다 아입니꺼."

부인이 숟가락을 놓으며 거들었다.

"근데 참 왜 그 여자 이야기는 꺼냈어예?"

"어제 우리 집에 와서 우울하게 앉아 있길래, 무슨 사연이 있나 하고요."

"병자가 이제 자기 손을 떠난 기라. 빨리 병원 가서 입원을 시켜야 복수를 빼지, 숨이 차 운신을 조금도 못하는 기라. 딱해서, 쯧쯧, 젊은 사람이 어쩌다……. 하기야 가족 없이 혼자 산다는 게 쉬운 일은 아니지."

"고기 좀 뜯으소. 가까운데도 한참 만이지예."

부인이 살코기를 뜯어 찬경이 개인 접시에다 올려준다.

"잡수세요. 천천히 먹을게요."

찬경은 머리가 복잡해 입맛도 없었다. 취나물, 곰취나물, 작살나물 등 각양의 나물들이 고유의 향기를 내며 맛을 내 다른 때 같으면 허겁지겁 먹었을 텐데, 먹는 체만 한다. 머릿속으로는 '어떻게 해야 하나'만 되돌이표처럼 되돌아온다. 그 돈은 어쩌면 내 돈이 아닐지도 몰라. 그렇게 쓰라고 서랍 속에 도장까지 비밀번호까지 챙겨두었는지 모르지. 찬경은 시계를 보았다. 9시가 되어 은행에 전화하면 출금을 막을 수는 있다. 그러나 자신이 그러면 안 될 것 같다. 이미 그 돈은 그 사람들을 위한 돈인지 모르겠다. 찬경에게 그 돈은 급할 때 쓰려고 남겨둔 돈이다. 사람 목숨보다 더 급한 것이 어디 있겠나?

"영 아침을 못 먹네예. 무슨 일 있어예."

"아닙니다. 조금 생각할 일이 있어서. 이제 됐어요."

찬경은 백숙의 고기를 한 점 뜯어 입에 넣었다. 보드라운 고기의 연한 살맛이 고소하다.

"산다는 게 별게 아니라, 마. 그 여자도 뛰쳐나오기 전에는 자기네 집 담이 아주 높게 보였는데, 뛰쳐나와 보니, 세상 모든 것이 우습게 보이더라고 하데. 그 말은 아직도 나는 모르겠지마는, 아무튼 여자가 용기 있는 거라. 아무리 첫사랑이라고는 하지만, 집까지 뛰쳐나오고."

"당신은 모르는 소리 마소. 그 여자가 최씨한테 배반 때리고 의사하고 결혼했다고 하던데. 최씨는 그 쇼크로 결혼을 못 하고 독신으로 살았다 안 합디까."

"글씨, 이 세상에 그런 여자가 한둘이가. 그렇다 해도 그렇지. 안 그렇습니까, 교수님."

"두 사람의 사정을 속속들이 어떻게 알겠습니까, 우리한테 하는 이야기인지, 진짜인지……."

건넌방 손님방에서 부르는 소리에 부인이 달려 나간다.

"하기야, 남녀 관계는 모르는 기라예. 그치요, 교수님?"

이장은 마치 찬경을 그녀와 연관을 지으려는 듯 얼굴을 빤히 쳐다본다. 찬경은 순간 얼굴에 열이 오른다. 찬경은 얼른 작살나물을 집어 입에 넣는다. 아주머니가 녹두죽을 가져와 찬경이 앞과 이장 앞에 한 그릇씩 놓는다. 백숙 국물에 끓인 녹두죽은 맛도 좋지만 위를 가볍게 해 실컷 먹고도 죽 한 그릇을 비울 정도로 인기가 있다. 찬경은 죽 그릇을 앞으로 당겨 수저로 먹기 시작한다. 이장은 찬경이 더 이상 이야기를 하지 않자, 찬경이의 눈치만 살핀다. 항상 등산한다고 아침은 얼굴을 보기 힘든 찬경이 등산까지 작파하고 아침 댓바람에 찾아와 물으니 이상하게 생각할 만도 하다. 그렇다고 저금통장 이야기를 털어놓을 수는 없다. 마음을 정리했는데도 찬경은 자꾸 핸드폰 시계를 들여다보게 된다. 저금통장의 돈에 대한 아쉬운 마음이 아직 남아 있다. 돈에 대한 끈질긴 애착이 포기했다고 마음을 굳혀도 다시 되돌아온다. 그래도 그 돈이 있어 마음이 푸근했다. 언제든 여행을 떠나고 싶으면 떠날 수 있다고 생각했다.

"여기서 커피 한잔 하시겠어예?"

"아닙니다. 커피는 집에 가서 먹겠습니다."

"그럴 줄 알고 물어봤지예."

찬경은 말 나온 김에 일어섰다. 또 핸드폰 시계를 들여다본다. 이제 9시가 되려면 30분이 남았다. 마음을 정리하고도 은행 문 여는 시간에 신경이 간다. '그래, 마음을 정하지 말고 마음이 흐르는 방향으로 행동하자.' 혼자 속으로 다짐하며, 신발을 신었다. 지갑에서 2만 원을 꺼내어 아주머니에게 건넨다.

"아, 마 됐습니다. 이웃끼리 밥 한 끼 먹고 무슨 돈은, 나중 손님하고 오면 그때나 주이소."

찬경의 점퍼 주머니에 도로 넣어준다.

"밥집에서 밥값을 안 받으면, 무슨 돈으로 장사하려고 그래요."

"아무나한테 장사합니꺼."

"아침 잘 먹었습니다."

고개를 숙여 부부에게 인사를 하고 땅을 쳐다보며 천천히 발걸음을 떼었다. 찬경이 1분 정도 걸었을까,

"교수님이 왜 오셨어예?"

하는 부인의 소리가 들렸다.

"글씨, 나도 잘 모르겠네, 처음에 그 왜 말기 암 환자 최씨하고 사는 여자 얘기 묻더마. 그래서 다 이야기해줬더니 그 다음 아무 말 안 하더만. 그 참 무슨 일인지……."

꽤 멀리 왔는데도 부부 이야기가 가까이서 이야기하는 것처럼 들린다.

"두 사람 사이에 무슨 일 있었남?"

"무슨 일이 있었겠어? 처음으로 어제 서점에 들렀다람시러."

그러면서 이야기는 끊어졌다. 부인이 손님방으로 달려가는 빠른 발걸음 소리가 들렸다.

찬경은 집으로 돌아와 우선 침대방을 정리하고 커피포트에 커피를 다시 끓였다. 그리고 기타를 들었다. 찬경은 마음을 가라앉기 위해서 〈알람브라 궁전의 추억〉을 탔다. 자신은 처음 이 곡이 너무 좋아 기타를 배우기 시작했다. 스페인에 갔을 때 가이드가 알람브라 궁전을 지었을 당시의 왕 이야기를 들려주었다. 그 이야기 때문에 알람브라 궁전이 더 좋아졌다. 그 왕이 좋아하는 세 가지가 있는데, 방에서도 들을 수 있는 낮은 물 흐르는 소리와 두 번째는 여자들의 소곤거리는 소리, 세 번째는 여자들의 귀걸이 찰랑거리는 소리. 또 왕이 제일 좋아했다는 방을 안내해주었다. 방 아래 계곡이 보이며 아무 장식이 없는 베개가 하나 달랑 놓여 있었다. 찬경도 그 방을 모델로 2층을 꾸몄다. 베개 외에는 아무것도 방에 두지 않았다. 전제군주 시대 모든 것을 다 가질 수 있는 왕의 꿈이 그렇게 소박한 것이 너무 좋았다. 그때 그 방이 생각날 때마다 〈알람브라 궁전의 추억〉을 탔다. 어제 저녁 그녀가 살았다는 계곡이 보이는 다락방 이야기를 했을 때 찬경은 숨이 멎을 듯했다. 세대를 거쳐 똑같은 꿈을 꾸는 사람이 있구나 하는 생각 때문에. 그것 때문에 그녀에게 모든 것을 주고 싶다는 생각이 순간 스쳐 지나갔다. 차츰 마음이 가라앉기 시작한다. 찬경은 커피포트에 새벽에 끓인 커피를 따라 다시 아래층으로 내려가 어제 읽던 「산골 나그네」 마지막 부분을 펼쳤다. 그때 엠블 엠블 하며 구급차 지나가는 소리가 들렸다.

"아 얼른 오게유."

똥끝이 마르는 듯이 계집은 사내의 손목을 겁겁히 잡아끈다. 병든 몸이라 끌리는 대로 뒤뚝거리며 거지도 으슥한 산 저편으로 같이 사라진다. 수은 빛 같은 물방울을 뿜으며 물결은 산 벽에 부닥뜨린다. 어디선지 지정치 못할 늑대 소리는 이산 저산서 와글와글 굴러 내린다.

찬경이 「산골 나그네」의 마지막 페이지를 덮자, 좀체 새재마을에서 들리지 않던 구급차의 낯선 소리 때문인지 동네 개들이 일제히 컹컹 컹컹 울부짖는다.

그럼에도 불구하고

그럼에도 불구하고

한 주일의 끝자락, 금요일 오후는 모든 것을 잊고 싶다. 일도, 자신의 모든 것을. 그리고 마음껏 솟아오르고 싶다. 그럼에도 회사에서 내어준 숙제 때문에 형기는 토, 일요일까지 계속 자신의 중요 고객인 싱가포르 고객의 전화를 기다리느라고 쉬지 못했다. 화요일 오늘까지 계속 그 고객의 전화만 기다리고 있었다. 몇 주일째, 회사는 새로 상장하는 회사의 공모주를 고객들에게 몇백억 이상 팔아야 한다고 영업 직원들과 애널리스트들을 강압하고 있었다. 어제도 그 일로 밤을 새웠다. 외국 고객들과의 전화 통화는 시차를 맞추기 위해서 새벽에, 혹은 늦은 밤에 이루어질 때가 많았다. 형기는 이번 공모주의 전망을 나름대로 분석해 고객들에게 열심히 브리핑했다. 덕분에 홍콩 단골 고객은 브리핑이 끝나자마자 바로 80억 원어치 공모주를 팔아줬다. 그런데 정작 이번 공모주에 대해 상당한 관심을 보인 큰 물주의 하나인 싱가포르 고객은 며칠째 이런저런 질문만 하고 선뜻 구매 의사를 밝히지 않고 있다. 마침 오늘 형기가 출근하자마자 그 고객에게서 전화가 왔다. 그 고객은 거의 결정 단계에 왔다면서 한 가지 짚고 넘어갈 것이 있다는 것이었다. 질문은 얼마 전 한국에 천안함 사건이 있었고 대통령이 향후 북한에 대해 강력한 대응을 하겠다고 선언했는데, 전쟁의 위험은 없냐는 것이었다.

잠시 형기는 그 질문에 멍했었다. 그때 어렴풋이 16년 전의 일들을 떠올리며 악몽에 시달렸던 기억이 되살아났다. '그런 위험은 없을 것입니다.' 하며 형기는 그때 자신의 악몽들을 이야기해줬고, 한국은 그 이후 아직까지 건재하다는 것을 과시하고 있지 않냐고 반문했다. 그 말에 설득을 당한 것인지, 불안이 해소된 것인지, 거의 점심시간이 다 되어 그 고객은 무려 천억 원의 주식 구매를 밝혀왔다. 형기는 구매 액수에 놀라, 500억 정도만 하시라고까지 권했다. 그러나 그 고객은 투자는 언제나 위험을 동반한다며 그대로 하겠다고 했다. 형기가 소속되어 있는 해외팀은 뒤집어졌다. 그 구매 가격은 팀에서 팔아야 할 액수의 4분의 3에 해당하는 가격이었다. 일주일간 고객과의 전쟁이 일순간에 확 끝나버렸다. 팀에서 형기의 성과에 대해 극찬이 이어졌다. 그럴수록 형기는 은근히 그 고객의 마지막 질문이 마음에 걸렸다.

흥분된 마음이 차츰 불안으로 바뀌면서 마음이 뒤숭숭했다. '한턱 내라'는 동료들에게 떠밀려 점심을 먹으러 갔다. 샤브샤브 집에서 쇠고기 샤브샤브로 맛도 모르고 배를 채웠다. 머릿속에는 싱가포르 고객의 마지막 질문이 반복해서 떠올랐다. 사무실로 들어오자마자 메일을 체크하려다 이색 기사가 눈에 들어왔다. 연평도가 북한으로부터 폭격을 당해 군인이 두 명 죽었다는 기사였다. 순간 눈앞이 캄캄해지며 그 싱가포르 고객이 제일 먼저 떠올랐다. 또 갑자기 성수대교 붕괴 사건이 떠오르면서 그때 악몽이 되살아났다. 성수대교가 무너진 시기는 북한의 김일성이 죽은 지 겨우 3개월밖에 되지 않은, 무척 혼란스런 시기였다. 잠시 후 인터넷에는 연평도에 거주하는 주민 두 명까지 폭격으로 인해 사망했다는 기사가 떴다. 싱가포르 고객도 이 기사를 봤을 것이다.

16년 전 10월 21일, 성수대교가 무너졌을 때였다. 대부분의 언론들은 경제성장과 함께한 결과주의에 따른 부실 공사라고 성수대교의 붕괴를 결론 지었다. 어느 나라에나 급작스런 경제성장 뒤의 후유증은 있다고 한다. 성수대교가 붕괴하고 두 달 후 미국 미네소타주의 어느 다리가 또 붕괴되었었다. 어느 나라에나 있을 수 있는 사건이다. 그러나 성수대교나 삼풍백화점 사태는 인간 생명에 대한 좀 더 세심한 배려가 있었으면 미연에 방지될 수 있는 사건이었다. '설마 괜찮겠지'가 결국 인간의 목숨을 담보로 한다는 생각을 못 했기 때문이다. 바로 그 전해에 성수대교 안전 점검에서 이미 부실을 지적당하고 보수하라는 지시를 받았다. 그럼에도 근본적인 대책을 세우지 않고 적당히 페인트칠로 눈을 속이다가 붕괴 사고가 난 것이다. 애초부터 설계나 시공에 결함이 있던 다리를 제대로 보수조차 하지 않고, 설마에 기대를 걸다 결국 32명의 사망자를 내었다. 그때서야 성수대교의 교각 균열의 원인을 전문가들이 정밀하게 조사하기 시작했다.

이번 연평도의 폭격 사건도 마찬가지다. 지난번 천안함 사건 때 대통령은 북한에 대한 강력한 대응을 국민들에게 선언한 바 있다. 그럼에도 정치권에서나 군대에서 설마 하는 마음 때문에 그 이후에도 서둘러 준비를 하지 않았다. 또 북한의 그런 조짐을 이미 간파하고도 설마 하고 신속한 대응을 하지 못하다가 결국 연평도에 폭격을 당하게 된 것이다. 형기는 그때의 악몽이 생각나 몸이 오싹해졌다. 성수대교의 붕괴로 형기는 16년간 고통을 받아왔다. 성수대교가 그 당시 형기의 유일한 존재 의미였던 그녀를 데려갔기 때문이다.

성수대교 붕괴 불과 3개월 전에는 김일성의 죽음으로 국내외가 충격을 받았다. 그때까지도 정치권이나 우리나라 대부분의 국민들의 관심은 북한의 거취에만 온통 집중되어 있었다. 성수대교가 무너지고 다시 두 달 후, 아현동의 가스 폭발 사고로 열두 명이 사망했고 다친 사람이 60명 이상이었다. 그리고 불과 8개월 후 삼풍백화점의 사고로 500명 이상이 죽음을 당했고, 천 명가량의 부상자가 속출했다. 형기는 그 당시 우리나라의 모든 것이 혐오스럽고 싫었다. 인명 경시 풍조. 거의 1년간 불면에 시달려야 했다. 그녀의 죽음만이 아니라, 형기 자신도 언제 그런 피해자가 될지 모른다. 하루하루 목숨을 담보로 살고 있다는 생각이 들었다. 학교도 가기 싫었다.

어젯밤 잠을 제대로 못 잔 때문인지 형기는 9시도 되기 전에 피곤

했다. 싱가포르 고객에게 약간이라도 희망적인 멘트를 던져야 할 것 같아 몇 시간째 인터넷을 뒤졌지만 아무런 빛도 찾을 수가 없었다. 질문에 신중하지 못한 자신을 탓했다. 그 고객이 질문했을 때, 우연히도 전의 악몽이 떠올랐고, 그녀가 없으면 하루라도 살 수 없었던 자신이 이렇게 잘 살아가고 있다는 생각이 떠올랐다. 그래서 형기는 진솔하게 그때의 악몽을 이야기했을 뿐이다. 그런데 하루도 지나지 않았다. 이런 돌발 사건을 누군들 예측할 것인가? 이미 세계 주식시장은 한국의 연평도 사건으로 요동치고 있다.

형기는 집으로 돌아오는 길에 지하철 옆의 포장마차에 들렀다. 소주와 안주로 간단히 요기를 했다. 바로 집으로 들어가고 싶지 않았다. 성수대교를 향하여 걸었다. 성수대교로 들어서기 전, 멈추어서 성수대교를 향해 눈을 돌렸다. 안개 위로 제멋대로 뿌려진 듯한 가로등이 눈물을 머금은 채 껌벅거리고 있을 뿐, 성수대교는 안개 속에 묻혀버렸다. 안개 속으로 명멸하는 차의 굉음만이 귀를 때렸다. 그 너머 어둠과 안개 때문에 하늘과 강이 뒤엉켜 구분해낼 수 없는 한강 쪽을 슬픈 눈빛으로 응시하였다. 천천히 성수대교를 향하여 발걸음을 옮겼다. 강 저편에서부터 안개를 머금은 시원한 바람이 귀밑을 스쳤다. 저녁도 먹지 않고 간단한 안주와 함께 마신 소주 한 병에 오른 취기가 찬바람에 얼얼해졌다. 형기는 다시 알 수 없는 심연 속으로 빠져드는 것 같았다. 천천히 성수대교를 걸었다.

밤안개를 뚫으며, 가로등의 불빛을 따라 천천히 발걸음을 옮겼다.

더 이상, 더 이상 하는 소리가 가슴 밑바닥에서 형기의 발걸음을 멈추게 했다. 겨우 이제야 그 사건이 마치 배경화면처럼 멀어지고 있었다. 다시는 악몽 속에서 헤매고 싶지 않았다.

성수대교가 붕괴된 이후 불면의 1년 동안, 형기는 그녀의 죽음을 생각하기에는 큰 대형 사고의 파노라마에서 정신을 차리지 못했다. 분명 그녀는 성수대교의 붕괴와 함께 한강에서 익사했음에도, 아현동 가스 폭발 사고에서는 새까맣게 불탄 모습으로, 삼풍백화점 붕괴 때에는 피투성이 모습으로, 그 다음 해 여름까지 이어지는 대형 사고 때마다 갖가지의 모습으로 나타났다. 그때 형기는 연쇄 폭탄 터지듯 연이어 일어나는 대형 사고가 김일성의 죽음과 관련이 있지 않나 하는 의심까지 했다. 채 1년도 되기 전에 폭발, 붕괴로 이어지는 연속적인 사건, 또 몇천 명의 사상자 발생, 모든 상황이 한꺼번에 연속적으로 일어난다는 것이 누군가의 의도에 의해서 움직이는 것 같았다. 또 사건마다 그녀는 갖가지의 모습으로 나타나 자신의 죽음의 억울함을 호소하는 것 같았다.

처음에는 성수대교 붕괴의 충격이 불면으로 이어져 그녀의 망령에 사로잡힌 것이라 생각되었다. 불면으로 식욕도 없었고 하루에 우유 한 잔으로 생존하고 있었다. 그 당시를 회상하는 어머니의 말에 의하면 눈이 움푹 파인 채 물속에 부유하는 해파리처럼 집을 부유하고 있었다는 것이다. 몸무게가 15킬로그램 빠졌다. 그 당시 형기는 형기의 형체를 가진 다른 망령이었다. 온몸이 곧추서 있는 듯한 가시가 돋은 신경과민은 사람을 폭력적으로 변하게 했다. 닥치는 대로 집어던졌다. 그것은 자신이 하는 것이 아니었다, 몸이 제어할 수 없이 발광하고 있었다.

부모님들이 그 다음 해 여름 휴가 때 형기를 데리고 후지산 근처의 하코네를 찾은 것은 형기의 불면증을 치료하고자 하는 목적 때문이었다. 우선 뉴스를 볼 수 없는 외국으로 떠나는 것이 가장 시급하다며 조용한 산 밑에 있는 맨션을 빌렸다. 부모님들은 거기에서는 텔레비전을 아예 틀지 못하게 했다. 그리고 후지산 기슭을 산책하게 했다. 그러나 텔레비전을 보지 않으니까 오히려 더 불안해졌다. 한국에서 더 큰 대형 사고가 일어났을 것 같은 불안이 시시각각 형기를 덮쳤다. 텔레비전을 보지 못하는 대신 한국에 계속 전화를 했다. 아무 일이 없다는 것을 확인하고서야 마음을 놓았다. 그러다 조금 있으면 다시 불안해졌다. 누구한테든 통화되는 사람에게 무조건 전화를 걸었다. 국제전화 요금은 일주일 머무는 사이 금방 100만 원이 넘었다.

뜨거운 온천탕에 몇 시간씩 몸을 담갔다 나오면 그래도 잠시라도 눈을 붙일 수 있었다. 거기서 그때 할 일이라곤 산책과 온천탕에 들어가는 일이 전부였다. 신문도, 책도, 텔레비전도 아무것도 볼 수 없게 했다. 잠시라도 하루에 눈을 몇 번씩 붙였기 때문인지 밥맛도 서서히 돌아오기 시작했다. 몸무게가 2킬로그램 정도 다시 불었다. 한국에서의 신경과민 반응도 차츰 엷어졌다. 일주일이 지난 어느 날 부모님들이 후지산 정상을 등산할 수 있겠냐고 물었다. 갈 수 있겠다고 했다.

형기는 자신의 몸을 제어할 수 없을 정도로 지치게 만들고 싶었다. 그리고 몇 시간 푹 자고 싶었다. 자고 일어나면 악몽이 사라지고 모두 제자리로 돌아올 것 같았다. 그리고 그녀도 다시 돌아올 것 같았다.

후지산 등산은 밤 9시경 차로 후지산 기슭을 출발하여 5부 능선까지 올라가서 비로소 시작되었다. 초입부터 비바람이 몰아쳤다. 다른 등산객들과 함께 형기네도 함께 대피소로 들어갔다. 일본으로 출발하기 전에 일본 주재 외교관 생활을 해 일본 전문가인 삼촌이 후지산 등산을 꼭 하고 오라며 해준, 일본 사람 중에는 후지산 정상 정복을 필생의 업으로 생각하는 사람들이 많다고, 그러나 날씨가 험해서 단번에 정복은 힘들다던 말이 새삼 떠올랐다. 이번 일본행을 주선해준 사람도 외교관 삼촌이었다.

비바람은 갈수록 세어졌다. 나무들은 자네들끼리 부딪치며 포효했다. 어둠 속에 갇힌 거대한 한 마리 짐승처럼 후지산은 울부짖고 있었다. 7~8월 두 달간만 개방한다는 후지산 등산로는 험악한 날인데도 등산객들로 인산인해를 이루고 있었다. 미처 대피소로 들어오지 못한 등산객들은 우비들을 입고 혹은 우산을 쓴 채 손전등에 의지해 어둠 속을 뚫고 걸었다. 정작 등산객들은 어둠 속에 묻혀버리고 손전등의 행렬만이 산을 타고 있었다. 나무 한 포기 없는 화산석 천지였다. 등산객들이 중간중간 미끄러지는 소리와 잦아드는 바람 소리가 화음을 맞춘 듯 차례차례 혹은 함께 들려왔다. 전차(煎茶)를 한 잔씩 마셨다. 아예 대피소에서 떠날 생각들을 않고 자리를 잡은 사람들도 있었다. 한국에서 온 등산객들도 있었다. 40대 친구들인 듯한 다섯 사람은 오직 이 등산 코스만으로 일정을 잡아 왔다고 한다. 그 전날도 여기까지 왔다 폭풍이 심해 다시 내려갔고 재도전하는 길이라고 했다. 자신들은 꼭 그날 산행을 마치고 다음 날 떠나야 한다고 했다. 우루루 한패의 20대 일본 등산객들이 서로 장난을 치며 왁자지껄 대피소로 들어왔다. 형기네는 자리에서 일어섰다. 이제 조금씩 비바람이 잦아지는 것 같았다. 아직도 산 아래나 하늘은 새까맣다. 형기는 손전등으로 이리저리 발아래를 비추며 천천히 발걸음을 옮겼다. 아버지는 등산 초입부터 새로 산 등산화가 발을 조인다며 투덜거리는 어머니를 부축하느라 형기는 아랑곳없다. 그동안의 불면과 부실한 몸 때문에 조금만 걸어도 진땀이 났다.

형기는 자신에게 다짐하듯, 천천히 심호흡, 천천히 발걸음을 입속으로 반복하며 조심스럽게 발걸음을 옮겼다. 신기하게도 일본에서는 그녀의 존재가 전혀 느껴지지 않았다. 전혀 낯선 곳, 그녀와는 한 번도 다닌 적이 없기 때문일까. 차츰 바람이 잦아들면서 비까지 그쳤다. 다행이었다. 물기를 머금었기 때문일까. 자디잔 화산석들을 밟을 때마다 주룩주룩 미끄러졌다. 끝없이 이어지는 등산객들의 행렬, 주룩주룩 주루룩 미끄러지는 소리. 형기는 마치 자신이 어느 유배 행렬 속에 끼어서 가도 가도 끝없이 이어지는 길을 걷고 또 걷고 있는 느낌이었다. 정말 가도 가도 끝이 없는 길이었다. 수없이 미끄러져, 바닥에 앉는다고 앉은 것이 이미 자리를 잡고 쉬고 있는 다른 사람의 무릎에

앉기도 했다. 지치고 지쳐서 등산 자체를 후회하기도 하며 마치 죽음의 행렬을 따르는 것처럼 느리게 발걸음을 옮겼다. 마치 걷는 자체가 목적이듯이 모든 사람은 묵묵히 걷기만 했다.

한 시간, 두 시간…… 일곱 시간이 지나자 형기는 말할 기운조차 없었다. 몸이 녹초가 되어 건드리기만 해도 픽 쓰러질 것 같았다. 발아래 바위에 몸을 던지듯이 털썩 앉았다. 여명과 함께 시야가 밝아왔다. 걸을 때는 몰랐던 구름이 발아래까지 둥둥 떠다녔다. 어느새 구름을 뚫고 나온 붉은 해가 발아래로 조금씩 모습을 나타냈다. 사람들의 환호성이 들려왔다. 바로 정상이었다. 그러고는 형기는 정신을 잃었다.

형기는 혼자 후지산을 오르고 있었다. 잔잔한 화산석 자갈들이 형기를 향해 끝없이 날아왔다. 형기는 미끄러지며 도망을 가고 있었다. 그리고 절벽 아래 떨어졌다. 의식이 깨었을 때는 병원이었다. 놀랍게도 불면은 치료되었다.

새로운 성수대교의 눈부신 모습이 텔레비전 화면에 비춰졌을 때, 다시 그녀가 나타났다. 새 성수대교 휘황한 불빛 아래 초라한 모습의 그녀가 허공에 걸려 있었다. 그때 형기는 자신의 눈을 몇 번씩이나 비볐다. 그때 억지로 잊으려고 했던 그녀가 가슴속에 쿵 하는 소리와 함께 되살아났다. 그때부터 그녀의 부재가 실감으로 다가오면서 슬픔이 밀려왔다. 그 이후 어디를 가도 그녀가 불쑥불쑥 되살아났다.

정식 데이트라는 것을 시작한 것은 정작 대학 입학 후였다. 둘은 학교에서나 밖에서나 언제나 붙어 다녔다. 그녀와 어디 안 가본 곳이 없었다. 그녀의 손을 잡은 곳도, 첫 키스를 한 곳도 성수대교였다. 거기에는 그녀의 장난스런 눈빛, 원망스런 눈빛, 다정한 눈빛, 애원하는 눈빛, 그녀와의 모든 추억이 다 묻어 있었다. 새로 성수대교를 개통한 이후 매일 성수대교를 찾았다. 집에 오면 그녀가 이 세상에 없다는 사실이 너무 슬펐고, 모든 좋은 추억들과 아름다운 기억들을 함께 나눌 그녀가 없다는 사실이 실감이 났다. 그리움은 슬픔을 낳았고, 슬픔은 다시 삶의 무기력을 가져왔다. 아무것에도 흥미가 일지 않았다. 휴학을 반복하다 몇 년 만에 졸업하면서도 학점이 엉망이었다. 이력서를 넣은 곳마다 서류 전형에서 떨어졌다. 자포자기 상태에서 새로 시작하는 금융회사에 이력서를 넣었더니 작전이 유효한 때문이었는지 겨우 그곳에 한 자리를 얻었다. 형기를 구출한 것은 일이었다. 미친 듯이 돌아가는 시간 속에 그녀가 끼어들 틈이 없었다. 국내 파트에서 일할 때와 마찬가지로 국제 파트에서도 일할 때도 그녀를 잊기 위해서라도 성수대교에 가지 말아야 된다고 몇 년간 의식적으로 피했었다.

그러나 어느 정도 일이 익숙해지면서 다시 그녀가 형기의 머리를 채웠다. 최근 몇 년간 힘든 일이 있을 때면 미치도록 그녀가 그리웠다. 성수대교를 찾지 않을 수 없었다. 거기에 가면 그녀가 있었다. 그녀는 성수대교의 난간에서, 성수대교가 걸쳐져 있는 허공에서 웃기도, 울기도 하며 형기 곁을 떠나지 않았다. 밤새도록 그녀와 성수대교 근처를 파죽음이 되도록 헤매었다. 회사에 출근해서야 부족한 수

면은 그를 괴롭혔다. 회의석상에도, 팀장의 작업 지시 때도 체면 없이 찾아온 졸음으로 몇 번의 실수를 저질렀다. 그러고는 성수대교에 발을 끊었다. 그런데 오늘 또다시 찾아온 것이다.

그녀와 형기는 초등학교 동기 동창이며 바로 옆집에 살았다. 부모들도 서로 잘 알고 있는 사이였다. 형기와 그녀는 연애라고 할 수 없을 정도로 언제나 같이 다녔다. 대학 역시 같은 대학 경영학과를 지원했었다. 그러니까 잠자는 시간 외에는 그녀와 함께했었다고 해야 할 것이다. 대학에 입학하자 그녀 집은 이사를 갔다. 성수동에 있는 아파트를 분양받아 가면서 서로 떨어져 있는 시간이 있었다. 그러나 학교를 파한 후 도서관에서 혹은 영화를 보고, 3호선 전철을 타고 압구정동까지 와서 매일 성수대교를 함께 걸어서 그녀를 집에 데려다주는 것이 일상이 되어 있었다. 그날 아침도 같이 학교에 가기 위해 그녀가 압구정역 쪽으로 옮겨오는 과정에서 사고가 난 것이다. 형기는 그녀를 기다리기 위해 지하철역에 도착한 순간 사고 소식을 들었다. 그날따라 비가 엄청나게 쏟아졌다. 갑자기 기온까지 내려갔다. 지하철역은 비로 인해 어수선했다. 형기가 우산을 접기 위해 우산의 물기를 떨고 있는 순간이었다.

지하철역으로 내려가는 계단에서 "성수대교가 ㅁ…ㄴ…대요." 30대가량 여자의 가냘픈 목소리가 들려왔다. 그래서 '성수대교' 소리만 들리고 그 뒷말은 잘 들리지 않았다. 몇몇은 무표정하게 지하철역과 이어지는 계단을 그대로 타고 내려갔다. 누군가가 "네? 네?" 하며 그녀를 채근하자 그제야 여자는 큰 소리로 또박또박 "성 수 대 교 가 무 너 졌 대 요." 하며 고함을 질렀다. 그녀의 주위로 사람들이 우르르 몰렸다. 주위 사람들은 다시 또 물었다. "뭐라고요?" 사람들은 그녀를 채근하기 시작했다. "성수대교가 무너졌다니까요." 그녀가 신경질을 냈다. 그럼에도 일부 사람들은 무슨 뚱딴지 같은 소리냐는 것처럼 아무 표정 없이 출근이 더 바쁘다는 듯이 자기 갈 길을 재촉하며 종종걸음쳐 사라져갔다. 그중 몇몇 사람들은 지하철역 밖으로 도로 뛰어나갔다.

형기는 그 말을 듣는 순간, 성수대교 붕괴? 실감이 나지 않다가, 그녀가 성수대교를 넘어올 시각이었다는 생각이 미치자 순간 눈앞이 까마득해지며 온몸에 진땀이 나기 시작했다. 그랬다. 그녀가 성수대교를 건너올 바로 그 시각이다. 지푸라기라도 잡는 기분으로 그녀가 지하철역에 먼저 도착했을 수도 있다는 희망을 가지고 계속 역을 샅샅이 뒤졌다. 심지어 여자 화장실 앞에서 그녀의 이름을 부르기도 했다. 그러나 그녀의 자취는 없었다. 한 시간이 지나고 두 시간이 지나도 그녀는 오지 않았다. 차라리 집에서 출발을 하지 않았으면 하는 바람으로 그녀의 집에 전화까지 걸었다. 그러나 집에서도 뉴스를 듣고 형기 집에 전화를 걸었었노라고. 한 통의 전화로 모든 것이 명백해졌다. 그녀 어머니의 통곡 소리가 전화선을 타고 울렸다. 형기는 정신없이 성수대교 쪽으로 달려갔다. 그러나 접근조차 할 수 없었다. 근처 모인 사람들의 웅성거림 속에 주워들은 이야기는 버스의 추락에 연이어 몇

대의 승용차가 한강으로 빠졌다고 했다. 다리 근처는 쏟아지는 비에 갑자기 몰려온 사람들의 아우성 소리, 경찰들의 고함 소리가 뒤범벅이 되어 아수라장이었다. 형기는 끊어진 성수대교에 근접하기 위해 이리저리 뛰어다녔지만, 경찰들의 저지에 근접은커녕 사건의 실체도 파악할 수 없었다. 그렇다고 성수대교를 떠날 수도 없었다. 그녀의 생사를 확인하는 것이 우선이었다. 실체는 확인 못 했지만 뉴스에는 그녀의 이름이 떴다는 말이 뒤늦게 합류한 그녀 부모들의 울부짖음 속에 흘러나왔다.

16년이 지나고 천안함 사건에 이어 또다시 연평도 사건이 일어났다. 성수대교 사고나 이번 연평도 사건이 유난히 자신에게 크게 다가오는 것은 자신과 깊이 관련이 있기 때문이다. 그렇지 않으면 자신도 다른 사람처럼 잠시 충격을 받다 잊어버렸을지도 모른다. 형기는 싱가포르 고객에게 무슨 말로 변명을 해야 할지 난감하다. 잠적하고 싶다. 조용히 젖어드는 안개바람이 가슴속으로 스며든다. 10시가 넘은 시각인데도 차는 굉음을 울리며 꼬리에 꼬리를 물었다. 안개에 싸인 뿌연 가로등 불빛이 깜빡거렸다. 성수대교의 중간쯤 가로등을 지나면 형기의 발걸음 속도는 갑자기 느려진다. 그리고 온몸이 긴장감에 휩싸인다. 또 그녀는 어김없이 찾아왔다. 16년 전의 모습으로. 지금도 난간에 기대어 선 그녀가 보인다. 오늘은 무릎까지 오는 빨간 모직 미니 원피스에 검은 니트 스웨터를 입었다. 늘씬한 다리에 하이힐, 저 모습은 성수대교가 무너지기 전날 데이트할 때 입은 옷차림이다. 순간 짙은 안개바람이 그녀를 휩쓸고 지나간다. 그녀는 사라졌다. 형기는 성수대교 난간 위의 허공을 주시했다. 그러나 그녀는 다시 난간에서 있다. 그녀는 두 손으로 난간을 잡고 한강을 향해 고개를 깊숙이 숙이고 있다. 빨간 원피스가 무릎 위까지 올라가 높은 하이힐의 가는 다리가 아슬아슬하다.

형기는 다시 고개를 갸웃거린다. 그녀의 형상을 한 귀신인지. 또 다른 그녀인지. 지금까지는 희미한 그림자처럼 허공 중에 모습을 나타내었다. 눈앞에 보이는 구체적인 형상 앞에 어리둥절하다. 언제나 성수대교에서 집으로 돌아온 후엔 정말 그녀가 나타났는지, 그래서 그녀를 보았는지 헷갈렸다. 저렇게 뚜렷한 형상은 처음이었다. 다른 때는 마치 날아다니듯, 여기저기 그녀와의 함께했던 순간을 다시 각인시켜주듯 웃거나 혹은 장난치는 모습이 나타났다. 성수대교는 그녀와의 놀이 장소였다. 갖가지의 영상이 그녀를 각인시켜주었다. 부모들은 이제 그녀를 떠나보내라고 했다. 형기도 떠나보내고 싶다. 그러나 형기가 떠나보낸다고 그녀가 떠나갈 문제가 아니라는 것은 또다시 연평도 폭격 사건이 재확인시켜주었다. 대형 사건이 터질 때마다 그녀는 되살아 돌아왔다.

그런데 오늘은 난간에서만 뒷모습을 보인 채 한자리에 서 있다. 거기다 온몸에 슬픔을 머금은 채, 몸을 기울여 한강 아래를 내려다보고 있다. 형기는 그녀가 있는 난간 근처를 지나쳤다. 그녀를 스치는 순간 미세하긴 하지만 향수 냄새와 약간의 체온이 느껴졌다. 형기는 또다시 고개를 갸웃했다. 그녀는 형기의 기척에도 여전히 한강 아래를 내려다보고 있다. 이제 벌써 11시. 자동차 경적 소리를 제외하면 적막한 성수대교. 다리 밑 불온한 어둠 속으로 안개가 사라졌다 다시 되돌아오는 그 어둠 속에 몸을 던질 듯 그녀는 어둠과 대치하고 있다.

성수대교가 무너진 날 그날은 또 경찰의 날이기도 했다. 군 복무 중 기동대로 뽑힌 정아의 남자 친구 기호는 교통중대에 근무했다. 그날 근무 성적이 좋은 열 명의 중대 대원들이 성수대교를 지나 지금의 타워팰리스가 있는 기동대대 본부로 이동 중이었다. 그중에 기호도 있었다. 기호를 포함한 중대 대원들을 승합차로 옮기는 도중 성수대교가 무너졌다. 한 대의 버스와 다섯 대의 승용차, 포상을 위해 떠난 중대 대원들의 승합차도 함께 한강으로 떨어졌다. 버스에 탄 대부분의 승객과 승용차의 승객들은 희생을 당한 반면 중대 대원들의 승합차는 다리와 함께 강에 떨어져 희생이 적었다. 그럼에도 기호는 물에 빠진 사람들을 구출하려고 강물에 뛰어들다 심장마비로 죽었다. 기호의 죽음은 뉴스가 나올 때마다 보도되었다. 그럼에도 그가 사라졌다는 것이 믿기지 않았다. 그러나 붕괴된 성수대교의 흉물스런 모습이 정아에게는 기호의 사라짐을 각인시켜주었다.

기호는 대학에서 학생회 임원 선배들을 열심히 따라다녔다. 그리고 우리나라 민주주의의 지킴이 역할을 해야 한다며 박정희, 전두환, 노태우에 상당히 비판적이었다. 그러나 학생회 간부 중 군사정권의 잔

재인 국방의 의무를 박살내어야 한다고 군대 갈 필요가 없다는 극단주의자는 또 무척 싫어했다. 그는 항상 '그럼에도 불구하고' 우리의 의무는 수행해야 한다고 자신이 솔선수범한다며 대학 1학년을 마치고 입대했다. 그러다 사고를 만난 것이다. 기호의 죽음은 정아에게는 혼란스럽기만 한 현실을 정리하고 해석해줄 사람이 사라진 것이다. 정아는 기호가 사라진 이후 언제나 복잡한 현실의 파노라마에서 허우적거린다. 정아 또한 영화 속으로 영원히 사라져버리고 싶다.

두 사람은 다 영화광이었다. 기호는 주로 영화 카메라 앵글에 관심을 가지고 있었고, 정아는 이미지, 색채, 음향 효과, 서사의 완성도에 관심이 많았다. 기호가 군대에 가기 전까지 둘은 만났다 하면 영화를 보러 갔고, 영화 이야기를 했다. 기호가 군대 간 사이 못 본 영화들을 비디오 테이프로 보고 영화 이야기를 편지로 쓸 생각이었다. 그런데 정아는 갑자기 할 일이 없어졌다. 영화도 시들해졌다. 로맨스 영화를 볼 때마다 기호 생각이 더 났다. 기호의 상실은 영화에 관한 이야기를 나눌 사람이 사라졌다는 것이다. 한동안 영화도 보지 않고 소설도 보지 않았다. 그러나 영화에 대한 미련은 버릴 수 없었다.

대학을 졸업하고 영화사에 취직한 이후, 다시 영화를 보기 시작했다. 시간이 흘렀기 때문일까. 기호의 죽음 이후 영화를 볼 때마다 슬펐던 기분은 사라졌다. 오히려 영화를 볼 때마다 기호의 기억을 떠올릴 수 있어서 좋았다. 혼자서 조용히 영화를 음미하며 기호와의 즐거웠던 기억, 슬펐던 기억이 되살아나 기호와 함께 있는 기분이 들었다.

영화가 지금까지의 자신을 견디게 해준 원동력이 되어주었다. 그 무드에 젖어 영화 번역 일을 하는 것만이 오직 낙이었다. 기호는 영화감독이 꿈이었고, 정아는 처음부터 영화 더빙을 맡아 일해보고 싶었다.

기호는 남북한 모든 우리 민족이, 또 세계 모든 사람이 다 감동을 받아 그 영화 한 편으로 우리나라가 통일을 할 수 있는 그날이 올 때까지 자신은 영화를 만들 것이라고 했다. 정아는 그런 기호의 꿈이 좋았고, 그런 기호가 좋았다. 기호는 다른 학생회 간부들이 술좌석에서 박정희, 전두환, 노태우를 싸잡아 욕을 하면, 박정희는 분리해야 한다고 말했다. 박정희에 대해서는 독재를 했고 잘못을 저질렀지만, '그럼에도 불구하고' 우리나라를 여기까지 오게 한 큰 공헌은 인정해야 한다고 그의 특유의 '그럼에도 불구하고'를 집어넣어 박정희를 두둔했다. 그러면 선배들은 술 마시던 컵, 젓가락, 숟가락을 집어던지며 '그럼에도 불구하고'는 집어치우라고 화를 내고 고함을 질러댔다. 기호는 학생회의 그런 선배들을 견디기 힘들어했다. 어쩌면 그래서 군대를 택한 것인지 모른다. 그리고 죽은 것이다.

처음 1학년 때 이념 서적을 가지고 선배들이 공부를 시켰을 때도 그는 왜 좌파식 이념 서적만 읽느냐, 이것저것 읽고 다양한 사상을 접해보아야 자신의 주체적인 의식이 형성되지 않느냐, 한쪽만 읽고 그것이 옳다고 강론하는 것은 다른 쪽은 그르다는 것을 전제로 한 이분법식 결정론적인 것 아니냐고 항의하다가 코피가 터지도록 맞았다는 것이다. 그래서 정아가 그런데도 왜 학생회를 기웃거리느냐 하면

'그럼에도 불구하고' 그들의 진정성은 인정해주고 싶다고 했다. 정아는 그런 기호가 정말 좋았다. 그래서 기호는 경영학 공부 외에도 서양사, 동양사, 우리 고전도 열심히 공부했다. 특히 박지원의『열하일기』는 몇 번 통독했다. 그러면서 박지원 같은 천재는 외로울 수밖에 없다고, 당대에 박지원 같은 미래의 비전을 가지고 있는 참신한 인재는 질투의 대상일 수밖에 없었을 것이라고 말했다. '그럼에도 불구하고' 박지원처럼 세계를 보는 탁월한 안목을 기르기 위해서는 다양한 독서를 해야 한다고 결론을 내렸다.

정아는 외국 영화를 볼 때마다 인물의 개성과 상관없이 이루어지는 번역에 불만이 많았다. 자신이 맛깔나는 독창적인 더빙을 해보고 싶었다. 영화사에 취직한 이후 오직 일만으로 행복을 느껴보고 싶었고, 또 행복을 느꼈다. '그럼에도 불구하고' 가끔씩 긁어대는 직장 상사의 불편한 관심이 정아를 자극했다. 그 외에는 모든 것이 오케이였다.

정아의 일상생활 속에 엄마는 함정이었다. 정아가 이제, 하고 한숨을 쉬고 뭔가 새로운 것을 시도하려고 할 때마다 엄마는 선볼 날짜를 잡아왔다. 그것은 더 이상 정아가 피할 수 없게 용의주도하게 짜놓은 함정이었다. 그러나 그날은 달랐다. 퇴근 시간부터 연평도 사건으로 뒤숭숭한 사무실에 더 이상 남아 있고 싶지 않았다. 또다시 기호 같은 나이의 군인이 폭격에 맞은 것이다. 인터넷에 연평도 사건이 떠오를 때부터 가슴이 떨리면서 나중에는 몸 전체를 가눌 수 없을 정도로 앞뒤 좌우로 흔들거렸다. 이 상황에서도 기호는 또 '그럼에도 불구하고……' 하고 무슨 말을 할까. 서둘러 일찍 퇴근을 하려는 순간 엄마에게서 전화를 받았다. 어느 호텔 커피숍으로 가란다. 제발 오늘만은 그만하라며 히스테릭하게 항의했지만. 엄마 역시 물러나지 않았다. 몇 달간의 해외 출장을 앞두고 있는, 자기 회사를 운영하는 어떤 40세의 남자가 오늘밖에 시간이 안 된다는 것이다. 순간 엄마가 드디어 나 때문에 미쳐가고 있군 하는 생각이 스쳐갔다. 아무리 나이가 들었다고 하지만 그날 날짜를 잡아 선을 보아야 한다고 강권하는 엄마가 불쌍하고 자신이 불쌍했다. 순간 자포자기하는 생각이 들었다. '그럼에도 불구하고' 엄마의 손아귀에서 벗어나는 길은 결혼이 아닐까. 훗훗, 정아는 아무 데나 '그럼에도 불구하고'를 붙이는 자신이 순간 우스워졌다. 그리고 약간 마음이 풀렸다. 그래 까짓것, '그럼에도 불구하고' 살아야지 하고 성수대교로 달려가려고 한 생각을 돌려 예의 약속한 호텔로 나갔다.

호텔 카페에 나타난 남자는 대머리에 세상 고통은 다 짊어진 듯 찌든 50대 남자 같았다. 정아는 그 남자에 관련된 일체의 것에 관심이 일어나지 않았다. 그가 하는 말에 딱히 대답할 필요도 없었다. 그냥 웃어주는 것이 의무인 듯 웃기만 할 뿐이었다. '그럼에도 불구하고' 그 남자는 댓바람에 마치 결혼이 성사라도 된 듯 정아에게 결혼 선물로 차를 한 대 뽑아주겠다는 둥 미친 소리를 다 했다. 정아는 그런 남자가 무서웠다. 그 남자를 억지로 따돌리고 도망 나왔다.

그동안 엄마를 불안하게 했을망정, 엄마에게 피해는 입히지 않았다. 졸업 후 줄곧 영화사에서 열심히 일해 월급을 그대로 다 드렸다. '그럼에도 불구하고' 엄마는 결혼 안 한다는 자체가 불안하다는 것이다. 정아도 남자를 찾아보려고 했다. 그럼에도 불구하고, 진정성을 가지면서 기호처럼 유연하고 자신과 호흡이 맞는 남자는 없었다. 기호를 사귄 이후 남자는 다 그런 남자밖에 없는 줄 알았다. 남자 형제가 없는 정아에게 기호는 남자들에 대한 환상을 심어준 사람이었다. 그러나 잠깐씩 만난 남자들이나 선배를 보면, 진정성이 있다 싶으면 권위적이고, 유연하다 싶으면 주체성이 없었다. 성수대교가 무너진 것은 기호가 군대에 간 지 채 1년도 되지 않아 일어난 일이었다.

문제는 그런 선을 보고 온 날은 기호가 더 미치도록 그립다는 것이다.

정아는 그럴 때는 성수대교를 찾았다.

그리움이 날 때마다 입속으로 '그럼에도 불구하고'를 수백 번 수천 번 반복했다. 그럴 때마다 기호가 옆에 있는 것 같았다. 그리고 웃음이 홋홋 하고 살아났다. '피할 수 없는 운명'이라는 말이 입속에서 뱅뱅 돌았다. 어쩔 수 없이 희생되는 오빠들. 매년, 남북한이 대치되어 있는 이상, 남자들은 군대에 가야 하고, 그들은 미친 듯이 무모하게 도발하는 북한 군대의 총알받이가 되어야 하고, '그럼에도 불구하고' 엄마는 매일 결혼을 하라고 하고, 우울하군. 맞은편 아파트 불빛이 안개 속으로 사라졌다 다시 보였다를 반복했다. 그가 살아 있을 때는 건너편 불빛만 보아도 따뜻했는데, 천천히 성수대교를 걸었다. 우울할 때 노을에 붉게 물든 강을 바라보고 있으면 기호의 붉은 얼굴이 물결 속에 흔들리며 나타났다 사라졌다 했다. 그러나 그날은 안개 때문에 강이 묻혀버렸다. 정아는 보이지 않는 한강 쪽을 바라보았다. 기호! 오늘도 또 다른 기호가 죽음을 당했어요. '그럼에도 불구하고' 살아야 할까요? 잠시 안개 속으로 흘러가는 물결이 보인다. 물결은 정아에게 속삭이듯 조용하게 흐른다.

한 잔 마신 와인으로 추위를 느낄 수 없을 정도로 얼굴이 화끈거렸다. 어느새 다리 중간, 정아는 잠시 난간에 팔을 얹은 채 한강을 바라보았다. 가로등 불빛에 반사, 반짝이는 한강이 안개 속으로 사라졌다 드러냈다를 반복했다. 정아는 핸드백에서 담배를 꺼내 입에 물었다. 성수대교 난간에서의 담배 맛! 순간적으로 정아의 우울했던 기분이 확 풀렸다.

'그럼에도 불구하고' 퇴근 때 연평도 폭격에 희생당한 군인의 형상이 머리에서 떠나지 않는다. 그 형상 속에 기호의 이미지가 겹쳐왔다. 천안함 때도 수많이 죽어간 기호들, '그럼에도 불구하고' 또 그들은 다시 태어나야 하는가? 기호야 대답해봐! '그럼에도 불구하고' 난 이렇게 계속 살아야 하는가?

형기는 실체를 가지고 나타난 그녀의 모습에 당황했다. 그러면서 그녀를 자극하지 않기 위하여 발걸음을 가볍게 그녀 곁을 스치듯 지나갔다 다시 돌아오기를 반복했다. 그녀는 사람의 기척에도 아랑곳

없이 강물이라도 잡을 듯이 손을 뻗치고 무언가를 잡으려고 한다. 그러다 다시 허리를 곧추세우고 백 속에서 담배를 꺼낸다. 담배를 물고 쓸쓸함이 물씬 묻어나는 그 뒷모습이 미치도록 그립다. 형기는 순간 달려가 포옹할 뻔했다. 형기가 그녀에게 결정적으로 끌린 것도 성수대교 난간에서 담배 피우는 모습 때문이었다. 떨리는 마음을 진정시키기 위해 천천히 발걸음을 옮겼다. 그녀는 형기 따위의 존재에 대해서는 관심이 없다. 그녀의 백 속에서 핸드폰이 울리기 시작했다. 형기는 발걸음을 멈추었다.

"일찍 헤어졌지. 알잖아, 재미없다는 것, 그러게 혼자 산다 그랬잖아. 엄마 제발, 이제 더 이상은……."

축축한 날씨 때문인가. 꽤 거리가 떨어져 있음에도 그녀의 전화 목소리가 형기에게까지 들려온다. 그녀는 잠시 전화기를 귀에서 떼어 팔을 허공으로 들어 올린 채 그대로 서 있었다. 전화기 속에서는 아직 대화가 안 끊어졌는지 고함 소리가 흘러나왔다.

또 한 팔로는 난간을 끌어안고 흐느끼듯 몸부림친다. 형기는 술이 다 깨는 듯 확 정신이 들었다. 죽은 그녀가 육화되어 나타난 실체였다. 또 다른 그녀였다. 그녀가 어떻게 될 것 같은 불안감이 밀려왔다. 조용히 걷던 발걸음도 멈추었다. 그녀의 행동을 주시했다. 그녀가 한강으로 뛰어내릴 것 같은 초조감은 다시 실제 뛰어내리는 모습의 환각으로 나타났다. 그녀는 황급히 몸을 추스르고 발걸음을 옮긴다. 그러다 몇 발짝 못 가 다시 난간을 끌어안는다. 형기는 자신이 그녀에게 몰입하고 있음을 알고 잠시 어색한 미소를 지었다. 그녀는 위험해, 지금! 스스로를 설득하며 그녀의 행동 하나하나를 주시했다. 성수대교 위에는 가끔 굉음을 내며 달리는 차의 헤드라이트가 잠시 형기와 그녀를 비추다 사라질 뿐, 안개에 젖은 어둠만이 그들을 둘러싸고 있었다. 이젠 취기는 사라지고 으스스 한기가 느껴졌다. 그녀와는 거리가 50미터 간격이다. 그녀는 할 일이 담배 피우는 것밖에 없다는 듯 다시 백 속에서 담배를 꺼내 피워 물었다. 좀 더 가까운 데서 보니 그녀와는 이미지가 전혀 다르다. 그런데도 블랙홀 속으로 빨려 들어가듯 그녀에게 빨려 들어간다. 자신에게 당황스럽기까지 하다. 그녀가 죽은 후 이런 느낌은 처음이다. 어디서 오는 걸까. 다른 것은 몰라도 키만 해도 그녀보다 5센티 이상 크다.

그녀가 라이터를 켤 때 잠시 형기 쪽을 흘깃 쳐다보았다. 그건 잠시뿐이었다. 아니, 그것은 형기의 착각이었는지 모른다. 그러나 다시 형기 쪽을 응시하듯 바라본다. 또다시 담배를 꺼낸다. 다시 흘깃 형기를 정면으로 쳐다본다.

그리고 서서히 발걸음을 압구정동 쪽으로 움직이기 시작한다. 그녀가 발걸음을 떼어놓자 형기는 더 불안하다. 그것은 앞에 느꼈던 불안과는 또 다른 불안이다.

형기는 더 그녀를 따라가야 할지 망설인다. 다리를 건널 때까지는. 또다시 형기는 그녀를 그대로 내버려두기는 위험하다고 생각한다. 이제 10분 전 12시이다. 형기의 발걸음을 눈치챘는지 그녀가 자꾸 뒤

돌아본다. 형기는 그녀의 오해를 풀기 위해 말을 좀 걸어야겠다고 생각한다. 그녀를 잡기 위해 발걸음을 더 빨리한다. 그녀의 발걸음도 함께 빨라진다. 그녀가 핸드폰을 꺼낸다. 누구에게인지 전화를 건다.

엄마는 이번 선본 남자와 결혼 결정을 하지 않으려면 집에 들어오지 말란다. 엄마의 논리는 언제나 똑같다. 여자는 혼자 살면 결국 비참해진다. 조건 좋은 남자만 골라라. 멋있는 남자든 멋없는 남자든 아이 낳고 살다 보면 결국 다 똑같아진다. 더 이상 집에 들어가기 싫다. 혼자 살면 여자를 남자들이 우습게 안다고 절대 혼자 나가 살지도 못하게 했다.

엄마는 기호가 그렇게 된 이후 결혼 이야기를 수시로 꺼냈다. 졸업도 하기 전부터 선볼 자리를 마련하기까지 했다. 그건 자신의 책임도 있다. 기호의 죽음 이후 충격으로 몇 개월간 학교도 가지 않고 자신의 방에 스스로를 가둬버렸다. 엄마는 단지 기호의 운명이 그런 것이라고 했지만, 그런 기호를 다시 만날 수 없는 정아에게는 빛이 사라진 것이었다. 하나님의 기호에 대한 계획? 그런 것은 필요 없다. 단지 기호만 돌려달라고 하나님께 매달렸다. 착한 모범생이 상을 타러 가다 당한 횡액, 가당키나 한 것인가. 기호가 죽은 이후 줄곧 엄마와의 전쟁이 계속되었다. 엄마의 소원은 정아가 빨리 결혼하는 것이라고 했다. 그래 엄마의 소원을 들어주고 싶기도 했다. '그럼에도 불구하고' 어떤 남자에게도 아무런 관심이 생기지 않았다.

결혼 전쟁이 10년 이상 계속되었다. 엄마를 벗어나는 길은 죽음밖에 없다는 생각이 들었다. 그래서 베란다에서 뛰어내리기까지 했다. '그럼에도 불구하고' 다리 골절상으로 그쳤다. 엄마는 정아의 자살 시도 이후 한참 조용해졌다. 그것은 기껏 1년이었다.

엄마의 불안은 독신녀로서 혼자 사는 정아의 미래에 대한 불안이었다. 엄마의 불안은 발작적으로 왔다. 그 불안이 덮치는 시간에 정아와 부딪치면 죽음을 각오해야 했다. 손에 잡히는 대로 정아에게 던졌다. 정아는 졸업 후 일을 핑계로 될 수 있으면 집에 있는 시간을 줄였다. 그렇게 되자 전화가 몸살을 앓았다. 그래도 직장에 있는 한은 여러 가지 핑계가 많았다. 보이지 않으니까. 문제는 선을 보라는 것이었다, 그것은 피할 수 없었다. 요즈음 정아가 엄마와 유일하게 타협하는 것은 엄마가 만들어놓은 선보는 자리에 나가는 것이다. 그리고 적당히 시간을 때우는 것이다.

오늘도 그 하루 중의 하루였다. 엄마는 바보였다. 그러면 그럴수록 기호에 대한 그리움이 더 진해진다는 것을 모른다.

이럴 때 기호가 있었으면……. 오늘따라 기호의 환상이 자주 나타난다. 기호의 실제 모습에 발걸음 소리까지 똑같다. '그럼에도 불구하고' 죽은 기호가 따라온다고 생각하니 무섭다. 오늘 같은 안개 낀 날, 기호가 나타나기에 안성맞춤의 날이다. 기호의 환상이 귀신처럼 느껴지기는 처음이다. 정아가 빨리 걸으면 기호도 빨리 걷는다. 기호, 오늘만은 돌아가줘. 도저히 감당이 안 돼. 결혼하라는 엄마의 성화에 견디다 못해 혼자 독립해 사는 친구에게 전화를 걸었다. 받지 않는다. 엄마는 이대로라도 충분히 행복하다는 말을 믿지 않는다. 자신이 죽을 때 눈을 못 감는다는 이유로 딸의 일상을 매일 흔들어놓는다. 결혼이 뭐란 말인가. 행복하기 위한 결혼을, 왜 불행한 기분으로 결정해야 한단 말인가. 빨리 전화 받아, 오늘은 너만이 정아의 구원자가 될 수 있어. 친구와 통화가 안 되면? 안 되면? 어떡해야 할지 모르겠다. 죽어버릴까. 기호가 정아를 잊지 못해 떠돌아다니는 한강으로. 성수대교 근처만 떠돌아다니는 기호의 영혼이 불쌍하다. 정아가 함께 죽으면 기호는 여기를 벗어나겠지. 무서웠던 기호가 갑자기 보고 싶다. 온몸에 냉기마저 뿜어 나오는 것 같다. 춥다. 따뜻한 기호의 숨이 그립다.

그녀와 눈이 마주쳤다. 그녀의 맑은 눈 안쪽으로 어둠 속에서만 느낄 수 있는 희미한 반짝임이 느껴졌다. 순간 위험하다는 생각이 들었다. 달려가 그녀를 잡았다.

온몸이 얼음 같다. 얼른 형기는 점퍼를 벗었다. 그녀를 감쌌다. 그녀는 거부하듯 팔을 빼다 형기가 점퍼를 어깨에 걸치는 대로 내버려둔다. 그녀의 몸이 사시나무 떨리듯 떨린다. 추위와 무서움 때문인가. 그 떨림이 어찌 강한지 형기의 몸까지 함께 떨린다. 형기는 그녀를 감싸주고 싶다. 그녀는 낯설면서 익숙한 느낌이다. 떨림이 멈출 때까지 형기는 점퍼 위의 어깨를 두 손으로 꽉 누른다. 형기는 고개를 갸우뚱

한다. 그녀의 떨림이 온몸으로 전율이 되어 그를 사로잡는다. 온 세상이 멈춘 듯 조용하다. 편안하다. 그녀에게서 흐느낌이 흘러나온다. 울음이 그칠 때까지 형기는 엉거주춤한 상태로 그녀를 안고 있다. 그녀의 머리에서 흘러나오는 샴푸 향기가 형기의 코를 간지럽힌다. 순간 그녀는 번쩍 정신이 든 듯 형기의 가슴에서 머리를 치켜 올린다.

"누구세요?"

형기는 '누구세요?'라는 말에도 대답할 수 없다. 그녀에게 자신은 누구란 말인가.

"당신은 누구세요?"

그녀는 또다시 반복해서 묻는다.

"당신도 연평도 폭격 사건으로 여기에 왔죠?"

형기는 갑자기 왜 그 말이 튀어 나왔는지 모르겠다. 아니 그 말밖에 할 수가 없다.

"연평도?"

"성수대교 붕괴에서, 삼풍백화점 붕괴에서, 천암함에서, 연평도에서 또…… 죽었잖아요?"

"또?"

"또 죽었잖아요?"

다시 그녀는 화들짝 놀란 듯 형기를 유심히 쳐다본다. 마치 웬 동문서답인가라는 식으로.

"전 오늘 단골 고객에게 천억의 주식을 사게 했단 말이에요. 네? 연평도 폭격 사건이 일어나기 전 한 시간 전이었죠, 그 고객은 천안함 사건 이후 한국에 전쟁 위험이 없냐고 물었죠. 그래서 전, 십육 년 전 성수대교 붕괴 때 제 애인, 그렇죠, 그때 제 애인이 한강 물에 익사했다고, 그리고 연이어 일어난 대형 사고, 그때 전 우리나라가 폭삭 망할 것 같았다고 했죠. 그럼에도 불구하고 지금 자신이 이렇게 건재하지 않냐고요. 그러면서 걱정할 필요 없다고 했죠. 그런데 한 시간 만에 연평도 폭격 사건이 일어난 겁니다. 저는 어쩌면 내일 사표를 써야 할지 모릅니다."

형기가 말을 마치자 그녀는 다시 온몸을 사시나무 떨듯 다시 떨었다. 형기가 다시 점퍼로 그녀를 감싸 안았다. 그녀는 급하게 담배를 꺼내 입에 물었다. 형기가 라이터를 꺼내 불을 붙여주었다. 차츰 떨림이 잦아들었다. 형기는 더 이상 말을 이을 수가 없었다. 발걸음을 옮기려고 하자 그녀가 조금 전과는 전혀 다른 화난 듯 비아냥거리는 듯한 어조로 말했다.

"당신은 사표를 낼 필요 없이 일주일 휴가를 다녀오면 모든 것이 만사 오케이가 될 거예요. 며칠 주식이 요동치겠죠. 그리고 다시 그대로 주식이 정상화되면, 아무 문제가 없어지니까요. 순진하게 왜 사표를 내요? 남북한의 대치가 계속되는 한 이런 사건은 계속될 겁니다. 단지 간간이 몇백 명, 혹은 몇십 명 총알받이 희생양이 있으면 되니까요. 당신의 애인이나 나의 애인도 대한민국의 총알받이 희생양인 거죠. '그럼에도 불구하고' 당신이나 나나 대한민국 국민들이 모두 이렇게 안전하게 살고 있잖아요. 걱정할 필요 없어요. 당신이나 나나 우울할 때면 이렇게 가끔 성수대교를 산책하면 되는 거고. 하하."

"우울하군."

"우울할 필요 없어요. '그럼에도 불구하고' 잘들 살고 있으니까요. 왜 있잖아요. 세익스피어 말 중에, '몇 번이라도 좋다, 이 끔찍한 생이여, 다시.'"

"그렇죠. 단지 연평도 폭격을 당한 군인의 애인이나 가족이 있다면 그들은 또 연평도를 우리처럼 맴돌겠죠."

"그렇죠. 그러고는 서서히 잊어버리겠죠. 이런 사건이 일어나지 않는다면……."

그들은 서서히 발걸음을 옮겼다. 성수대교를 질주하는 차들의 굉음과 헤드라이트 불빛이 그들을 쏘아댔다. 그럴 때마다 형기는 점퍼로 그녀의 몸을 가리기 위해 그녀 가까이로 다가갔다. 둘은 아주 오래전부터 안 사람처럼 서로를 의지하며 발걸음을 한 걸음 한 걸음 옮겼다. 거의 다리를 다 건넜을 때 그녀가 갑자기 발을 멈췄다.

"'그럼에도 불구하고' 대한민국은 좋은 나라입니다. 우리들에게 분노를 가르쳐주니까요. 또 슬픔과 외로움을 알게 해주었으니까요. 그리고 또……."

"그리고 또……?"

'그리고 또'를 남기고 그녀는 총총히 사라져갔다.

초원을 달리다

초원을 달리다

햇살, 두려운 햇살! 머리 위까지 이불을 들쓰고도 어둠 속으로 기어든다. 머릿속에서는 초원으로 말을 달린다. 이랴, 이랴. 탈출해야 한다. 이 암흑을 탈출해야 한다. 그러면서도 두 손으로 두터운 이불을 꼭꼭 누른다. 그러나 이불 속으로 틈틈이 새어드는 광선은 어째볼 길이 없다. 새어드는 광선으로 무한한 초원이 펼쳐진다. 이랴, 이랴. 유정은 말의 등을 친다. 말이 속도를 높이기 시작한다. 밤새도록 멀거니 앉아서 밤을 새운 몸이라 몸이 휘청거린다. 낮밤으로 설사에 피를 쏟아내는 통에 잠은 아예 잊은 지 오래다. 머리를 어지럽히는 온갖 환상 속에서도 말은 달린다. 주인집 집세 독촉으로 마음이 엉망진창인 가운데서도 말은 달린다. 광야가 아니라도 좋다. 달려야 한다. 기진맥진이다. 달리는 중에도 죽음처럼 단잠이 쏟아진다.

끝없이 펼쳐진 초원과 사막을 가로지르며 얼마나 달렸는지 모른다.

초원 사이사이로 드문드문 나타났다 사라지는 게르들, 갖가지의 야생화가 파노라마로 펼쳐지는 초원 위로 갑자기 쏟아진 소낙비, 지평선 위에 걸려 있는 쌍무지개. 탈출이다. 이 좁고 어두운 골방을 떠나야 한다. 빛의 사막이다. 빛이 산지사방으로 흩어져 눈을 둘 곳이 없다. 갈 길을 잃은 빛이 유정의 눈 속으로 몰려온다. 과감하게 빛을 받아라. 누군가의 목소리가 들려온다. 빛은 생명이다. 또다시 목소리가 들려온다. 유정은 목소리의 향방을 향해 눈을 돌린다. 눈부신 빛 속을 꿰뚫고 어렴풋한 형상이 잡힌다.

"누구세요?"

"이태준이라고 합니다." 하며 손을 내민다.

"아, 상허 이태준?"

"아닙니다. 몽골 의사 이태준입니다."

"몽골 사람이에요? 어떻게? 저를……."

"저는 조선 사람이지만, 몽골에 와 있었습니다. 당신의 작품 속에서 마적이 되어 초원을 달리고 싶다는 것을 읽은 적이 있습니다."

"네? 그걸 어떻게?"

"저는 여기 몽골에서 의사로 있다, 십육 년 전에 소련 반혁명파인 백화파에 의해 총살을 당한 몸입니다."

"넵?"

"당신이 마적이 되고 싶다는 말은 마음껏 광야를 달리고 싶은 마음이라고 생각되었습니다. 그래서 당신을 몽골에 데리고 오고 싶었습니다.”

“네? 그럼 지금?”

“그렇습니다. 당신은 지금 몽골에 와 있습니다.”

“저는 악성 폐결핵으로 각혈을 쏟아내는 환자에, 악성 치질인 치루에 걸린 환자인데, 어떻게 이렇게 말을 탈 수 있나요? 그러고 보니, 말을 탔는데도 전혀 엉덩이의 통증이 없네요. 그럼 내가 당신과 같이 저승에 있는 건가요?”

“아직 아닙니다. 저는 아직도 할 일이 많아 몽골을 떠나지도, 조국이 일본 제국주의에서 해방이 되기 전까지는 이승을 떠나지도 못하고 있습니다. 그래서 아직도 혼으로 이승을 떠돌고 있습니다. 여기서 의사로 봉사할 때 몸살로 운신조차 힘들었을 때가 있었습니다. 마치 조국이 날 버린 것 같고, 일찍 나를 두고 저승으로 간 아내까지 원망스러웠습니다. 온몸이 펄펄 끓어 물을 벌컥벌컥 들이켜면 나을 것 같았습니다. 그러나 물 한 사발 떠주는 사람이 없었습니다. 사무치는 외로움 속에서 항아리가 있는 곳으로 엉금엉금 기어 나왔습니다. 고열에 시달린 덕분인지, 기어 나오는 중에도 몸이 축 처지더군요. 채 항아리에 닿기도 전에 그냥 편하게 흙 위에 바로 누웠습니다. 그때 하늘의 휘황찬란한 별들이 나를 감싸는 듯 나에게 몰려오는 것 같았습니다. 어머니의 목소리 같기도, 아내의 목소리 같기도 한 목소리로 ‘애야, 내가 너와 함께 있다.’ 그리고 저의 몸이 채워지는 충일감을 느꼈습니다, 제가 처음으로 가져보는 자연과의 교감이었습니다. 저는 그 이후 외로움을 느끼거나, 무슨 고민거리가 있으면 하늘의 별들을 보거나, 말을 타고 초원을 끝없이 달립니다. 그러고 나면 내 속에서는 이미 그 전에 가지고 있던 고민이나 복잡한 마음이 확 풀어집니다. 중병 환자를 끌어안고 몇 날 며칠 씨름했는데도 더 이상 생명을 담보할 수 없을 때 그 허탈감은 이루 말로 표현할 수가 없었습니다. 그럴 때마다 말없이 다가오는 자연의 치유력을 저는 여기서 몇 번 경험했습니다. 그 이후 저는 저의 외로움을 극복했습니다. 자연의 말없는 위로는 얼마나 달콤하고 포근한지요.

그래도 김치와 된장찌개가 미치도록 먹고 싶을 때가 있었습니다. 그때 김치 한쪽을 먹으면, 또 절실하게 어머니가 그리울 때가 있습니다. 조국에 대한 그리움은 자연의 치유력과도 바꿀 수가 없더군요. 그러나 매일 죽어가는 환자들을 두고 조국으로 돌아갈 수 없었습니다. 이승을 떠돌다가 최근 고국이 그리워 조선으로 갔습니다. 그런데 조선에서는 나라는 존재는 이름도 없고, 나와 똑같은 이름을 가진 이태준이 유명한 소설가로, 문예잡지 편집장으로 한창 이름을 떨치고 있더군요. 난 그분이 궁금해서 이태준 주위를 맴돌다, 구인회 멤버라는 사람들로부터 당신 김유정이 폐결핵에 걸려 각혈을 하고, 치루까지 겹쳐 살기 힘들다는 이야기를 들었습니다. 그리고 그들은 하나같이 당신의 문학적인 재능을 높이 평가하더군요. 아까운 인재인 이상과 김유정이 다 같이 폐결핵에 걸렸다고 걱정들을 하더군요. 그래서 직업의식의 발로인지 이제 이태준이 아닌 김유정을 찾아, 당신 집을 맴돌았죠. 그리고 당신이 발표한 모든 소설과 잡지의 글들을 샅샅이 읽었죠. 그 아픈 몸으로 어떻게 이렇게 따뜻한 작품을 쓸 수 있었는지 감탄스럽기도 하고 궁금하기도 하더군요.

작품 중에 녹주에 관한 이야기를 소설로 쓴 작품이 있더군요. 거기에 주인공으로 나오는 명렬 군이 친구에게 '마적이 되려면 어떻게 하는 건가?' 묻자 '왜 마적이 되고 싶으냐?'고 친구가 되물었죠. '너 마적이 신성한 게다. 좀체 사람은 못 하는 거야. 씩씩하게 먹고 씩씩하게 일하고 좀 좋냐?' 그 부분을 읽고 일찍 당신을 알지 못한 것이 한스러웠소.

당신과 함께 몽골에 왔으면, 향수병에 걸릴 정도로 외로웠던 시간도 많이 위로가 되었을 텐데. 당신이 형이나 누나로부터 받던 구박도 안 받아도 되었을 거고. 타고난 문학적 재능은 몽골에서도 충분히 발휘되었을 테고, 당신이 치질로 설사와 변비를 반복하면서 각혈까지 하는 것을 보고, 얼마나 통곡을 했는지. 아무리 의사라 한들, 당신을 도울 수 있는 몸이 아니라서 안타까웠고, 여기 몽골 전통음식인 마유와 허르헉을 실컷 먹인다면, 금방 일어날 수 있을 텐데 생각하니 얼마나 안타까운지……. 그러나 방법이 없었죠. 더군다나 마적이 되고 싶다는 글을 읽은 이후, 당신과 몽골에서 끝없는 초원을 달리는 꿈을 꾸었어요."

유정은 자기 자신의 일거수일투족을 다 보았다고 하니, 부끄럽고 몸둘 바를 몰랐다.

“그런데, 선생님께서는 어떻게 그렇게 일찍 개화가 되어 이 먼 곳까지 오게 되었나요?”

“저도 하자면 이야기가 깁니다. 허허.”

한 줄기 회오리바람이 두 사람을 맴돌더니, 모래바람을 일으킨다. 유정은 금방 기침이 날듯이 목이 간지럽다. 그러나 목만 간지러울 뿐, 기침이 일어날 기미가 없다. 정말 내 몸은 이전 몸이 아니구나. 이렇게 가볍다니, 유정은 손으로 얼굴을 더듬는다. 다시 바람이 초원을 휩쓸자 누워 있던 노랗고 붉은 야생화들이 일제히 일어나 그 넓은 들판이 살아서 움직이는 것 같다. 바람은 양방향으로 불었다. 마치 카드섹션처럼 왼쪽으로 움직이면 노란 카드가, 오른쪽으로 움직이면 빨간 카드가 장관을 이루며 파노라마를 펼쳤다.

“저도 몸은 죽었고, 영혼만 남은 건가요? 이전 몸을 전혀 느낄 수 없네요?”

“아직 당신은 죽지 않았어요. 회오리바람이 불 때 어땠나요?”

“느낌은 있는데, 실제는 아니에요.”

“바로 그렇습니다. 아픈 기억이 당신 머릿속에 남아 있어 아픔, 고통이 그대로 느껴질 것입니다. 나와 함께 있는 동안은 몸의 고통은 느끼지 못할 것입니다.”

“아, 네?”

유정의 얼굴에 그늘이 진다.

“저기 저 노을을 보세요!”

유정은 얼굴을 들어 그가 가리키는 손가락 방향으로 향했다. 거기에는 마치 불타는 듯 하늘이 빨갛다.

“몽골은 워낙이 넓어서 그런지, 동쪽에서는 천둥이 치는데, 서쪽에서는 노을이 하늘을 덮고 있죠. 여기서 저는 많이 느꼈습니다. 조선 역사가 왜 끊임없이 당쟁으로 얼룩졌나를 여기에서 알게 되었습니다. 좁은 땅덩어리에서 맨날 부딪치는 얼굴들, 우물 안에서 개골개골거리는 일 말고 더 뭐가 있겠습니까? 저도 조선을 떠날 땐 빨리 탈출하고 싶다는 생각뿐이었습니다. 더군다나, 일본 헌병들에게 쫓기는 몸이다 보니, 이 땅덩어리 자체가 싫었죠. 이번에 짧은 기간이었지만, 김유정 당신을 비롯한 문인들의 글에 참 감동받았습니다. 저는 고향에 대한 그리움을 주로 음식으로 달랬는데 만일 그 문인들의 글들아 내게 있었더라면 외로움을 잊고 고향 잃은 동병상련의 아픔을 함께할 수 있으리라 생각이 되었습니다. 그리고 많은 위로를 받았겠지요.

주로 저는 백거이 시를 좋아해 외우곤 했는데 그중에서 「고원초(古原草)」라는 송별에 관한 시를 외우면서 고향에 대한 그리움을 달래곤 했습니다.

언덕 위 우거진 초원은
해마다 피고 또 지지만
들불에도 타지 않더니

봄바람 불어와 다시 또 우거졌네

멀리 자라난 풀밭이 옛길을 덮어
고운 청록빛이 옛 성에 닿았는데
그대를 다시 또 보낸다면
이별의 정만 풀처럼 무성하리라

이 시를 외울 때면 내가 떠나보낸 많은 사람이 생각나고 고향의 뜰 앞에 무성히 우거진 풀밭이 선연하게 펼쳐지죠. 이번 당신의 작품을 읽고 고국이 이런 거구나 새삼 그런 생각이 들면서, 당신 같은 분이 있다고 생각하니 조국이 너무 좋고, 나 자신을 너무 사랑하게 되었습니다. 고향이 생각날 때마다 말을 타고 초원을 마음껏 달리죠. 당신이 마적이 되고 싶다는 글을 읽고 둘이서 마음껏 몽골 초원을 달리고 싶었습니다."

이 초원을 달리기 직전까지만 해도 유정은 각혈에, 계속되는 설사에, 피 냄새, 식은 땀내, 변 냄새 각종 냄새가 뒤범벅이 된 썩은 냄새가 방 안 가득, 눈조차 뜰 수 없었다. 거기다 틈만 났다 하면 밀린 방세 독촉하는 주인여자의 짜증 섞인 고함 소리에 '몸을 가눌 수만 있다면' 하고 속으로 몇 번을 되뇌었다. 그런데, 소원처럼 초원을 달리고 있다. 유정에게 살아 있다는 것은 죽음이었다. 유정에게 육체라는 굴레를 벗어난다는 것은 바로 빛을 바로 볼 수 있다는 것이다. 빛은 생명이다. 자신은 폐결핵에 걸리면서 빛을 차단당했다.

달린다. 끝없는 초원을 달린다. 어딘지 모르고 계속 달린다. 막막한 초원의 끝, 노을 너머 바람을 몰고 구름 떼가 몰려온다. 갑자기 말이 힝 하는 소리와 함께 속도를 높이기 시작한다. 유정은 겁을 먹고 말고삐를 꼭 잡았다. 앞에 제법 큰 강이 펼쳐졌다.

"계속 고삐를 당기세요. 물을 겁내서 그럽니다."

"근데, 계속 우리는 어디로 향하고 있습니까?"

"아, 제가 돌보았던 환자들을 보러 갑니다. 그들은 처음 제가 여기에 왔을 때 거의 죽어가고 있었어요. 처음 여기도 조선과 마찬가지로 치료할 수 있는 약이나 시설도 없었죠. 제가 세브란스나 제중원에 있던 경험으로 수술칼이 아닌 과일칼을 소독해 환부를 도려내고, 소독약이 부족해 소금물에 환부를 닦아내고, 참 힘든 세월을 보냈죠. 그래서 몽골은 마치 제 고향 같아요."

"선생님을 만나니, 제 삶 자체를 다시 살고 싶습니다."

"그건 그렇지가 않아요. 사람마다 자질과 역량이 다 다르게 태어났는데, 그것을 비교할 수는 없지요. 근데 궁금한 것은 당신 작품은 그렇게 따뜻하고 여유가 있는데, 제가 보기에 현실에서의 당신은 열렬히 죽음을 기다리는 사람 같았다는 거예요."

"저는 저희 집안이 부끄럽고, 저희 형님이 부끄럽고, 제가 부끄러웠어요. 그래서 어릴 때부터 누구 앞에 선다는 것이 부끄러워, 누가 앞에만 서면 말부터 더듬었어요."

"왜 그렇게 부끄러웠어요?"

"형이 아버지가 남겨준 그 많은 재산을 가족들이 거지가 되도록 탕진한 것도 그렇고, 난봉질도, 또 누이들이 소박당해 시집에서 쫓겨나거나 자살한 것도 그렇고, 또 저 자신을 생각해도 무서운 폐결핵에 매일 쏟아내는 각혈, 가족을 생각하고 저 자신을 생각하면 저를 저주하고 또 세상을 저주하고 싶은 마음뿐이었습니다. 하루라도 살고 싶은 생각이 없었습니다."

"그렇군요. 그러니까 결국, 박녹주에게나 박봉자 씨에게 사랑을 핑계 삼아 편지를 보낸 것도 결국 세상을 저주하기 위한 것이었습니까? 당신은 박녹주에게 상대의 추악한 부분을 일일이 꼬집어 뜯어서 발겨놓은, 태반이 상대방의 욕인 편지를 써서 보내고, 박봉자와의 인연이 된 어떤 여성잡지의 「어떠한 부인을 맞이할까」, 「어떠한 남편을 맞이할까」에 나란히 실리게 된 글에서도 숙명적으로 당신은 사람을 싫어하고, 늘 주위의 인물을 경계하고, 그 버릇 때문에 우울증을 가지고 있다는 글과 함께, 당신과 똑같은 우울증을 가진 그리고 똑같이 피를 통하는 그런 여성이 있다면 한번 만나고 싶다고 썼더군요. 그건 사랑하고 싶은 여인에게 쓴 글이 아니라, 당신을 사랑했던 여자도 그 글을 보면 도망가게 할 내용이 아닙니까. 당신은 「산골 나그네」에 나온 그런 거지 여인, 즉 자신의 몸을 팔아 병든 남편을 위해 옷을 훔쳐 달아나 남편을 봉양하는 그런 정도의 여자의 헌신을 박녹주나 박봉주에게 바란 것은 아닙니까?"

유정은 움찔하며 얼굴이 빨개졌다.

"작품 전체를 훑어본 거예요? 저를 아주 꿰뚫고 있습니다."

"당신의 참혹한 현실에 비해 작품 속에서는 특히 아내가 남편에게, 남편이 아내에게 끝까지 가족을 지켜내기 위해 헌신하는 모습과 부부간에 흐르는 따뜻한 정이 참 눈물겨웠어요. 그래서 당신은 여인에게 이런 헌신을 기대하고 있겠구나 하는 생각이 들었죠. 그런데 그 당시 현실에서의 박녹주나 박봉자는 물론 모든 여성들이 근대 바람을 타고 당신의 작품 속의 여인들과는 정반대였습니다. 그래서 당신은 특히 박봉자에게 내 처지가 이렇게 비참해도 올 수 있겠냐, 했죠? 그것은 박봉자에게만 한한 것이 아니라 그 당시 신여성에게 선전 포고를 한 것이죠. 그러나 여자 쪽에서는 당연히 침묵할 수밖에 없죠. 그러면 상대방 여자를 저주하고, 그런 현실과 함께 자기 자신마저 당신은 저주하게 되고 사는 게 싫어진 거라고 생각되는데요."

"제 이야기는 그만하고 어떻게 여기 몽골까지 오게 되셨는지 선생님 이야기나 들려주시죠?"

유정은 자신이 너무나 잘 알고 있는 자신을 다시 한 번 파헤치니, 태준과 함께 있는 것이 불편해졌다. 자신의 골방으로 가서 자기 이불 속으로 숨어들고 싶다. 몸이 아프지 않으면, 그 생활이 최고인 듯싶기도 하다. 아프기 때문에 누구로부터 취직하라는 소리를 듣지 않아 좋고, 그냥 앓기만 하면 된다. 앓다가 보면, 마치 직업이 앓는 사람 같다. 그래서 신음을 하다가도 웃음이 터진다. 혼자 눈물이 나도록 웃으면 또 각혈이 터진다. 설사를 계속해서 멈추는 약을 먹으면 다시 변비가 되고, 다시 설사약을 먹으면 설사가 멈추지 않는다. 지금 이렇게 멀쩡한 몸으로 말을 타고 달리는 것이 꿈만 같다. 그런데 태준 선생은 유정의 자의식을 계속 건드린다. 그래서 불편하다. 한참을 푸른 초원과 야생화 밭을 지나고, 사막을 지나고, 다시 강이 나올 때까지 유정은 자기 생각에 빠져 있었다. 태준 선생이 이야기를 시작하자 겨우 그가 옆에 있는 것이 생각났다.

"저도 선생만큼 불우하다면 불우한 청년기를 보냈습니다. 아버지가 독립운동에 헌신, 집에 없는 날이 더 많다 보니, 끼니조차 이어가기도 힘들었죠. 거기다 조혼한 아내가 갑자기 병사하는 바람에 혈혈단신 저는 고향 함양을 떠났습니다. 서울로 와 김필순이라는 은인을 만나 일을 하면서 세브란스를 다녔습니다. 선생도 연희전문을 나왔다고 하던데, 저 역시 연희전문에서 운영하는 세브란스 2회 졸업생입니다. 인턴을 하다가 김필순 선생님과 친한 안창호 선생님을 만나 청년 독립운동 단체인 청년학우회에 참여했습니다. 그러다 105인 사건이 일어나자 김필순 선생님을 따라 남경으로 망명, 거기서 독립운동을 하다, 여기 울란바토르로 근거지를 옮겼습니다. 그때 마침 여기 몽골은 성병이 창궐하여 의사의 손이 절실할 때였습니다. 눈코 뜰 새 없이 당분간 성병 치료에 전념했습니다. 그러다 그 당시 몽골의 국왕인 보드그 칸의 주치의가 되었습니다. 몽골의 수도인 울란바토르에조차 의료 활동을 할 시설조차 없어 왕의 도움을 받아 동의병원이라는 조그만 병원을 지었습니다. 병원 짓는 것을 감독하랴, 환자 돌보랴, 정말 눈코 뜰 새 없는 세월을 보냈죠. 그러나 어느 사이 성병이 수그러들었어요. 성병 치료 첫 환자인 베르테는 저의 착실한 조수가 되어 저의 일거수일투족을 다 돌보아주고, 또 다른 여자 환자가 세탁, 식사 수발을 다 해주어, 지내는 데는 불편 없이 지냈어요. 단지 고국에 대한 향수 때문에 견딜 수 없었죠. 내 수발을 들어주는 그 여자 환자는 내가 자신의 아버지를 닮았다고 내 곁을 떠나지 않아요. 여기 사람들, 저보고 오빠 닮았다, 아버지 닮았다. 또 할아버지 닮았다는 소리를 참 많이 해요. 처음에는 몽골 사람들이 친근함을 그렇게 표시하는 것인가 했어요. 그런데, 그게 아니고 진짜, 자기 아버지를 닮았다고 생각하는 거예요. 그래서 왜 그 사람들이 그렇게 말하는지 곰곰이 생각하던 차에 저도 똑같은 경우를 봤어요. 어떤 여자 환자가 왔는데, 죽은 제 아내가 마치 환생한 듯한 모습이더라고요. 처음에는 믿기지 않았고, 나중에는 너무나 나를 잘 알 것 같은데 모르는 체하는 것이 섭섭할 정도였어요.

저는 그래서 몽골족과 우리나라 사람과 DNA가 같지 않은가 생각해봤어요. 우리나라와 지리적으로 먼 나라인 몽골과 우리와 DNA가 같다는 것이 믿기지 않아서 영어 자료를 찾아보기 시작했지만, 자료를 구하지 못해 궁금한 채 지냈습니다. 근데 마침 그 이후 인류학자이면서 여기 선교사로 온 프랑스 사람이 있었어요. 이런저런 이야기를 하다, 제가 궁금한 것을 물었습니다. 그런데 그 프랑스인은 단번에 DNA가 같다는 거예요.

동양 역사를 분류할 때, 중국 한족과 북방 민족을 분류하는데, 거기에 일본, 한국, 중앙아시아. 몽골, 터키 등이 북방 민족으로 분류된다는 것입니다. 옛 북방 소수민족 계보는 선비, 숙신, 읍루, 물갈, 말갈 등이 있는데 이들의 원류는 어원커족이라는 것입니다. 어원커족의 조상은 선비족이 남하할 때 남아 있던 실위(室韋)인데, 선비와 실위는 같은 말인데, 단지 실위는 한자말일 뿐이에요. 어원커족은 퉁구스족이라고도 한다는 것입니다. 한국은 알타이어 만주 퉁구스어에 속하거나 인접해 있다고 말할 수 있다는 겁니다. 퉁구스라는 말이 바로 어원커라는 것이라는 거예요. 그러다 보니 더 궁금해지더군요. 그래서 그분에게 몽골와 관련된 책을 빌려 읽다 보니 어원커족 말에 우리나라의 아리아리랑 스리스리랑과 유사한 발음, ARIRANG, ALAAR, SERERENG, SERIRENG이 있더군요. 얼마나 신기해요. 또 한동안 몽골과 우리나라를 비교하는 책을 몽땅 빌려 읽었어요. 또 하나 재미있는 게, 어원커족과 순록 유목 습속도 같고 언어도 같은 어룬족자지주의 아리하(阿里河)강과 북한의 야뤼강(압록강), 서울의 아리수(한강)가 거의 발음이 같아요. 조선은 아침이란 뜻의 자오(chao)가 아니라 순록의 먹이인 이끼가 많이 나는 선(蘚)을 찾아 이동하던 순록 유목민에게서 나온 말이며, 순록 유목민의 한 갈래가 한반도 쪽으로 내려와 정착한 것이 한민족이라는 것이라는 거예요. 그 자료를 보고야 나를 보고 몽골 사람들이 누구를 닮았다고 하는 이야기가 이해가 가더라니까요. 그 이후는 몽골 사람들이 모두 내 아버지 같고, 엄마 같고, 동생

같고 누이 같더라니까요."

"인류학까지 섭렵하셨군요. 대단하십니다."

"그 프랑스 선교사도 자신은 조선과 몽골이 그렇게 깊은 관계가 있는 줄 몰랐는데, 제 덕분에 오히려 공부를 많이 했다고 좋아하더라니까요."

그가 잠시 말을 끊었다. 그리고 주위를 두리번거렸다.

"누군가 우리의 이야기를 듣는 것 같아요."

"우리 얘기가 다른 사람에게도 들리나요?"

"얘기는 들리지 않지만, 누군가가 옆에 와 있다는 감지는 하죠. 지금 여기 몽골 아내가 이 근처에 있는 것 같아요."

"네?"

"저희 집이 이 근처예요."

그는 앞장서 달리기 시작했다. 그러더니 어느 게르 앞에 말을 세웠다. 게르 안에서 알아들을 수 없는 말들이 흘러나왔다. 태준 역시 알아들을 수 없는 말을 쏟아놓았다.

"잠시 오늘 하루는 여기서 머물러야 할 것 같습니다."

유정도 말은 세웠지만, 태준이 들어간 게르 안으로 따라 들어가야 할지 몰라 머뭇거렸다.

"괜찮습니다. 들어오세요. 여기는 제가 죽기 전까지 지낸, 제 가족이 사는 게르라고 하는 몽골의 전통 가옥입니다. 제가 온다는 것을 알았는지, 여기 귀한 사람이 올 때나 잔치 때나 차리는 허르헉이라는 음식을 차려놓았네요. 그렇지 않아도 폐결핵으로 고생하는 당신에게 이 음식을 대접하고 싶었는데, 아내와 마음이 통했네요. 아내는 내가 아직 저승으로 못 가고 있다는 것을 알고 있어요. 조선에 있을 때, 몽골에 급한 일이 생기면 꼭 텔레파시를 느끼죠. 급히 몽골로 달려오면 급한 환자가 생사의 갈림길에서 헤매고 있는 경우가 많습니다. 그럴 때 아내와 텔레파시를 통해서 처지 방법을 일러주어 살아난 환자도 있지요. 그래서 당신 주위를 몇 날 며칠을 맴돌았죠. 그런 방법을 당신에게 이용해서 당신의 병을 호전시키려 했지만, 당신은 일단 가족들, 조카 영수나 진수 그리고 형수 외에는 접촉 자체를 싫어하니, 그런 영혼과 텔레파시가 가능한 낯선 무당과 접촉 자체가 불가능하다고 판단하고 포기했죠. 그리고 당신에게서 삶의 의지를 발견하기 힘들었죠. 아이쿠, 음식 앞에 놓고 얘기가 너무 길어졌네요. 배고프실 텐데 실컷 드세요."

설사 때문에 죽을 조금씩 먹었지만 음식 먹는 데 익숙하지 않은 유정은 음식을 보고도 저것을 먹을 수 있을까 하고 겁이 났다. 게르 안에는 한쪽의 둥근 난로에 불이 이글거리고 있었다. 봄인데도 해가 떨어지니 날씨는 싸늘했다. 식탁 위에 화려할 정도의 갖가지의 음식이 차려져 있고, 게르의 둥근 원처럼 의자와 침대 등이 진열되어 있었다. 침대 위에는 한 장의 커다란 사진이 붙어 있었다. 태준은 물끄러미 그 사진을 바라보았다.

태준이 아내를 거들다 사진을 바라보고 있는 유정을 발견하고 옆으로 왔다.

"이 사진은 제가 좀 전에 말했던 보그드 칸이라고 이 나라의 국왕이 저를 불러서 주치의가 되어달라고 저희 부부를 초청한 날 찍은 사진입니다. 죽기 전까지 참 많은 도움을 받았죠. 자, 식탁으로 갑시다. 고기를 많이 먹어보지 않던 조선 사람이 이 음식을 먹으면, 약간 고기 비린내가 날 수 있어요. 그래도 이 음식은 갖은 양념과 감자, 당근 등을 넣어 몇 시간을 고은 음식이라 먹기도 편하고 영양이 듬뿍 담긴 것입니다. 당신을 몽골까지 데리고 온 것도, 초원을 달리게 하는 것과 함께 이 음식을 실컷 먹이고 싶었습니다. 자, 잡숴 보세요."

유정이 식탁에 앉자,

"이 사람은 저의 안사람입니다. 이 사람의 동생 역시 성병으로 고생하다, 저희 환자가 되어 왔다 갔다 할 때 몇 번 같이 와서 보고, 몇 년 전에 돌아가신 아버지와 저를 닮았다고 저를 어떻게 따라다니는지, 저의 일을 도와주다 결혼한 겁니다. 하하, 자, 드십시오."

태준은 쑥스러운지 얼굴이 붉어졌다. 아내라고 하는 사람은 광대뼈가 튀어나온 전형적인 몽골인이었다.

식탁 위에는 큰 쟁반 위에 거무튀튀한 색을 띠는 고기 덩어리가 감자, 당근, 버섯 등을 곁들여 놓여 있었다. 태준이 먼저 고기를 한 점 떼어 옆에 있는 된장 같은 검은 장에 찍어 유정에게 주었다.

"고기는 비리지만, 이 된장을 찍어 먹으면 비린내가 안 나요. 한번 드셔보세요."

"된장이라뇨? 몽골 사람도 된장을 먹나요?"

"아닙니다. 제가 향수병에 걸렸을 때 김치와 된장찌개가 먹고 싶어서, 한국에서 콩을 보내달라 해서 된장을 담갔어요. 이것은 몇 년간 보관이 되니, 김치 대신 이것으로 향수병을 달래며 살았답니다. 아직까지 남아 있었던 모양입니다."

유정은 된장이라는 말에 용기를 얻어 고기를 포크로 뜯어, 된장을 듬뿍 발라 입에 넣었다. 된장을 듬뿍 발라서 그런지 고기는 생각과는 달리 비리지 않았다. 된장과 어우러진 고기는 쫄깃쫄깃하면서도 고소한 맛이 우러나와 맛있었다. 우선 자신의 폐병에는 최고라는 말 때문인지 입맛이 당겼다.

"천천히 드세요. 고기를 자주 안 먹다 한꺼번에 많이 먹으면, 위가 반란을 일으켜요. 천천히 음미하면서 먹으면, 맛을 즐기면서도 양은 적게 먹게 되니까, 감자와 당근도 함께 들면서 먹어요. 술도 한잔 드릴까요? 말 젖으로 만든 몽골 전통주인데요. 약간 달면서 짜릿한 맛을 주는 독특한 술입니다."

그러자, 그의 아내가 술병을 가져왔다. 술병을 싸고 있는 가죽부대에는 징기스칸의 영웅적인 모습이 그려져 있었다. 술병은 마치 아라비안 나이트에 나오는 요술병처럼 생겼다.

"이 술은 환자들이 병을 치료하고 난 뒤 웬만큼 치유가 되면 고맙다고 가지고 온 것들입니다. 몽골 전통주를 몽고내주(蒙古奶酒)라고 하는데요, 말 젖을 담는 병은 말가죽을, 양 젖을 담는 병은 양가죽을 입

힙니다. 자, 한잔 받으십시오."

"아, 네."

유정은 얼른 앞에 놓인 술잔을 잡았다. 술잔도 그 술병에 구색을 맞춘 것인지 잔 한쪽이 마치 입술을 뾰족 내민 것처럼 튀어나와 있었다. 술맛은 단맛이 있는데도 의외로 술이 입에 당겼다. 무엇보다 고기와 맛이 잘 어울렸다. 유정은 처음 1935년 조선일보에서 「소낙비」로 등단했을 때 받은 원고료로 친구들과 술을 실컷 퍼마셨던 그때가 생각난다. 그때 친구들이 그랬다. 이제 너는 살았다고. 단번에 문단을 제압했다고. 그동안 짓눌려 살았던 세월을 생각하고 울컥하는 울분이 솟았다. 그때도 폐병에 걸려 있었는데도 그런 건 상관없었다. 한순간이라도 살아 있다는 느낌을 받고 싶었다. 술을 먹고 친구들에게 욕도 퍼부었다. 그 이후로 친구들은 '유정은 술 먹으면 딴 사람이 된다.'고 만나는 사람마다 입질을 했었다.

그 기분 때문에 원고료를 받았다 하면, 병 치료보다는 우선 술을 퍼마셨다. 철없고 한심한 짓거리라는 것을 알고 있었지만, 한순간 나 아닌 다른 사람으로 돌아가, 한참 미친 척 떠들다 보면, 통쾌했다. 술을 먹으면, 병도 잊어버리고, 모든 시름이 사라졌다. 그리고 다시 얌전히 정신을 차리고 방으로 돌아와서는 한심한 자신을 생각하고 이불 속에서 끼이끼이 울었다. 고기와 술잔을 차례대로 연거푸 몇 잔을 마셨는지 모른다. 유정은 「홍길동전」을 쓰면서 멋진 영웅적인 인물을 다시 소설 주인공으로 장편을 완성해보고 싶다는 생각을 했다. 그러나 그 이후 병이 더 깊어져 엄두를 낼 수 없었다. 태준을 따라다니다 보니, 이역만리 몽골까지 와서 고생하며 이 지방의 고질병인 성병을 퇴치하고 왕의 주치의로 활동했고 병원까지 지었다는 그의 삶이 부러웠다.

"이렇게 맛있게 드시니, 제가 당신을 데리고 온 보람이 있습니다. 악성 폐결핵으로 각혈을 쏟아낼 때마다, 몽골에 데리고 와서 실컷 먹이고 말을 타고 광활한 초원을 마음껏 누리게 하고 싶다는 생각이 들더군요."

"참 그런데, 당신은 어떻게 죽은 겁니까? 병도 없는데, 40세가 되기 전에? 아까부터 궁금했습니다."

유정은 술잔을 들다 태준에게 얼굴을 돌리며 물었다.

"이것도 이야기하자면 깁니다. 저는 안창호 선생님의 뜻을 따라 몽골 의사를 하며 독립운동을 같이 했습니다. 좀 전에 이야기했다시피, 독립운동을 하다 여기까지 온 거죠. 그런데, 여기 몽골의 많은 사람들이 성병에 걸려 몇십 명이 죽어가고 있더라고요. 그래서 잠시 독립운동을 뒤로하고 여기에 머무르면서 성병을 퇴치해야겠다는 생각을 한 거죠. 그러면서 차츰 안정기에 접어들면서, 소련의 코민테른에서 나오는 자금을 독립운동 임시 본부가 있는 상해나 남경 쪽에 전달하는 일을 했지요. 여기 몽골은 대부분의 사람들이 울란바토르에 밀집해 있고, 금방 무슨 일이 있다 하면 멀리 떨어져 있는 게르에서조차 벌써 알고 뛰어올 정도로 좁은 곳이에요. 1921년 소련의 반혁명파인 백화파가 몽골을 침입했는데, 나에 관한 정보를 들었는지, 병원 진료를 하고 있는 중에 요란한 총소리와 함께 저는 이미 이 세상 사람이 아니었어요. 순식간이었어요."

태준과 유정은 잔을 주거나 받거나 하면서 계속 마셨다. 두 사람은 고기까지 거의 다 먹었다. 유정은 이렇게 포만감을 느낀 적은 없었다. 그래서 그런지 술도 끝없이 들어갔다. '아, 진작 여기 왔어야 했는데…….'라는 생각이 머리를 떠나지 않았다. 그랬더라면 자기 인생이 달라졌을 것 같다. 마적이 되고 싶다는 꿈이 실현 불가능하다고 생각했지만, 태준과 끝없이 넓은 초원을 달려보니, 마적이 따로 없었다. 단지 답답할 때 초원을 달리며, 허르헉을 먹고, 양 떼를 치며, 작품을 썼다면 더 이상 부러울 것이 없었을 것 같다. 여기는 친구도 필요 없을 것 같다. 유정의 말더듬이도 문제 될 것이 없을 것 같다. 게르도 띄엄띄엄 있는 데다, 게르에 나가면 끝없이 펼쳐진 초원과 양 떼, 말 떼만 보인다. 몇 병의 술병을 가져왔는지 몰랐다.

"정말 술이 세네요. 여기서는 공기가 좋아 술이 취하지 않으니 상관없지만, 그래도 최근에 술을 먹지 않다가 그렇게 많이 먹으면, 괜찮을는지요?"

"허허, 무슨 걱정이세요, 저도 곧 죽을 몸인데……. 태준 선생님 덕분에 죽기 전에 실컷 먹어보고, 초원을 달려봤으니 이제는 죽어도 여한이 없네요."

그러자 게르 밖에서 웅성거리는 소리가 들리더니, 몽골 전통 옷인 듯한 옷을 입은 처녀가 조심스럽게 쟁반에 받친 두 개의 잔을 들고 온다. 그러고는 태준과 유정에게 한 잔씩 준다.

“이게 뭡니까?”

유정은 얼굴을 뒤로 빼면서 말했다.

“아, 이게 마유(馬乳)라는 겁니다. 술을 아무리 먹어도 이 마유를 한 잔 먹고 자면 숙취가 없어진답니다.”

유정은 컵을 받으며 들고 온 처녀를 보았다.

“앗, 당신은? 아키코?”

유정은 처녀의 입에서 아키코가 늘 자신을 부를 때 쓰던 ‘톨스토이’라는 이름이 튀어나올 것 같았다. 아키코를 빼닮았다. 그러나 처녀는 멀뚱히 눈만 깜빡였다.

“아키코라니요? 일본 여자 말이오?”

“아니요. 한때 저와 같은 집에 살던, 여고보를 중퇴하고 버스걸을 하는 처녀가 일본 이름을 사용했죠.”

유정은 좀 전에 태준으로부터 몽골 민족과 우리 민족이 같은 민족 계열이라는 말을 들었던 것을 생각하며, 바로 이런 것이구나 했다. 정말 아키코를 닮았다. 단지 조금 광대뼈가 더 튀어나온 것 외에는.

유정은 아키코가 자기에게 매달리던 생각이 난다. 틈틈이 맛있는 약밥 같은 특식이나 군것질거리를 가지고 와 유정의 방에 살짝 넣고 도망가고는 했다. 유정이 사직원 산에 올라가 멀거니 산을 바라보고 있으면, 언제 왔는지 유정의 이마에 키스를 하고는 도망치기도 했었다. 그러면, 유정 혼자 얼굴이 빨개져 숨을 곳을 찾고는 했다.

유정이 방세가 밀려 주인집 여자가 조카를 시켜 유정의 방 세간살이를 마구 마음대로 내놓자, 아키코가 주인집 여자와 조카를 상대해 말려준 것이 지금 생각해도 고맙다. 유정은 다시 한 번 처녀를 물끄러미 쳐다본다.

"정말 그렇게 닮았습니까?"

유정이 얼굴이 빨개지며, 아니라고 부정한다. 그러자 태준이 아내를 부른다. 둘은 한참 무어라고 몽골어로 말한다. 그리고 그 처녀에게도 뭐라고 하자, 처녀가 유정을 바라보며 고개를 끄덕인다. 그러자 게르 안 소파 위 선반 위에 있는 텐트를 끌어내린다. 그 처녀가 그 텐트를 가지고 밖으로 나간다. 그리고 얇은 이불도 함께 내려 태준이 들고 밖으로 나간다.

유정은 차츰 술이 오르면서 마치 꿈속에서 일어나는 일처럼 모든 것이 희미하게 느껴진다. 태준이 다시 안으로 들어가며,

"우리 부부는 여기서 오늘 십여 년 만에 회포를 풀 테니, 당신은 밖에 나가서 텐트 속에서 별 구경을 하며 주무세요. 텐트 속에는 이불까지 있으니, 춥지는 않을 거요."

유정은 멀거니, 쫓겨나는 사람처럼 비실비실 게르 밖으로 나왔다. 게르 밖에는 이미 텐트가 쳐져 있고, 불마저 깜박이고 있다. 유정은 밖의 찬 공기에 소름이 돋는 것을 느끼며 얼른 텐트 안으로 들어갔다. 텐트 안에는 이불이 깔려 있다. 유정은 아물거리는 의식을 잡으며 이불 위에 누웠다.

"아. 아."

텐트의 천장 뚫린 창문으로 별들이 쏟아질 것처럼 휘황찬란하게 떠 있다. 유정은 다시 정신을 차리고 밖으로 나왔다. 그 창문으로 보이는 별이라니, 실레마을에서 보는 별은 아무것도 아니었다. 주먹만 한 별들이 하늘이 좁은 듯 꽉 차 있다. 별 아래 있는 세계는 어둠 속으로 명멸하고 오직 별들의 축제가 시작된다. 유정은 가슴을 움켜쥐고 다시 한 번 몽골에서의 하루에 가슴이 벅차다. 추위가 온몸에 스며들어 한기가 난다. 각혈의 기미를 느낀다. 아물거리는 의식을 잡으며 텐트 속에 누웠다. 텐트 속에 따뜻한 몸이 그를 감싼다. 어머니가 젖을 물리듯 어머니의 따뜻한 젖이 그의 입술을 찾는다.

"아아, 어머니! 그렇게 찾았음에도 이제야……."

입에서 각혈이 쏟아지자, 또 아래에서는 설사 같은 변이 쉴 새 없이 쏟아진다.

유정은 아무리 아물거리는 의식을 잡으려 해도 편안한 잠 속으로 빠져든다. 잠 속으로 빠져들면서 어머니, 어머니를 한없이 속삭인다.

갈색의 세월

『토지』 오가타와 유인실 부분 이어쓰기

갈색의 세월

『토지』 오가타와 유인실 부분 이어쓰기

쇼지는 다리를 질질 끌고 쓰레기 더미를 이리저리 피하며 걷는다. 지독한 악취가 상상을 초월한다. 히비야 공원 내에 있던 공회당 앞 오가타 아저씨와 같이 와서 앉아 있던 벤치도 오리 밥을 주던 연못도 자취도 없이 사라졌다. 히비야 공원 자체가 쓰레기 더미로 바뀌었다. 까마귀 떼가 고양이 울음소리를 내며 먹이를 찾았는지 한 지점을 향해 고공 행진하다 다시 낙하를 반복한다. 이렇게 강렬한 썩는 내, 구린내를 경험하는 것은 처음 있는 일이다. 머리가 어찔어찔하고 토할 것 같다. 폭격되기 전 그렇게 많던 사람들은 자취도 없다. 어둑한 어둠 사이 쓰레기 더미 위에 사람인지 짐승인지 부스럭거리는 소리가 요란하다. 쇼지는 지나치다 고개를 돌렸다. 분명 사람이다. 머리는 평생 안 빗은 것처럼 지저분하게 엉켜 있다. 여자인지 남자인지 구분이 안 된다. 쇼지 쪽을 흘끔거리며 무언가 열심히 먹고 있다. 쇼지는 빨리 지나가야 한다고 생각하고 발걸음을 빨리 한다. 그러나 아픈 다리 때문에 빨리 가려고 할수록 더 절룩거린다.

오가타 아저씨와 함께 자주 왔던 히비야 공원은 미군의 도쿄 폭격 후 쓰레기장으로 변했다. 가까이에 마루비루와 천황이 사는 고쿄(皇居)가 가까이 있었기 때문에 폭격의 대상이 되었다. 도쿄 폭격은 일본 국민들에게는 큰 충격이 아닐 수 없었다. 미 공군 B29 폭격기는 난공불락, 하늘의 요새였다. 푸른 하늘 아득히 높은 곳으로부터 마치 흰 유리 파편처럼 흩어졌다. 조그마한 파편은 온 도시를 초토화시켰다. 너도 나도 모두 도쿄를 떠났다. 쇼지네 가족이 홋카이도 산간 마을로 소개(疏開)를 다녀온 이후 다시 도쿄 인근 조후(調布)의 집으로 돌아왔을 때는 동네도 집도 자취도 없이 사라졌다.

소개에서 돌아온 사람들을 위해 정부가 마련해준 임시 거처에 머물렀다. 몇 가구가 함께 자고 먹는 베니어판으로 엮은 공동 주택이었다. 거기에서는 아무것도 할 수 없다. 오직 간단한 식사와 잠자는 것 외에, 책을 읽거나 쉴 공간이 전혀 없다. 물도 전기도 부족하다. 이미 전쟁은 끝났지만, 도쿄 시민들은 전쟁 때보다 더 불안하다. 천황이 최대한 빠른 복구를 위해 노력한다고 약속했지만 워낙에 폭격 범위가 넓어 쉽지가 않을 것 같다.

아빠는 조선으로 돌아가기를 원했다. 그러나 엄마는 조선에서 쫓겨온 일본 사람들의 이야기를 듣고 오히려 가지 않겠다고 버텼다. 오가타 아저씨도 전쟁이 끝나고 몇 년째 소식이 없다. 아직 만주에서 돌아오지 않은 것이다. 아빠는 인실이 아주머니를 찾으면 곧 일본으로 올 것이라고 했다. 오가타 아저씨의 누나 되는 유키코 아주머니가 몇 번씩이나 쇼지네 집에 오가타 아저씨의 행방을 물으러 왔다. 모든 것이 뒤죽박죽이 된 것이다. 학교도 집도 엉망이다. 학교마저 망가져 복구 전에는 수업을 할 수 없다. 수업이 문제가 아니다. 수업을 핑계 삼아 복구 사업에 학생들이 동원되는 것이다. 대학교 졸업 같은 것은 우스운 것이 되어버렸다. 쇼지의 친구들은 '지금 졸업한다고 취직을 할 수 있는 것도 아니고.' 하며 다들 시큰둥하게 말한다. 단지 대학원에 가서 학문하겠다는 학생들만 대학 타령을 할 뿐이다. 쇼지도 와세다 대학원에 가서 문학을 좀 더 심도 있게 공부하고 싶다고 생각하고 있지만, 심리적으로 불안이 가중되고 있어 아직 마음을 다잡지 못하고 있다.

특히 일본이 전쟁에 패하자 쇼지가 다녔던 고등학교 교장 선생이 할복 자살, 학생들과 학부모들이 충격에 휩싸였다. 그동안 전쟁의 패배가 알 수 없는 공포감을 주었다면, 교장 선생의 자살은 비참한 현실을 실감하게 한 것이다. 동네 입구에 자리 잡은 학교에 차려놓은 조문소에는 연일 조문을 온 학부형이나 여학생들이 몸을 비틀며 고양이처럼 찔찔거렸다. 어떤 사람들은 몇 년 새 늘어난 까마귀 울음소리 때문에 전쟁에 패했다고 했다. 별별 흉흉한 이야기가 돌아다녔다. 고등학교든 대학이든 당국에서는 문을 연다고 하지만 아직 피난 간 사람들 중 많은 사람들이 돌아오지 않았고, 학교도 폭격에 의해 건물이 파괴

되어 학생들이 공부할 수 있는 분위기가 아니었다. 정부는 대부분의 예산을 전쟁에 소모했기 때문에 국고는 텅 비었고, 미쓰비시나 스미토모 같은 큰 재벌도 미 군정에 의해 해체되었다. 재벌이나 정부나 미 군정의 허락이 없으면 마음대로 예산을 쓸 수 없었다. 정부도 개인도 돈이 씨가 말랐다. 궁핍함은 사람을 강퍅하게 한다. 조용조용하기로 일등 국민인 일본인은 어디 가고, 이제 길거리나 시장통이나 물자 부족으로 인해 텅 빈 백화점이나 어디서든 다툼이 끊이질 않았다.

쇼지 앞에서 한 번도 싸우지 않던 아빠와 엄마도 자주 언쟁을 한다. 최근 엄마가 쇼지를 보는 눈은 사납다. 누나까지 네 명이 방 하나로 견뎌야 하기 때문에 모두 신경이 날카롭다. 어젯밤이었다. 누나는 잠이 들었고 쇼지가 손전등을 찾아 피난민들이 다 같이 사용하는 공동 화장실을 다녀와 방 앞에서 문을 열려는 순간 엄마의 날카로운 목소리가 들렸다. '쇼지는 절대 안 돼요.' 하는 소리에 문고리를 잡고 있던 손이 멈칫 오그라들었다.

"오가타 씨가 돌아오기 전에 각오를 단단히 해야 해요. 전쟁이 끝나면 인실 씨를 찾아 일본으로 온다고 했으니, 그때 우리는 쇼지를 돌려주어야 해요."

"인실, 인실 이제 그 이름만 들어도 지긋지긋해요. 더 이상 그 이름 입에 담지 말아요. 저는 절대 쇼지를 보낼 수 없어요."

"여보, 당신은 이성을 잃고 있어요. 전쟁 후의 불안정한 생활에서 오는 불안한 심리를 자꾸 쇼지 일로 인한 것으로 착각하고 있어요. 쇼지 문제는 당신이 어리광을 부릴 문제가 아니오. 잠시 쇼지를 맡았다 돌려준다 생각하면 돼요. 그동안 우리 쇼지 때문에 얼마나 행복한 시간을 보냈소. 그것으로 만족해야 해요. 그렇다고 쇼지가 우리 아들이 아닌 것은 아니지 않소. 쇼지를 기를 때의 갖가지 추억이 우리 가슴 갈피 속에 있는데……. 너무 고집 부리지 마오. 오가타 씨도 곤란해하잖아요."

엄마는 흐느끼기 시작했다. 쇼지는 문 앞에서 꼼짝할 수가 없었다. 그 대화를 듣는 동안 쇼지는 가끔 자신의 신상에 무언가 있다고 느낀 그 야릇한 분위기가 어렴풋이 떠올랐다. 오가타 아저씨를 삼촌처럼 다정하게 대하던 엄마가 어느 날부터인가 오가타 아저씨와 대면하지 않으려고 했다. 그럴 때마다 아빠의 굳은 얼굴이 생각났다. 아빠는 오가타 아저씨만 오면 오가타 아저씨와 쇼지 둘을 외출시키는 것이다. 그럴 때마다 아저씨는 택시를 타고 히비야 공원으로 왔다. 그런 분위기 때문에 쇼지도 오가타 아저씨가 올 때 반갑다기보다 엄마의 눈치를 보게 되었다. 그러다 보니, 오가타 아저씨만 온다고 하면 집에 알지 못하는 냉기가 돌았다. 아빠가 완강하게 이야기했던 '돌려주어야 해요' 그 말이 쇼지의 머릿속에서 뱅뱅 맴을 돌기 시작했다. 쇼지는 아버지가 오가타 아저씨를 걱정할 때마다 이 공원을 찾는다. 그나마 다행인 것은 부분 폭격을 받은 지하철이 빨리 복구된 것이다. 폭격을 심하게 받은 히비야 공원에 내리는 사람은 없다. 오직 쇼지뿐이다. 혹 여기서 오가타 아저씨를 만날 수 있지 않을까 하고 시간만 나면 이

곳을 찾는 것이다. 폭격을 가장 심하게 당한 곳이라 여기에 올 때마다 쇼지는 다시 일본이 부흥할 수 있을까 의문이 든다. 하늘이 잔뜩 성난 것처럼 심술궂은 얼굴이더니 기어코 빗방울이 떨어지기 시작한다.

쓰레기 산에 올랐다. 쓰레기 속 나동그러진 빨간 하이힐의 진흙 속에 하얀 별꽃이 피어 있다. 쇼지는 신기한 듯 꽃을 바라본다. 전쟁의 폭격 속에서도 너희들은 건재하구나. 폭격 이후의 빌딩이나 집에서 나온 부서진 가구, 라디오, 부엌 가구, 빈 깡통, 운동화, 여자들 하이힐, 모든 쓰레기를 여기다 모으는 모양이다. 쓰레기 위로 걷는다. 쇼지 발아래 한 장의 사진이 바람에 나붓거린다. 쇼지는 허리를 굽혀 사진을 줍는다. 가족 사진인가 보다. 대가족이 할머니, 할아버지를 중심으로 옹기종기 모여 있다. 쇼지는 할머니 할아버지를 몇 번 보지 않았다. 조선에 있다는 할머니, 할아버지는 물론 일본에 있다는 엄마 노리코의 부모들도 쇼지의 집에 한 번도 온 적이 없었다. 언젠가 정월 초하루 외할머니, 외할아버지를 모시고 가족들이 제국호텔에서 식사를 한 적이 있었다. 후미 누나는 외할머니, 외할아버지에게 가서 안기면서 어리광을 부리고 함께 자신의 집에 가자고 조르고 있었다. 외할머니는 후미 누나의 머리를 만지며 '하이, 하이' 하며 대답했지만, 결국 식사 후에 헤어졌다. 그때도 쇼지는 알 수 없는 분위기를 감지했다. 자신에게는 누나처럼 외할머니, 외할아버지에게 어리광을 피울 수 없게 하는 무언가가 있었다. 그때는 자주 보지 않았기 때문에 거기서 오는 어색함이라 생각했다. 헤어질 때도 외할머니는 누나에게는 볼을 부비며 아쉬워했지만 쇼지는 머리만 쓰다듬었다. 어젯밤의 아빠와 엄마의 대화를 듣고 난 후 그동안 아무렇지 않았던 모든 것이 이상해 보인다. 엄마 아빠의 대화 속에 나온 인실이라는 이름도 처음으로 이 공원에서 오가타 아저씨에게 들었다.

따뜻한 봄날이었다. 쇼지와 오가타 아저씨가 히비야 공원의 큰 연못 앞에 있는 벤치에 앉아 있었다. 다섯 마리의 새끼 오리들이 엄마 오리를 따라 나란히 수영을 하며 쇼지 앞을 지나갔다. 오가타 아저씨가 환한 웃음을 웃으며 말했다.

"오리 가족이 나들이를 왔구나."

쇼지는 가족이라는 말 때문인지 그때 문득 아저씨의 가족 생각이 났다.

"아저씨 가족은 어디 있어요?"

오가타 아저씨는 당황한 듯 신음 소리를 내며 대답을 못 했다. 그리고 한참 있다 물었다.

"쇼지는 엄마, 아빠, 누나가 있어 행복하지?"

"네, 저는 아빠도 엄마도 누나도 다 좋아요."

"쇼지야, 어떤 사람들에게는 가족을 이루는 것보다 더 중요한 일이 있단다."

"그럼, 아저씨는 그 일 때문에 가족이 없어요?"

"아니, 아니."

아저씨는 손사래를 치면서

"내가 아니고, 어떤 사람이라고 했잖아. 너는 아버지 나라 한국을 알지?"

"네."

"일본이 한국을 강제로 빼앗아 한국을 통치하기 때문에, 많은 한국 사람들은 고통을 받고 있어. 그래서 한국에는 가족을 이루는 것보다 잃은 나라를 찾는 것이 더 중요하다고 생각하는 사람들이 많아. 일본 군인과 전쟁을 하기 위해 돈도 비밀리에 모아야 하고, 비밀 조직을 만들어 일본 총독, 일본 총독은 조선을 지배하는 통치자를 말하는 거야, 그들이 한국의 지배를 포기하도록 방해하는 일도 하고. 너 지난번 윤봉길 의사나 안중근 의사 이야기는 들어봤지? 그분들은 가족은 물론 자기 자신보다 국가가 더 중요하다고 생각하기 때문에 자기 목숨을 버리면서까지 일본에 항거하는 거야. 그런데 그런 사람 말고도 큰일을 하기 위해 여러 가지 방면으로 도움이 많이 필요하기 때문에 한국 사람들 중에는 가족은 뒷전으로 하고 나라 찾는 일에 집중하는 사람이 많단다. 그중 한 사람으로 유인실, 너 인실이 아주머니 이름을 기억해둘래?"

"그분이 누군데요?"

"그분도 자신의 가족을 이루는 것보다 국가가 더 중요하다고 생각하는 아주머니야. 네가 살다 보면 너 머리로 이해할 수 없는 일이 많을 거야. 그럴 때 네가 알지 못하는 또 다른 세계가 있다고 생각하면 돼."

그때 분명히 '인실이 아주머니 이름을 기억해둬.'라고 했다. 그때 '인실이' 아주머니가 오가타 아저씨랑 관계가 있다는 것은 어렴풋이 알았다. 그러나 어제 아빠는 오가타 아저씨가 인실이 아주머니를 찾으면 일본으로 와 자신을 데려갈 것이라고 말했다. 그런 분위기에 쇼지는 바로 방으로 들어갈 수가 없었다. 그길로 모든 것을 다 삼킬 것 같은 짙은 어둠 속을 헤매다 길가에 있는 큰 돌멩이에 걸려 넘어졌다. 새벽에 눈을 뜨니 발목뼈에 이상이 있는지 왼쪽 발목이 많이 부어 있었다. 걷기가 불편했다. 엄마 아빠가 다 잠이 든 틈을 타 집을 나왔다. 그대로 계속 끝없이 헤매고 싶었다. 그러나 걸을수록 발목의 통증이 더 심해지는 것 같았다. 어쩔 수 없이 지하철을 탔다. 도쿄역에서 갈아타고 히비야 공원에 내렸다. 오가타 아저씨랑은 택시로 왔었다. 지금은 온통 폭파된 길이 도로 공사 중이었다. 지하철역마다 더러운 담요 한 장을 끼고 혹은 나무 상자를 깔고 역 구내에서 지내는 사람이 많았다. 역을 지날 때마다 구린내 같기도 하고 토할 것 같은 역한 냄새가 코를 찌른다.

빗방울이 차츰 굵어지더니 비가 정식으로 내리기 시작했다. 쇼지는 천천히 역 쪽으로 걸음을 옮겼다. '쇼지는 절대 안 돼요.' 엄마의 목소리가 다시 귀에 맴돌았다. 인실이 아주머니가 오면 오가타 아저씨가 쇼지를 데려간다. 오가타 아저씨가 자신을 볼 때마다 어쩔 줄 몰라 하던 얼굴이 떠오른다. 오가타 아저씨는 자신과 히비야 공원에 왔을 때도 눈물을 흘렸다. 쇼지가 비둘기 모이를 주고 있는 사이 눈물을 훔쳤다. 그때 쇼지는 새끼 고양이를 두고 도망간 어미 고양이 이야기를 했었다. 그 이야기를 하다 자신도 울었다. 오가타 아저씨가 많이 생각난다. 쇼지는 자신도 모르게 주르륵 눈물이 흘러내렸다. 오가타 아저씨, 인실이 아주머니, 자신을 동그라미 하면 세 명이 가족이란 말인가.

오가타 아저씨께 가족에 대해서 물었을 때 아저씨는 인실이 아줌마 이야기를 했다. 그렇다면 인실이 아줌마가 자신의 엄마다. 인실이 아주머니는 잃어버린 나라를 찾기 위해 싸우고 있다고 말했다. 쇼지는 어젯밤부터 떠나지 않고 있는 이 머릿속의 회오리가 이제 그쳤으면 좋겠다. 아침, 점심을 걸렀더니 배 속이 요란하다. 거기에 비까지 맞아 몸도 으실으실 마치 세상에 혼자 고립된 것 같다. 물이라도 마셨으면 좋겠다. 길거리는 텅 빈 도시처럼 조용하더니 역은 비를 피하기 위해 모인 사람들로 붐빈다. 몇몇 거지들이 역 구내에 있는 사람들 사이를 돌아다니면서 '조금만 부탁합니다.'라고 머리를 조아리며 구걸을 한다. 그러나 누구나 다 지친 듯 초점 없는 눈으로 쳐다볼 뿐 관심을 가지는 사람이 없다.

그중에 한 열 살이 넘은 듯한 여자아이가 일본 말이 아닌 분명 한국 말로 '좀 도와주십시오.'라고 반복하며 주로 나이 든 여자들의 앞에서 구걸을 하고 있었다. 여자아이는 봄인데도 솜이 든 더러운 한국 치마저고리를 입고 있었다. 세수도 한 달은 안 한 것처럼 때에 찌든 얼굴이다. 쇼지는 한국 말을 다 알아듣지는 못해도 간단한 말은 알아듣는다. 그 아이를 쳐다보았다. '저 아이는 일본 사람에게 왜 한국 말을 할까?' 그렇다고 쇼지 자신이 한국 말을 할 수 있는 입장이 아니었다. 쇼지 아빠 엄마는 쇼지에게 일부러 한국 말을 가르치려고 하지 않았다. 그러나 아빠를 찾아오는 한국 사람들 대화 속에서 쉬운 몇 마디는 익숙해져 알아들었다. 한 번도 한국 말을 해보지 않았다. 일본에서 한국 말을 하는 어른은 만났지만 어린애는 처음 만났다. 쇼지는 너무 신기했다. 쇼지는 그 아이가 하는 짓을 가만히 보고 있었다. 사람들은 무슨 말을 하는지 처음에는 호기심으로 귀를 귀울이다 그냥 귀찮다는 표정을 짓고 지나쳐버렸다. 쇼지는 저 아이가 일본 말도 할 수 있는지 궁금했다. 그러나 금방 일본 말을 할 수 있다면 왜 알아들을 수 없는 한국 말을 할까라는 생각이 들었다. 저 아이는 배가 고픈 것일까. 쇼지는 주머니를 뒤졌다. 아빠가 준 용돈은 학교를 쉬고 있기 때문에 그대로 남아 있었다. 그것을 다 들고 나왔다. 쇼지는 2천 엔 중에서 1천 엔을 꺼내 그 여자아이에게로 다가가 동전이 몇 개 들어 있는 작은 양은그릇에 넣어 주었다. 여자아이가 눈을 크게 뜨고 쇼지를 쳐다본다. 구걸을 하던 거지들도 지나가던 사람들도 놀라 걸음을 멈춘다. 동전만 받다 종이 지폐는 처음 받아보는지 아이가 돈과 쇼지를 번갈아 쳐다본다. 아이는 예쁘장하게 생겼다. 열 살 정도 될까 말까. 그러다 얼른 지폐를 집어 자신의 주머니에 넣는다. 쇼지도 주위 사람도 모두 아이의 민첩한 행동에 놀란다. 쇼지는 그 아이가 왜 혼자 거지가 되었는지 너무나 궁금하다. 그러나 그 아이는 한국 말만, 자신은 일본 말만 하니, 소통을 할 수 없다. 자신은 한국의 피를 반 나누어 가졌으면서 한국 말을 모르다니, 지금까지 생각하지 못했던 부끄럼이 몰려온다. 또 저 아이는 왜 일본에 살면서 일본 말을 하지 못할까, 학교도 다니지 않았을까. 그것도 궁금하다. 아빠를 당장 데려와 저 아이 이야기를 듣고 싶다. 왜 저 아이는 혼자 되었을까. 비가 그쳤는지 사람들이 역 밖으로 한 명 두 명 나가기 시작했다.

여자아이의 생각이 머리를 채우면서 머릿속에 맴돌던 자신에 관한 생각이 잠시 밀려나 있다가 다시 아빠 생각에서 자신의 생각으로 되돌아왔다. 오가타 아저씨는 언제 올 것인가. 인실 아주머니를 데리고, 그러면 나는 그분들을 따라가야 하는가. 쇼지는 갑자기 저 여자아이와 자신이 다를 바 없는 신세라는 생각이 들면서 눈시울이 금방 벌게졌다. 여자아이는 쇼지의 존재가 신경이 쓰이는지 쇼지를 계속 힐끔거리며 다시 '좀 도와주십시오.'를 반복했다. 그러나 사람들은 그 아이를 마치 정물화 대하듯 지나친다. 전쟁을 겪으면서 사람들은 모두 궁핍했다. 누군가를 동정하고 도와주는 일에 인색하다.

어떡하든 집으로 가야 했다. 쇼지는 배가 고파 더 이상 그 아이 곁에 머물 수가 없었다. 지하철을 탔다. 도쿄역에 내려 다시 기차를 탔다. 도쿄역에는 꽤 사람들이 있었다. 지하철 속의 사람들은 마치 어디로 끌려가는 사람처럼 모두 무표정한 얼굴이다.

조후역에서 내려서 집으로 가는 방향으로 발을 옮겼다. 비 때문에 아직 복구가 덜 된 파인 길들이 질퍽거렸다. 두 발의 균형이 맞지 않아 몸이 기울어져 흙탕에 빠졌다. 그래도 한쪽 바지가 흙탕인 채로 절룩거리며 걸었다. 바지에 진흙이 튕기고 웅덩이의 모기들이 극성을 떨었다. 전쟁이란 무서운 것이다. 쇼지는 전장에 나가서 경험하진 못했어도 이 처참한 현실을 통해서 그 전쟁의 비참함을 몸으로 체험하고 있었다. 어쨌든 도쿄 폭격은 일본 국민들에게는 큰 충격이었다. 그 후 도쿄 사람들은 몇 년간 패닉 상태로 지냈다. 쇼지가 공동주택이 있는 산 밑자락에 들어섰을 때 쇼지는 엄마, 아빠를 만나는 것이 두려워졌다. 이대로 도망가고 싶다는 생각이 들었다. 얘기를 다 듣고도 이전처럼 지낼 수 있을까도 걱정이 되었다. 그 사실을 몰랐을 때 문득문득 이해되지 않은 부분들을 이제 알게 되었으니, 앞으로 엄마, 아빠의 감정을 더 선명하고 세세하게 느끼게 될 것이다. 그럴 자신이 없다. 공동주택 입구까지 와서 한참을 머뭇거렸다. 누나 후미가 입구 쪽으로 오고 있었다. 쇼지는 잠시 누나를 피할까 생각했다. 그러나 언제까지 버틸 수 없다는 생각이 들었다. 후미가 쇼지를 발견했는지 쇼지 쪽으로 달려왔다.

"쇼짱, 어디 갔다 왔어? 엄마, 아빠가 얘가 새벽에 어딜 나갔냐며 얼마나 찾았는데……. 빨리 집에 가봐. 어수선할 때는 말썽 부리지 말고 조용히 살아야 해. 그렇지 않아도 엄마, 아빠가 안쓰러운데."

"……."

"빨리 가봐! 아니 너 다리를 절고 있잖아?"

무의식중에 다리를 옮긴 것이 예리한 누나에게 금방 들킨 것이다.

"어제, 어두운데 화장실 가다 돌멩이를 찼어."

"병원에 가지 않아도 돼? 심한 것 같은데."
하며 머리를 숙여 쇼지의 발목을 들여다봤다. 순간 쇼지는 눈물이 왈칵 쏟아졌다.

"아니야, 약간 부었을 뿐이야……."

"빨리 엄마한테 가서 소염제라도 먹어."

쇼지는 집 방향을 향하여 절룩거리지 않으려고 노력하면서 천천히 걸었다. 집에 도착했을 때 아빠는 책을 읽고 있었고, 엄마는 외출했는지 없었다.

"새벽부터 어디를 나갔었니? 아침은, 점심은? 지금까지 아무것도 안 먹은 거야? 얼굴이 그동안 반쪽이 됐구나. 엄마가 없으니 생선 구운 것과 계란 프라이 해줄 테니 밥에 올려서 김하고 장아찌하고 우선 먹어."

그러면서 부엌이라고도 할 것도 없는 싱크대 쪽으로 갔다. 간이 냉장고에서 계란을 꺼내어 톡톡 치더니 프라이팬에 올렸다. 계란프라이를 꺼낸 프라이팬에 다시 생선을 데웠다. 그리고 미소시루를 데워서 김을 꺼내고 밥통에서 밥을 퍼 공기에 담았다. 쇼지는 아빠를 놀라운 눈으로 보았다. 소개를 가기 전까지는 가정을 돌보는 도우미가 있었기 때문이기도 하지만 한 번도 아빠가 부엌일에 관여하는 일을 본 적이 없었다. 아빠는 밥을 먹는 시간 외에는 언제나 서재에만 있었다. 역시 어려움은 사람을 변화시키기도 하는가 보다. 생선 냄새에 밥 냄새까지 맡으니 쇼지는 배고픔을 견딜 수 없었다. 자신도 모르게 싱크대 물에 손을 헹구고 식탁에 앉았다.

"너무 배가 고팠어요."

"근데 넌 어딜 다녀왔니?"

"갑자기 히비야 공원에 가고 싶어졌어요."

찬하는 '거기는 왜?'라는 말을 할 수 없다. 이 아이도 오가타가 그리운 것이다.

"거기는 아직 전혀 복구가 안 되었을 텐데……."

"네. 쓰레기 산이더군요. 그냥 보고 싶어졌어요."

"너, 누군가가 보고 싶구나?"

"네? 딱히 그런 것은 아니고요…… 그냥."

"그럼 오늘은 늦었고, 내일 '호리가와'에 가보자."

"거기가 어딘데요?"

쇼지는 입에 밥을 넣은 채로 물었다.

"거기는…… 옛날에…… 저기."

찬하는 마음을 정하기 전에 나온 '호리가와'라는 단어에 자신도 당혹해한다.

"가면서 이야기해줄게……."

쇼지는 더 이상 묻지 않았다.

"근데 아빠, 오늘 히비야 공원 역에서 어떤 거지 여자애를 만났어요. 한국 말로만 '좀 도와주십시오.' 하더라고요. 걔는 어떻게 일본에 살면서 일본 말을 모를 수 있을까요?"

"글쎄, 나도 잘 모르겠네, 어떤 경우인지……."

계란 프라이에 밥을 비벼 생선과 미소시루, 또 자신이 좋아하는 김과 밥을 먹고 났더니, 기분이 좀 나아졌다. 어젯밤에 느꼈던 비참한 기분도 옅어졌고 조금 전까지 자신은 철저히 버려졌다는 생각이 아버지와 이야기하는 중에 사라져버렸다.

"근데, 아빠가 준 용돈 중에 천 엔을 줬더니 얼른 자기 주머니에 넣는 거예요. 그 거지 아이와 이야기하고 싶었는데 제가 한국 사람의 피를 나누어 가졌으면서도 한국 말을 할 수 없는 게 그 아이한테 부끄럽게 느껴졌어요. 저는 아빠 친구들이 와서 한국 말을 할 때도 한국 말을 하고 싶다는 생각이 든 적은 없었거든요. 그것은 아저씨들이 다 일본 말을 잘 하니까 불편하지 않았기 때문이죠. 그때 제가 만일 한국에 잠시라도 나간다면 한국 사람들과 한마디 말도 못 할 테니 얼마나 답답할까 하는 생각이 들었어요."

"그래, 네가 그런 생각을 할 때까지 기다렸다. 아빠가 만일 너에게 억지로 한국 말을 가르친다면 즐거운 마음보다는 왜 한국 말까지 배워야 하나 하는 부담 때문에 한국이 싫어질까 봐, 억지로 배우게 하고 싶지 않았다."

"근데 오가타 아저씨는 전쟁이 끝난 지 몇 년이 지났는데도 돌아오지 않을까요? 중국 만주나 한국에 나갔던 다른 사람들은 다 쫓겨온다잖아요."

"글쎄, 우리가 홋카이도로 소개 간 후 한 번 왔다 가고 그 이후 어떻게 되었는지 한 번도 나타나지 않아서 나도 걱정이 된다. 전쟁이 끝나면 인실이 아줌마를 데리고 돌아온다고 나한테 약속했거든. 너네 엄마가 너무 불안해해서 어디를 떠날 수가 없어. 한국에 가면 어쩌면 소식을 들을 수도 있으련만, 여기 앉아서 기다리기만 하니 답답해."

찬하는 쇼지를 유심히 본다. 잠을 못 자고 끼니를 걸러서인지 얼굴에 피곤한 구석이 역력하다. 그래서인지 더욱 인실이 모습이 콧날에서 눈언저리까지 그대로 새겨져 있다.

찬하는 꿈처럼 오가타가 읊조리던 말을 생각해본다. '전쟁이 끝나고 인실 씨가 살아남아 만날 수 있다면, 그 사람과 내 아들을 끌고 나는 북국으로 갈 겁니다. 빙하를 건너서요.' 그때 이후 오가타의 꿈은 찬하의 간절한 소망이 되었다. 찬하는 오가타에 대한 목마름에 목이 탄다.

쇼지는 '인실이'라는 이름이 나오자 긴장한다. 아빠한테 '인실이'라는 아줌마에 대해 모든 것을 듣고 자신에 관한 것을 다 밝혀내고 싶다. 후미가 문을 왈칵 열고 뛰어 들어온다.

"후미, 여자가 그렇게 거칠게 문을 열면……."

후미는 아빠의 말허리를 자르며 뛰어왔는지 숨 가쁘게 말했다.

"아빠, 내일 아침에 먹을 식빵을 사러 빵집에 갔더니, 한국에 전쟁이 날 거라고 사람들이 웅성웅성거리고 있어요."

아빠는 벌떡 일어났다.

"그게 무슨 소리야?"

"저도 모르죠. 근데 빵집에 모인 사람들이 북쪽과 남쪽 한국 사람들이 서로 전쟁을 한다고 떠들고 있다며, 또다시 전쟁이 날 것 같다고 절대 한국에 가면 안 된다고 어떤 아줌마보고 일본보다 더 불안한 곳이라고 하던데요, 아빠도 절대 한국 가시면 안 돼요."

후미는 찬하가 '한국을 한번 다녀와야 할 텐데.' 하는 말을 들은 것 같다. 전쟁이 끝난 후 한국의 얼마 남지 않은 재산이라도 정리해야겠다는 생각을 하고 언제 나가야 할지 시기를 정하지 못하고 머뭇거리고 있었다. 전쟁이 끝난 후 노리코의 심리가 몹시 불안해서 자신의 행보를 정할 수가 없다. 더군다나 오가타마저 돌아오지 않고 있었다. 쇼지에게 오가타, 인실이의 관계를 이야기해두어야겠다고 생각하면서도, 그러다 두 사람이 다 나타나지 않으면, 괜히 쇼지에게 심리적 상처만 주는 것이 아닌가라는 생각 때문에 망설이고 있다.

쇼지가 식탁에서 내려와 후미 옆에 섰다.

"같은 민족끼리 왜 전쟁을 해요?"

쇼지가 물었다.

"한 민족인데, 미국과 소련이 남과 북으로 나누어놨으니 서로 통일하겠다고 하겠지."

찬하는 '설마' 하고 생각하지만 얼굴은 심각하다. 지금 한국이 어떻게 돌아가고 있는지 도통 알 수가 없다. 전쟁이 끝나기 전에 제중식 형에게 공장과 학교를 정리하자고 했지만, 시기가 좋지 않다고 조금만 기다리자고 했었다. 그런데 그렇게 빨리 전쟁이 종결될 줄 몰랐다. 노리코 이름으로 샀던 몇 개의 상가에서 나오는 월세로 생활비를 충당했지만 그 건물도 폭파되어 월세를 받을 수 없게 되자 생활에 타격이 왔다. 저축해놓은 돈도 여유가 있었는데 6개월 동안 홋카이도에 소개 가 있는 동안 반 이상이 소모되었고 다시 집을 개축하려면 그 비용도 걱정이었다. 돈 문제로 지금껏 걱정하지 않았으나, 찬하는 조금씩 마음이 조여오기 시작했다.

후미는 식탁에 어질러진 반찬 그릇을 정리하다, 쇼지를 돌아보며

"쇼짱 너 새벽부터 어딜 다녀온 거야? 참, 너 발목 치료하지 않아도 돼?"

"산책 갔었어……."

후미는 얼른 손을 싱크대에 걸린 수건으로 닦으며 방 한쪽 구석에서 약상자를 꺼내왔다.

"쇼짱, 너 이리로 와."

찬하도 가까이 온다.

"발목이 어떤데?"

쇼지의 발목을 들여다본다.

"어젯밤에 화장실 가다 돌멩이를 찼대요."

"그럼 절룩거리고 히비야 공원까지 간 거야?"

"양말 벗어봐. 일단 병원 가기 전에 소염제를 바르고 삐었을지도 모르니 파스를 붙여봐. 그리고 내일 아침 나으면 병원에 안 가도 되고, 심해지면 병원에 가자."

후미는 약상자를 뒤적거리며 소독약을 찾는다. 동생의 발목을 소독하고 소염제를 바르고 파스를 붙인다. 찬하는 감탄의 눈으로 후미를 바라본다. 하기야 이제 전쟁이 아니었다면 결혼할 나이다.

"누나가 엄마 같아. 하하."

"그럼 엄마가 없으면 누나가 엄마 대신이지."

쇼지는 '누나도 내 누나가 아니란 말이지.' 하는 생각이 든다. 친동생이 아니라면 이렇게까지 돌보지 않겠지.

"갑자기…… 너 왜 그렇게 내 얼굴을 뚫어져라 보니?"

"누나가 너무 예뻐."

"얘가?"

"근데, 쇼지 그 발로 내일 갈 수 있겠어?"

"멀어요?"

"아빠 또 둘이만 어디 가세요?"

"비밀."

"아빠, 요즈음 쇼짱하고 아빠가 후미 따돌리는 것 알아요?"

"설마?"

"계속 그러면 저 가출할 거예요."

후미의 가출이라는 말에 쇼지는 갑자기 거지 여자아이가 생각이 났다.

"누나, 어린애가 한국 말 하는 것 봤어?"

"느닷없기는……."

"일본 사람들 앞에 어떤 여자아이가 한국 말로 구걸을 하는 거야. 그 여자아이가 머릿속에서 떠나지 않아, 일본에 살면서 어떻게 한국 말만 할까?"

"설마? 일부러 그런 거 아니야? 네가 말 붙여봤어?"

"아니."

"근데 어떻게 알아?"

"아니야, 옷도 한국 치마저고리를 입었어……."

"정말? 너 언제 한국 옷 봤어?"

"아빠랑 오가타 아저씨랑 한국 부산에 갔을 때나 중국 하얼빈 갔을 때도 거기 한국 사람이 많이 입고 다녔어……."

"음……."

후미는 돌아서 반찬 그릇들을 싱크대에 넣었다. 그리고 설거지를 하기 시작했다. 찬하는 바닥에 앉아 침대에 기대어 눈을 감았다. 쇼지는 전쟁 소식에 수심이 가득 찬 아빠의 얼굴을 보고 있으니, 자신의 앞날도 걱정되었다. 내일 아빠는 호리가와에 가자고 했는데 거기는 어디일까? 쇼지는 어젯밤에 잠을 설쳐서인지 앉아 있는데도 그냥 눈이 감긴다.

"졸려……."

간이 세면장에 가서 손발을 씻고 옷을 갈아입고 침대 안으로 들어갔다. 방 하나에 부엌, 세면대, 싱크대, 침대까지 모든 것이 다 들어 있다. 침대는 엄마와 후미 누나가 쓰고, 바닥에 요를 깔고 쇼지와 아빠가 잤다. 가끔 낮잠을 잘 때는 쇼지도 침대를 이용한다.

다음 날 아침을 먹고 찬하와 쇼지는 호리가와를 향해 집을 떠났다. 쇼지가 자고 있는 사이 들어온 엄마 노리코가 어딜 가느냐고 몇 번씩이나 물었지만, 아빠는

"쇼지 학교가 언제쯤 복구가 되는지 산책 겸 가보려고. 쇼지가 너무 답답해하는 것 같아서."

하고 거짓말을 했다. 쇼지는 푹 자고 아침에 일어나니 기분이 좋았다. 발목도 어제보다 걷기가 좀 더 수월해졌다. 역시 후미의 처방이 먹혀 들어갔나 보다. 신주쿠까지 가서 오다와라행 기차를 탔다. 두 시간 가까이 걸리는 거리였다. 쇼지는 도쿄 폭격 이후 외출도 드물지만 아빠가 이렇게 멀리까지 외출을 나온 경우가 드물기 때문에 더욱 궁금해졌다. 어디에 무엇 하러, 혹은 누구를 만나러? 쇼지는 마음속으로 별별 상상을 다하면서도 아무것도 물을 수 없었다. 기차는 한가했다. 열 명 미만의 사람들이 탔다가 내리고 또 다른 사람이 다시 타고 했다. 신주쿠에서 30분쯤 달리니 전쟁의 흔적을 조금도 느낄 수 없는 한가한 시골 마을이 계속 나타났다.

"여기도 도쿄예요?"

"도쿄를 벗어난 교외지. 가나가와현이라고."

"여기는 전혀 전쟁이 지나간 것 같지 않아요. 누구 집에 가는 거예요?"

"누구 집이 아니고, 누구를 찾으러 가는 거야……."

"예? 누구를?"

"기다려봐. 나도 확신이 없어……. 가봐야 알아……. 내 직감과 추리력이 맞는지 확인하러 가는 거야."

"네?"

아빠는 신문을 보다 잠이 들었다. 요즈음 아빠는 불면으로 고생하고 있다. 네 명이 같이 자는 방이라 한 사람이 움직여도 아빠는 눈을 뜬다. 그러다 보면 다시 잠들기가 힘들다고 한다. 쇼지는 잠자는 아빠 얼굴을 유심히 쳐다본다. 피부가 맑아 귀족이 아니라도 귀족 티가 난다고 엄마 친구가 한 말이 생각난다. 최근 들어 눈 아래 검은 착색이 이루어지고 있다. 피곤한 기색이 얼굴을 덮고 있다. 아빠는 벌써 몇 년째 그렇게 좋아하는 여행도 떠나지 못하고 있다. 쇼지는 다시 창문 밖으로 눈을 돌린다. 마치 바깥이 조명을 한 것처럼 환하다. 온 천지가 벚꽃이다. 그렇지 지금이 벚꽃철이지. 아빠랑 잘 떠나왔다고 쇼지는 생각한다. 여기도 어제 비가 왔는지 가로수로 심은 벚나무 아래에 무수히 꽃잎이 쌓여 있다. 쇼지는 가난해도 좋다고 생각한다. 전쟁만 없다면.

오가타 아저씨에게 무슨 일이 일어난 것은 아니겠지. 해외에 나가 있는 일본인들은 대부분 귀국하고 있다. 특히 한국과 중국에 나가 있던 사람들은. 오가타 아저씨는 인실 아줌마를 만나 같이 오겠다고 했다는데 아직 인실 아줌마를 못 만난 것인가. 아빠는 오가타 아저씨와 같이 지내는 동안은 미래를 꿈꾸고 생각이 많은 것 같다. 오가타 아저씨랑 신경과 하얼빈 여행을 하면서 많은 이야기를 했다. 그때 아빠가 자신을 오가타에게 맡기고 하이라얼이라는 북쪽 국경 도시로 떠났었다. 그때 아빠가 무척 원망스러웠는데 이제야 그때 왜 그랬었는지 이해가 간다. 그때 여행하면서 오가타 아저씨와 참 많은 이야기를 했다. 그때 오가타 아저씨의 눈빛 몸짓은 쇼지를 온몸으로 받아들이고 있다고 느꼈다. 아빠, 엄마에게서조차 느끼지 못한 강렬한 감정이 오가타 아저씨를 향해 가고 있다는 것을 알고 자신도 당황스러웠다. 오가타 아저씨가 온다는 소식만 들으면 동시에 머릿속이 환하게 밝아졌다. 아빠, 엄마 역시 마음속으로 떠올리면 따뜻하고 마음이 푸근해졌다. 그러나 오가타 아저씨 말을 들을 때는 온몸속의 세포가 모두 일어나 달려가는 느낌이었다.

아빠가 깜짝 놀라며 일어난다. 그리고 주위를 두리번거린다.

"큰일 날 뻔했다. 다음 역에서 내려야 한다."

"벌써요? 두 시간이 금방이네요?"

"나는 잤지만, 너는 지루하지 않았니?"

"아니요, 이 생각 저 생각 했어요. 기차가 지나가는 마을이 너무나 평화로워요. 우리도 여기 와서 살면 좋겠다는 생각이 들었어요."

아빠가 창문 밖으로 쳐다본다.

"그렇구나. 온통 벚꽃이구나."

아빠는 보던 신문과 가지고 왔던 책을 정리하며 내릴 준비를 한다. 시부사와라는 역에서 내렸다.

"육교를 내려가 쭉 도로를 따라 직선으로 가면 유치원이 있다. 그 근처 호리가와 시영 주택이 일렬로 줄을 서 있다. 그중 한 집을 찾아야 한다."

한 명의 사람도 지나가지 않는 한적한 마을이다. 조용하고 정지된 느낌이다. 마치 사람이 살지 않는 마을처럼. 도로가에 벚꽃 꽃잎이 바람에 호르르 원을 그리며 떨어진다. 바람의 움직임으로 마치 마법에서 풀려나듯 동네가 기지개를 켜고 나무들이 함께 바람소리를 내며 흔들린다. 전봇대마다 호리가와 몇 가라는 표시가 붙어 있다.

"이쪽으로 꺾어야 한다."

쇼지는 다친 발을 끌며 천천히 아버지를 따랐다. 아빠가 뒤를 돌아보며 말했다.

"너 다리가 나은 다음 올걸 그랬나. 무리한 것 아니냐?"

"아니요, 천천히 걸으면 괜찮아요."

5분쯤 도로를 따라가다 다시 오른쪽 도로로 5분쯤 가니 정말 아주 작은 열 평 규모의 장난감 같은 주택이 나란히 줄지어 있었다. 아빠는 그 집 중에 한 집으로 가서 노크를 했다. 몇 번을 노크해도 안에서는 아무 기척이 없다.

"아무도 없는 모양이다."

아빠는 이리저리 주위를 둘러본다. 그러나 지나가는 사람 한 사람 없다. 10분쯤 도로 옆에 앉아서 두 사람은 기다렸다. 쇼지는 그 집 앞의 조그마한 뜰이라고도 할 수 없는 조그마한 공간에 이것저것 심어놓은 꽃들을 보았다. 한때 엄마가 좋다고 집 정원에 심어놓았던 그 벌개미취가 제법 소담스럽게 옹기종기 모여 있다. 그때 조그마한 리어카를 끌고 가는 할아버지가 지나갔다. 아빠는 집을 가리키며 물었다.

"저 혹시 저 집 사람들 어디 갔는지? 아시는지……."

"두 양주는 아직 가게에서 돌아오지 않았을 것이고, 한 분 여자 손님이 와 계시다는 이야기는 들었는데."

"그게 정말이에요? 언제부터?"

아빠는 그 말에 무척 흥분한다.

할아버지는 고개를 갸우뚱하며

"며칠 되었다고 들었는데……. 그런데 아프다던데……. 문은 닫히지 않았을 테니 한번 문을 밀쳐보시지요."

아빠는 할아버지 말이 떨어지기도 전에 집 쪽으로 가 문을 밀쳤다. 그러자 정말 문이 스르르 열렸다. 아빠는 또 안에다가 '여보세요, 실례하겠습니다.'를 몇 번 반복했다. 그러나 여전히 기척이 없다. 할아버지는 관심이 없는 듯 벌써 멀리 가버렸다. 아빠는 용기를 내어 안으로 들어갔다. 쇼지는 아빠를 따라가야 할지 어쩔 줄을 몰라 밖에 서 있었다. 방문 여는 소리가 들린다. 동시에 아빠가 큰 소리로 "인실 씨! 인실 씨!" 하고 부르는 고함 소리가 들렸다. 쇼지는 '인실이'라는 이름을 듣는 순간 온몸이 얼어붙었다. 한 여자가 방구석에 아무렇게 구겨져 있었다. 입은 옷은 뒤죽박죽이고 머리도 온통 얼굴을 뒤덮고 있다. 아빠가 "인실 씨? 인실 씨?"를 반복하며 몸을 흔든다. 그러나 일어날 기척을 안 한다. 아빠는 여자를 둘러업고 큰길을 달리기 시작했다. 쇼지도 자신도 모르게 아빠를 뒤쫓았다. 큰길까지 나와 병원 간판을 보고 들어 간 것은 산부인과였다.

"여보세요. 여기 이 환자가 지금 의식이 없어요. 이 환자를 좀 봐주세요."

그러자 나이가 꽤 든 간호사와 의사가 동시에 달려나왔다. 진찰실에 있는 침대에 눕혔다. 의사가 청진기를 그 아줌마의 가슴에 대었다. 그리고 간호사가 팔에서 피를 뽑았다.

"진찰상으로는 괜찮은데 지금 피를 검사하려면 시간이 걸리니 좀 기다리셔야 합니다. 여기는 내과가 아니고 산부인과인 것은 아시죠? 큰 문제가 있으면 병원을 옮겨야 합니다."

"네, 워낙 급해서 내과가 어디 있는 줄 몰라서."

"환자 성함과 나이, 주소 말씀해주세요."

"유인실, 나이 오십 세가량, 주소는 제 주소로 도쿄시……."

아빠가 주소를 다 부르기도 전에 간호사가

"아, 이 환자 기억나요. 이십 년쯤 전에 보호자도 없이 우리 병원에서 출산한 환자예요."

"그러면 주소를 옛날 주소 그대로 하면 됩니다."

"아, 네, 그럼 십 분 정도 기다려주세요. 급한 대로 몇 가지만 혈액검사 결과를 가지고 의사 선생님께서 말씀하실 거예요. 의자에 앉아서 좀 기다려주세요. 아 참, 환자 보호자 되세요?"

"보호자는 아니지만…… 가족과 같아요."

"네! 여기 주소는 그럼 여기 기록된 것으로 하고 성함 좀 기록해주세요."

아빠는 재킷 주머니에 있는 볼펜을 꺼내 종이에 기록하기 시작했다. 쇼지는 목이 상당히 말랐다. 간호사를 향해 "물 좀 주실 수 있어요?" 했다.

"네. 밖에 주전자와 컵이 있을 거예요."

"너 먹고 나도 한 잔 가져다 다오."

아빠는 정신이 이제야 들었는지 손수건을 꺼내 땀을 닦으며 말했다. 쇼지는 밖으로 나와 주전자의 물을 물컵에 따라 마셨다. 병원은 시골 병원답게 깔끔하고 단출했다. 컵에 물을 따라가지고 들어와 아빠가 마시는 동안 간호사가 다시 들어왔다.

"피검사 결과가 나왔는데요. 심한 영양 결핍이라네요. 우선 영양 주사를 맞혀드릴게요. 먼저 입원실로 옮겨야 해요."

간호사를 따라온 건장한 청년이 움직이는 간이침대를 가져왔다.

"주사를 맞으면 의식이 깨어날까요?"

"네, 기가 허약해 지금 의식을 잃은 상태예요. 아마 오랫동안 배탈이 났나 봐요. 혹 그것은 알고 있었나요?"

"아니요. 저희는 도쿄에서 조금 전에 도착했더니 의식불명 상태라……. 주사 맞는 데 얼마쯤 걸릴까요?"

"한 시간은 잡아야 할 거예요. 그사이에 어디 다녀와도 됩니다."

"아, 네."

링거의 일종인 영양 주사를 놓는 것을 보고 아빠와 쇼지는 병원을 나왔다. 그동안 당황해 느끼지 못했던 배고픔이 몰려왔다. 아빠도 진이 빠진 것 같았다.

"무엇이든 점심을 먹어야지?"

"배는 고픈데 뭘 먹고 싶은 생각이 안 나네요."

"우동이나 먹을까?"

"네!"

한참 큰길을 따라 걸어도 식당이 보이지 않았다. 결국 역 가까이에 있는 덴푸라 우동집으로 들어갔다. 아빠는 소바를 쇼지는 덴푸라 우동을 시켰다. 아빠는 여전히 말을 참고 있는 것 같다. 음식이 나오기 전까지 아빠도 쇼지도 말을 못 한다. 앞에 있는 물만 따라 마실 뿐이다.

"참 잘 왔다. 조금만 늦었으면 인실 씨가 어떻게 되었을지. 그동안 너무 힘들게 살았어. 자신을 희생하면서 국가에 한 몸 바친다는 게…… 더구나 여자의 몸으로."

아빠는 쇼지를 바라본다. 무슨 말을 하려는지 긴장한다. 그때 음식이 나왔다. 쇼지 몫으로는 밥과 우동, 덴푸라, 오이 장아찌가 나왔다. 소바도 똑같이 나왔다.

"우선 시장할 테니 먹자."

쇼지는 우선 우동 국물부터 마셨다. 물을 마셔도 계속 목이 마르다.

"쇼지야, 내가 이 말을 어떻게 꺼내야 할지 모르겠다. 오가타 아저씨가 와서 자연스럽게 너에게 말하기를 바랐는데 결국 내 입으로 이야기하게 되었네. 오가타 아저씨를 만나기 전에 인실 씨를 만났으니. 참, 저분이 누구인지 궁금하지 않니? 네가 이해할 수 없을지도 몰라. 그러나 네가 이해할 수 없는 세계도 있다는 것은 받아들여줘."

"……."

"저분이 너를 낳아준 어머니다."

쇼지는 우동을 젓가락으로 끌어 올려 먹었다.

"놀라지도 않는구나. 오가타 아저씨한테 들었어?"

"아니요."

"나도 너를 이해시키려고는 않겠다. 또 섣불리 네가 저분을 엄마로 대접해주기를 바라지는 않겠어. 저분이 어떻게 해서 너를 낳게 되었고, 그리고 네가 우리 집에 오게 되었는지는 그렇게 중요하지 않다. 어머니가 되는 인실 씨나 아버지가 되는 오가타는 서로 민족과 국가에 대한 다른 입장 때문에 사랑하면서도 어려운 관계를 지속하고 있어. 그로 인해 네가 출생하고 그 후 너는 우리 집에서 자라게 된 거야. 단지 너의 성장 과정이 다른 아이와 달랐을 뿐이지, 이상하다고 생각은 말아. 억지로 받아들이려고는 하지 말고 네가 받아들이고 싶을 때 받아들여. 그러나 인실 씨가 너를 낳아준 어머니이고 오가타 아저씨가 아버지인 것만은 알고 있어야 한다. 그렇다고 네가 우리 아들이 아닌 것은 아니야."

쇼지는 다시 국물을 마셨다. 가쓰오부시와 다시마 등이 적절히 어울려 국물이 맛있었다.

"너는 오가타 아저씨를 좋아하고 신뢰하지. 저 인실 씨가 그 오가타 아저씨가 평생 좋아하고 너와 오가타 아저씨에게 돌아오기를 기다린 분이라는 것만 기억해둬……. 부모 자식과는 가슴과 가슴으로 이어진 관계인데."

아버지의 목이 메었다. 아무 말 없이 소바를 한 젓가락 가져 들어가는 입 위로 눈물이 떨어졌다.

"모두 세월 탓이야. 어려운 세월을 건너왔어. 한꺼번에 받아들이려고 하지 마. 네가 받아들일 만큼만 받아들여. 노리코 엄마나 아빠도 너를 사랑하고 가족이라는 이름으로 우리를 묶고 있잖아. 저분들을 받아들인다고 우리를 내치지는 말아. 네가 크면서 우리에게 준 행복은 우리 삶을 풍요롭게 했어. 우리는 여전히 가족이고 평생을 함께할 거야. 저분들이 너와 함께 살기를 바란다면 그분들과 함께 산다고 우리가 가족이 아닌 것은 아니야. 노리코 엄마도 절대로 너를 보내려고 하지 않을 거야. 그러나 저분들이 얼마나 외롭게 살아왔니. 그것을 생각하면……."

아빠는 옆에 있는 냅킨을 꺼내어 콧물을 훔친다. 쇼지는 전날 밤 아빠와 엄마의 말다툼을 엿들었을 때의 충격만큼 아빠의 말에 크게 놀라지 않았다. 그냥 담담하게 아빠의 말을 들었다. 자신도 자신에게 놀랐다. 자신의 현실을 쉽게 받아들인 것인지, 아직 실감을 못 느낀 것인지. 그러나 음식은 국물 외에는 들어가지 않았다. 밥도, 덴푸라도 그대로 남았다. 아버지도 소바 외에는 손도 대지 않았다. 병원으로 돌아가는 길에도 그냥 묵묵히 걸었다.

병원에 들어갔을 때 인실이 아줌마는 벌써 의식이 돌아와 있었다. 아빠가 인실 아줌마에게 다가가 물었다.

"인실 씨, 이게 어떻게 된 일입니까?"

"제가 여기 있는 줄 어떻게 알았어요?"

"혹시나 하고 찾아왔죠. 인실 씨를 데리고 들어온다던 오가타 씨도 돌아오지 않고 얼마나 기다렸는지요. 전쟁이 끝나고 벌써 4년째 소식이 없었으니."

"중국에서 정리도 쉽지 않았고, 한국에서도 오빠가 감옥에서 나온 후 계속 몸이 안 좋아 제가 마산 요양소에 있는 조카를 돌보아야 했어요. 조카가 자신의 엄마로 인해 마음에 상처를 많이 받은 것 같아요. 처음 입원할 때 한 번 오고 그다음에 한 번도 찾지 않은 모양이에요. 거기다 오빠마저 건강이 좋지 않아 자주 병원 다닐 형편이 못 되었어요. 내가 가도 내 얼굴조차 쳐다보지 않는 거예요. 완전히 마음이 닫혀버렸어요. 그때 저도 쇼지 생각 많이 했어요. 쇼지가 마음의 문을 닫고 나를 절대 보지 않겠다고 하면 어떻게 할까, 내가 자초한 일이니까, 누구를 원망할 수도 없지만. 줄곧 조카 옆을 지키고 있었어요. 그 아이도 마음이 힘드니까 더욱 병은 악화되고 결국 절명하고 말았죠. 조카 옆에 있으면서 저 아이는 육신의 병보다 엄마에게 버림받았다는 심리적인 상처가 더 크구나 라는 생각을 하니까, 그동안 생각하지 않으려고 했던 쇼지 생각이 머리를 채우면서 마음이 불안해지고 그동안 꾹꾹 눌러놓았던 쇼지를 보고 싶은 마음이 급해지는 거예요. 조카를 화장시킨 다음 날 일본으로 오려고 여러 가지 알아봤지만 일본에서 한국 사람의 입국을 원천적으로 막아놨더군요. 밀항이 아니면 들어오기 힘들겠더군요. 부산에서 밀항하기 위해 배를 알아보는 데도 며칠 걸렸어요. 간신히 밀항을 할 수 있는 배를 찾아 탄 첫날부터 너울이 세어 멀미로 계속 토하다가 그동안 못 먹고 힘든 가운데 또 배 음식이 안 맞아 배탈이 났어요. 먹으면 설사를 하니 전혀 무엇을 먹을 수가 없었어요. 영양 주사가 이렇게 좋은 줄 몰랐어요. 오늘 아침에만 해도 곧 죽을 것처럼 기운이 없었거든요. 그러다 일어나다 현기증으로 쓰러져 기절했어요. 그때 찬하 씨가 도착한 것 같아요. 마치 새로운 기운이 나는 것 같아요. 제가 힘들 때마다 찬하 씨는 저를 도와주네요. 오가타 씨는 벌써 들어온 줄 알았는데?"

인실이 아줌마는 기분이 새로운 듯 흥분해서 떠들었다.

"오가타 씨는 인실 씨 행방을 쫓다 엇갈린 모양이죠. 중국에서 분명히 인실 씨가 한국 들어간 것을 알면 소문 듣고 이리로 올 거예요. 오가타 씨는 인실 씨를 일본에 데려오는 것이 목적이니까 걱정 안 해도 될 것 같아요."

"또 조카의 마지막 길이라도 본다며 마산으로 온 오빠는 자기가 감옥에 가 있는 사이 올케가 제대로 돌보지 않아 결국 조카를 죽게 내버려두었다고 올케를 용서하지 않았어요. 그 옆에 있는 저까지 오빠는 괴물로 보는 거예요. 이전에는 오가타 씨와의 관계를 못마땅하게 생각하던 오빠가 오가타 씨 사이에 제 아들이 있다는 것을 누구한테 들었는지, 엄마가 자기 자녀를 포기하면서 아무리 큰일을 해도 그것은 위선에 지나지 않는다며 저를 원수처럼 대하는 거예요. 오가타 씨와 너 사이에 사랑의 결과로 아이가 생겼다면 너는 민족의 문제 이전에 네 사랑의 결과에 대한 책임을 지는 것이 우선이야, 그것이 너에게 지워진 운명의 굴레야. 다행히 찬하 씨 같은 사람을 만났으니 망정이지, 그 아이가 장돌뱅이로 굴러다니다 악질 야쿠자라도 되었다면 넌 그 아이로 인해 평생을 후회하며 살아야 할 것이다, 당장 일본으로 돌아가라는 거예요. 그러지 않아도 힘든데 오빠까지 그러니, 견디기 힘들었어요. 그리고 쇼지와 오가타 씨 보는 것도 두려웠어요. 오빠 말이, 너는 지금 당장 일본으로 돌아가 오가타 씨와 아들에게 사죄하며 평생을 살아야 한다고. 탈진 상태로 겨우 기어오다시피 여기 도착해 지금까지 밥 한 끼 못 먹었어요. 먹으면 토하니, 그 집 어른들이 보리차를 끓여줘 겨우 설사는 그쳤지만, 그동안 너무 못 먹어 쓰러진 것 같아요."

아빠는 쇼지를 어떻게 끌어들일지 쇼지 쪽을 몇 번씩 훔쳐보았지만 인실 아줌마의 계속되는 말에 잠시 귀를 기울이고 있었다. 그러다 말이 끊기자 쇼지를 손짓했다. 쇼지는 머뭇머뭇 아빠 옆에 섰다.

"쇼지도 같이 왔어요."

인실 아줌마는 금방 표정이 경직되었다. 그리고 누웠던 침대에서 일어나 앉았다. 쇼지를 쳐다보지도 않았다. 그러다 얼굴을 무릎 사이로 묻었다. 한참 침묵이 흘렀다. 아빠가 슬그머니 일어나 밖으로 나갔다. 쇼지는 엉거주춤한 자세로 침대 옆에 서 있었다. 일만 겁의 시간이 지나가는 것 같았다. 인실이 아줌마가 고개를 들고 쇼지의 손을 끌어 당겼다.

"쇼지, 이렇게 느닷없이 만날 줄 몰랐다. 널 만나는 것이 두려웠다. 쇼지, 날 용서할 수 없을 거야. 난 비겁한 사람이야. 난 너로부터 도망치고 싶었다. 그리고 독립운동이라는 명목으로 그럴듯하게 포장했지. 나도 나를 용서할 수 없어. 용서를 바라지 않아, 그리고 너의 엄마로, 그건 가당치도 않아. 그냥 동네 아줌마로 생각해줘."

그러고는 흐느끼기 시작했다. 쇼지는 아무런 감정이 일어나지 않았다. 그러나 얼굴에는 진땀이 났다. 단지 이 순간을 견디어야 할 순서라면 견딜 수밖에 없다는 생각이 들었다.

"……"

인실 아줌마는 감정을 가라앉히고 쇼지를 다시 쳐다보았다.

"쇼지, 하얼빈에 네가 왔다 갔다는 이야기 들었다. 그때도 난 널 만날 자격이 없다고 생각하고 있었다. 네가 훌륭한 미소년으로 자랐다는 것 이미 알고 있었어. 가까이 와봐라. 오늘 하루만큼은 날 용서하고 이리 좀 오려무나."

쇼지는 그러나 꼼짝할 수가 없다. 인실이 쇼지를 끌어안는다.

"이 순간을 얼마나 기다렸는지 모른다, 쇼지."

처음 포옹에서 차츰 팔에 힘을 주며 오열한다.

"꿈속에서 언제나 넌 나의 가슴속으로 파고들었단다. 난 언제나 너와 같이 있었어."

인실은 자신의 얼굴에 쇼지의 얼굴을 부빈다. 쇼지의 눈에서 눈물이 주루룩 땅으로 떨어진다. 간호사가 또 다른 맞을 주사가 있는지 주사기를 들고 들어오다 눈을 크게 뜬다.

"어머? 이 청년이 바로 우리 병원에서 출산한 아기로군요. 이렇게 훌륭하게 자라주었다니, 정말 훌륭해요. 이름이 무어라고 했지? 내가 너를 이 세상에서 처음 만난 사람이야."

그러면서 간호사는 자신의 손으로 쇼지의 손을 감쌌다. 소란스런 분위기에 의사까지 들어온다.

"여보, 바로 이 청년이 우리 병원에서 출산했던 그 아기래요. 훌륭하죠?"

"그래, 정말 훌륭하게 자랐구나. 고맙다. 그러지 않아도 궁금했지. 여기서 태어난 대부분의 아이들은 이 동네에서 자라면서 몇 번씩 다녀가는데, 넌 그 이후 한 번도 볼 수가 없어서, 언제나 잘 자라고 있는지 궁금했다."

의사와 간호사가 부부 사이인지, 정말 다정하고 살갑게 대했다. 그때 찬하도 다시 들어왔다.

"한 대의 주사를 더 맞아야 해요. 빈혈이 워낙이 심해서."

"가만, 퇴근을 하면 우리가 저녁을 낼 테니까 조금 기다리시면 안 될까요? 이 환자분은 잘 먹어야 하는데 고기는 소화시키기 힘들 테고, 전복죽 하는 데 가서 저녁을 먹죠?"

의사가 아빠에게 다가가 물었다. 의사의 뜻밖의 제의에 거절하지 못하고 아빠는 감사의 마음으로 고개만 숙였다. 잘 먹여야 한다는데, 어쩔 수 없었다. 쇼지는 힘들고 어색한 시간이 의사와 간호사로 인해 단축될 수 있어 다행이라 생각했다.

다시 주사를 맞을 동안 아빠와 쇼지는 응접실로 왔다. 응접실에 있는 어항에서 금붕어 한 마리가 아빠와 쇼지가 들어오는 소리에 놀랐는지 파닥하다 다시 유유히 물속을 부유한다. 쇼지는 '그래, 이건 순간적인 놀람일 뿐이야.' 하고 속으로 되뇐다. 모든 관계가 새로 시작될 뿐이다. 엄마 노리코와 누나 후미, 그리고 아빠, 오가타 아저씨와 인실이 아줌마, 그들 사이를 부유하며 견디어야 할 것이다. 그것이 자신의 운명이라면. 쇼지, 힘내!

작품 해설

돌봄과 돌아봄의 시학

안미영

1. 문학 정신의 기원

「잔혹한 낙관」은 소설가 이덕화 문학의 기원과 전개 과정을 보여준다. 주인공 정현은 세월호 사건의 보도를 접하며 대학원 재학 시절을 떠올린다. 당시 그녀는 월북 작가 김남천에 대한 박사 논문을 준비 중이었다. 월북 작가인 만큼 사회주의에 대한 이해가 필요했고, 때마침 해금 조치로 사회주의 관련 서적을 구할 수 있었다. 불현듯 경찰이 집으로 들이닥쳐 『자본론』을 압수했고 정현은 유치장에 갇혔다. '월북 작가'를 박사학위 논문으로 다루는 것을 비롯하여, 불온서적을 읽게 된 이유와 구입 과정을 취조받았다. 정현이 대한민국의 불합리와 부조리를 체감하고 그 부당함을 호소하자, 당직 경찰은 다음과 같이 말했다.

"아줌마, 대한민국 정부가 언제 국민들에게 이해받고 일한답니까. 국가가 죄인이라 하면 죄인이지. 아버지가 납북된 것 때문에 저는 태어날 때부터 죄인으로 태어났어요. 그건 이해가 돼요? 스스로가 왜 죽어야 하는지도 모르고 형장의 이슬로 사라져버린 인간들이 얼마나 되는 줄 알아요? 아줌마, 유치장에서 며칠 고생하는 것은 코미디 수준이에요."

"아줌마는 이 나라에서 보지 말라는 책을 샀으니, 분명 죄를 지은 거라고요. 나는 내가 짓지도 않은 죄 때문에 내 인생을 대한민국이 저당 잡았는데…… 내가 구원받은 건 여기 경찰서예요. 여기 와서 사람들마다 죄가 없다며 억울하다는 이야기를 들으면서 대한민국에는 나 같은 사람이 한두 명이 아니구나, 그러니까 대한민국에 태어난 게 바로 죄구나, 그렇게 생각하니까 마음이 편해졌어요."

그렇다. 대한민국에 태어난 것만으로 죄인이 되는 그런 시절이 있었다. 반공 이데올로기가 맹위를 떨칠 무렵, 아버지의 월북은 아들과 남은 가족에게 주홍글씨를 남겼다. 그는 죄인으로 추적당했고, 어머니는 홧병으로 죽었다. 그가 장돌뱅이가 되어 부랑자들과 어울려 방황할 때 이곳 경찰이 경찰서에서 일할 수 있도록 일자리를 주었다. 그는 그곳에서 사람으로 구실할 수 있었고, 사람으로 대접받을 수 있었다.

정현은 분단 이래 제대로 논의되지 못한 월북 작가를 문학사에 소환하여 그들의 학술적 가치를 자리매김하려 하지만, 대한민국은 모든 것을 전제의 시선으로 감시하고 압제했다. 그녀는 대한민국의 유치장에서 이 땅에 실현되어야 할 학문의 실체에 대해 눈을 뜬다. 유치장에서 보낸 5일째 날, 『자본론』 배포 책임자가 아니라는 것이 드러나며 집으로 돌아갈 수 있었다. 그녀는 석사를 졸업하고 바로 박사학위를 이어 공부할 수 없었다. 대한민국의 정치적 압제만큼 권위적인 학술 풍토에서, 정현은 자신이 할 수 있는 영역을 개척하며 학자의 길을 걸었다.

이 작품은 소설가 자신의 자전적 사건을 담고 있다. 1976년에는 「신화비평방법을 이용한 채만식의 『탁류』 분석」으로 석사학위 논문을 발표했으며, 1991년에는 『김남천 연구』로 박사학위를 받았다. 석사학위를 받고 곧바로 진학하지 못하고 결혼 후 아이를 양육하면서 박사과정을 시작했다. 1992년에는 소설가로 데뷔한 이래 지금까지 창작과 연구 활동에 정진하고 있다. 문학 연구자로서는 한국 문학사에 소외되었던 여성 작가의 작품을 주로 연구해왔으나, 소설가로서는 여성의 문제뿐 아니라 이 땅을 살아가는 다양한 층위의 사람들을 대상으로 그들에게 내재해 있는 상처와 현실의 문제적인 요소들을 천착해 들어갔다. 이 작품집은 지금 우리 삶에 편재해 있는 인물군상, 그들에 대한 작가의 미학적 입장을 담고 있다.

2. 돌봄의 시학

이 작품집에는 근대 작가 '김유정'을 소재로 한 작품이 2편이나 있다. 작가가 한국 근대 작가 김유정의 삶과 작품에 관심을 가지고 있다는 점은 주목을 요한다. 작가가 즐겨 읽은 작품이라는 점에서, 그의 창작 세계 전반에 걸쳐 영향을 미치기 때문이다. 「하늘 아래 첫 서점」이 김유정의 작품을 중심 소재로 삼고 있다면, 「초원을 달리다」는 김유정을 주인공으로 삼았다. 두 작품을 통해 작가가 김유정과 그의 소설에서 특별히 수용해내려 한 미학적 가치가 무엇인지 알 수 있다.

「하늘 아래 첫 서점」은 지리산 자락을 배경으로 한다. 찬경은 지리산 자락의 하늘 아래 첫 동네에서 서점을 운영한다. 아내가 세상을 떠나자 퇴직 후 고향인 이곳으로 내려왔던 것이다. 서점은 산을 오가는 사람들에게 읽을거리와 커피를 제공하는 쉼터이다. 그는 김유정의 「산골 나그네」를 읽던 차, 산골에 사는 여인을 맞이한다. 중년의 여인은 서점에 딸려 있는 방을 보며 하룻밤 묵게 해주기를 간청한다.

김유정 소설에서 주인은 온정을 다했건만 나그네가 물건을 훔쳐 달아났듯이, 이 작품에서도 주인은 극진한 호의를 베풀었음에도 나그네는 통장을 훔쳐 달아난다. 여인은 첫사랑 남자가 암 말기임을 알고, 남편을 떠나 남자를 간병하기 위해 지리산 기슭에 머물렀다. 화가인 남자는 지리산 자락에서 시시각각 변하는 계곡의 모습을 화폭에 담았다. 남자가 더 이상 운신이 어려워지자, 그녀는 남자를 병원에 데려가기 위해 돈이 필요했던 것이다.

김유정이 주목한 것이 '가난'이 아니라 '사랑'이었듯이, 이 작품도 '윤리'가 아닌 '사랑'에 주목한다. 나그네가 찬경의 통장을 훔칠 수밖에 없었던 것이 남자에 대한 사랑에 있었다면, 주인공 찬경이 두 남녀를 바라보는 시각에는 '돌봄'이 전제되어 있다. 그것은 여자가 남자를 사랑하거나, 남자가 여자를 사랑하는 이성간의 사랑에 국한된 것이 아니다. 내가 나 아닌 대상에 대해 관심을 가지고 보살피는 것이다. 작중 찬경의 고백처럼 "마음을 정하지 말고 마음이 흐르는 방향으로 행동" 한다는 점에서, 그것은 자연의 속성을 떠올리게 한다. 작가가 견지하는 '돌봄'의 미덕은 인위적인 힘이 더해지지 않고 저절로 생겨나 스스로 이루어지는 존재로서 자연에 기원을 두고 있다. 작품 말미에 이르면 찬경은 은행에 도난 신고를 하는 대신, 김유정 소설을 펼쳐 다음 대목을 읽는다.

> "아 얼른 오게유."
> 똥끝이 마르는 듯이 계집은 사내의 손목을 겁겁히 잡아끈다. 병든 몸이라 끌리는 대로 뒤뚝거리며 거지도 으슥한 산 저편으로 같이 사라진다. 수은 빛 같은 물방울을 뿜으며 물결은 산 벽에 부닥뜨린다. 어디선지 지정치 못할 늑대 소리는 이산 저산서 와글와글 굴러 내린다.

찬경은 돈이 아니라 여자와 그 여자가 사랑하는 남자의 앞길에 마음을 두었다. 이 대목과 더불어 우리는 이 작품의 초입부에서 찬경이 눈길을 주고 있는 김유정 소설의 일부를 주목할 필요가 있다.

> 산골의 가을은 왜 이리 고적할까? 앞뒤 울타리에서 부수수 하고 떡잎은 진다. 바로 그것이 귀밑에서 들리는 듯 나직나직 속삭인다. 더욱 몹쓸 건 물소리, 골을 휘몰아 맑은 샘은 흘러내리고 야릇하게도 음률을 읊는다.

'산골의 가을'은 고적함으로 가득 차 있다. 물소리, 바람소리 등 산골을 메우는 것은 살기도 하고 죽기도 하면서 산골짜기를 구성하고 있다. 깊은 산골의 가을 풍경은 작중 인물이 처한 비극적 상황과 조응하여 처연하고 서정적인 분위기를 자아낸다. 작가는 김유정을 통해 자연의 미덕에 주목했으며 그것은 단순히 마음을 울리는 풍경만이 아니라 자연이 지닌 돌봄의 가치이다.

관심과 보살핌은 「초원을 달리다」에서는 훨씬 직접적으로 나타난다. 이 작품의 주인공은 이태준과 김유정이다. 이태준은 소설가 이태준과 동명이인으로 의학을 전공하고 몽골에서 의료 활동을 한다. 몽골에서 의료 봉사 활동을 펼치다가 자연의 치유력에 끌렸고 그곳에서 죽음을 맞았다. 그는 이승을 떠나기 전, 한때 마적을 꿈꾸었던 김유정의 영혼을 몽골로 데려왔다. 김유정이 악성 폐결핵으로 각혈을 쏟아낼 때마다 "몽골에 데리고 와서 실컷 먹이고 말을 타고 광활한 초원을 마음껏 누리게" 하여, 육체의 굴레를 벗어나 생명의 빛을 호흡할 수 있도록 하고 싶었다.

김유정은 저승으로 가기 전, 몽골의 광활한 초원에서 막힘 없는 바람과 쏟아지는 별을 보며 살아생전 누리지 못한 자유과 환희를 맛본다. 작가는 식민지 조선에서 외롭고 고독하게 살다가 세상을 떠난 김유정에게 광활한 자연을 통한 치유와 생기를 제공한다. 이태준은 자연과의 교감이 얼마나 큰 위무와 힘이 되는지 자신의 경험을 다음과 같이 들려준다.

그때 하늘의 휘황찬란한 별들이 나를 감싸는 듯 나에게 몰려오는 것 같았습니다. 어머니의 목소리 같기도, 아내의 목소리 같기도 한 목소리로 '애야, 내가 너와 함께 있다.' 그리고 저의 몸이 채워지는 충일감을 느꼈습니다, 제가 처음으로 가져보는 자연과의 교감이었습니다. 저는 그 이후 외로움을 느끼거나, 무슨 고민거리가 있으면 하늘의 별들을 보거나, 말을 타고 초원을 끝없이 달립니다. 그러고 나면 내 속에서는 이미 그전에 가지고 있던 고민이나 복잡한 마음이 확 풀어집니다.

자연은 인간으로 하여금 돌봄, 돌아봄의 주체로 만든다. 그것은 어머니, 아내와 같은 여성성을 띠고 있으며, 생명을 살아내게 하고 양육하는 일을 해낸다. 이덕화 소설의 미학적 입장을 '돌봄의 시학'이라 한다면, 그것은 김유정과 그의 소설에 기원을 두고 있음을 유추할 수 있다. 구체적으로 말하자면 그것은 '자연'이 내장한 무심한 돌봄에 기인해 있으며, 궁극에는 문학이 운명적으로 짊어진 현실에 대한 책무이기도 하다. 이덕화는 소설에서 우리 사회에서 돌봄이 구현되어야 할 현실적인 좌표와 방식을 탐구하고 있다.

예컨대 돌봄의 시학은 「갈색의 세월—『토지』 오가타와 유인실 부분 이어쓰기」에서 '쇼지'를 통해 구체적으로 실현된다. 쇼지는 유인실과 오가타의 아들이지만, 찬하와 노리코에 의해 자랐다. 찬하와 노리코는 친자식 못지않게 쇼지를 거두어 청년으로 키워냈고, 다시 친부모의 품으로 돌려보내려 한다. 작중에서 어린 쇼지를 돌보는 일은 찬하와 노리코, 유인실과 오가타 모두에 의해, 그리고 조선, 일본, 만주에 걸쳐서 이어지고 실현되어야 한다. 식민지, 전쟁의 그늘 속에서도 그리고 민족의 차이를 뛰어넘어, 어린 생명은 살려내고 길러져야 함을 보여주고 있다.

3. 돌아봄의 시학

이 작품집에서 돌봄은 단순히 관심을 가지고 보살피는 데 그치지 않고, 돌아다니면서 두루 살피는 돌아봄의 영역으로 전이되고 확산된다. '돌봄'이 이른바 '돌아봄'으로 우리 사회와 현실의 곳곳으로 확대된다. 특히 이 세상의 그늘진 곳에서 신음하는 어린 생명을 돌아보며 그들의 삶을 읽어내고 그들이 현실에 건재할 수 있는 삶의 문법을 모색한다. 「한 잔의 에스프레소」와 「요구르트와 돈까스」는 우리 사회에서 자존감 없는 청년의 삶을 조명하고 있다. 두 작품 모두 음식을 제목으로 삼고 있는데, 불우하고 미숙한 청춘들은 에스프레소, 요구르트와 돈까스를 탐하며 내면의 공허를 달랜다.

작가는 「한 잔의 에스프레소」에서 불우한 환경에서 태어나 우리 사회의 커뮤니티에 정상적으로 발을 들여놓지 못하는 불우한 소녀의 일상에 초점을 맞추고 있다. 작중에서 나는 카페에서 일하는 청년이다. 매일 같은 시간, 카페에 혼자 오는 S에게 호감을 느꼈다. S의 출중한 미모는 뭇사람의 시선을 끄는 반면, 남루한 옷차림은 그녀의 매력을 앗아갔다. S는 항상 에스프레소를 마시며 핸드폰으로 끊임없이 누군가와 이야기한다.

나는 S의 생일날을 맞아 그녀를 위한 파티를 준비했다. 나의 오피스텔에서 S와 와인을 마시고 그녀의 생일을 축하했으나, 그녀는 자기 존재에 대한 근원적인 불안과 열등감로 파티에 집중하지 못했다. 스스로 자기 출생의 상처를 토로하며, 생일파티를 점점 더 우울하고 절망적인 분위기로 몰고 갔다.

> "고향이 어디세요? 저는 고향이 시궁창이에요. 두 다리가 없는 엄마가 아이를 키우겠다고, 아니죠. 아이와 자신을 지키겠다고 시궁창으로 시궁창으로 옮겨 다니며 연명하다 결국 자살로 마감한 엄마나 그 딸도 결국 같은 운명 아니겠어요?"

S는 다리 없는 앉은뱅이 여인이 강간당한 후 태어났다. 앉은뱅이 여인은 시각장애인에게 S를 맡기고 자살했다. 주위의 냉대와 질시로 S는 초등학교도 제대로 졸업할 수 없었다. 그녀는 재봉틀로 강아지 옷을 만들어 팔며 생활비를 벌었다. 매일 오후 S는 카페에서 에스프레소를 시키며 다음과 같이 생각했다. "창밖을 내다보면서 이 세상을 훔쳐보고 싶었다. 어차피 세상은 내 것이 아니었다." 핸드폰의 알람을 정기적으로 설정하여 벨소리가 울리도록 했으며, 전화기 너머로 끊임없이 이야기를 건네며 누군가와의 통화를 가장했던 것이다

나는 생일 선물로 드레스를 주었으나 S는 사랑을 받는 것도 주는 것도 서툴렀다. S는 자기 존재에 대한 품위와 존엄을 스스로 인지할 수 있는 기회가 없었고, 타인으로부터 자기 존재를 인정받아본 적도 없었

던 것이다. 파티의 열기는 급격히 식었고, S에 대한 나의 육체적 욕망도 가라앉았다. 아침에 일어났을 때 S는 없었다. 그 후 S는 카페에 오지 않았고 간헐적으로 전화가 울렸지만 신호음과 동시에 곧바로 끊겼다.

나는 S가 갔음직한 곳을 돌아다니며 그녀를 찾아 나섰다. 세상 밖을 전전하는 S가 세상 안에 편입될 수 있도록, 나는 우선 내 안에 S를 포용하고 그녀가 머물 수 있는 자리를 남겨놓았다.

> 이미 S는 내 속에서 자라고 있었다. 두 다리를 잘린 여인이 아이를 안고 도망가는 꿈을 자주 꾼다. 세상 안으로 들어오지 못하고 밖으로만 떠돌다 간 외계 인간을. 이 세상 안으로 끌어들이기 위해 매일 밤마다 거리를 헤매며 찾는다. 오늘이 아니면, 내일, 내일이 아니면 모레…… 언젠가 만날 수 있다는 꿈을 가지고.

「요구르트와 돈까스」는 돌아봄의 방식이 수평적으로 설정되어 있다. 작중에는 이 사회의 이질적인 두 계층이 '전후조'라는 밀접한 관계로 등장한다. 대조적인 두 사람이 수족과 같이 움직이고 하루하루 같은 운명을 공유하도록 만든 것이다. 재형은 군복무 시절 두 살 어린 성묵과 '전후조'가 된다. 전후조는 군대 훈련소에서 6주 훈련 기간 동안 자살이나 이탈 등의 사고 방지를 위해 무조건 훈련병 세 명씩 조를 만들어 함께 생활하도록 만든 시스템이다. 그들은 어디를 가도 같이 움직여야 했다.

재형이 서울 강남에서 과외와 학원으로 일류 대학에 진학하여 축

제, 클럽, 미팅, 어학 연수 등으로 풍족한 생활을 하다가 입대한 데 비해, 성묵은 "엄마 없이 구박만 받다 사고뭉치로 살다 고등학교를 간신히 졸업, 2년을 집에서만 빈둥대다가, 군대"에 왔다. 성묵은 "단지 동물 같은 본능으로 자신의 생존만이 유일한 자신의 목적"으로 살아왔기에 군부대에서도 책임은커녕 양심과 체면 없이 주위에 폐를 끼쳤다. 밥 먹는 것에서부터 훈련에 이르기까지 이기적이고 뒤처진 탓에, 재형까지 성묵의 잘못을 감당해야 했다. 고된 얼차려 중 재형은 성묵의 등에 걸린 십자가를 발견하고, 그를 "20년간 안락했던 삶을 일깨우고 반성시키기 위해 등장한 천사"로 여기기 시작했다.

작중에서 '전후조'는 또 다른 노동 현장에서도 나타난다. 성묵은 제대 후 공사판에 뛰어들어 돈을 벌었다. 작품 말미에서 외국인 노동자와 한국인 노동자의 관계는 또 다른 형태의 전후조이다.

> 외국인들과 함께 몰려가 간이식당에서 저녁을 먹으려 하자, 또 누군가 어느 나라에서 왔느냐고 물었다. 성묵이는 난처했다. 순두부찌개를 입에 넣으며 웃을 수밖에 없었다. 그들 중에는 결혼한 사람도 있었다. 그러기를 몇 달, 막노동 경험이 쌓이면서, 힘든 노동 가운데 그들과 나름 유쾌하게 지내는 방법을 알게 되었다. 성묵이는 자신의 집 슈퍼에서 가져온 커피 사탕, 초콜릿 등으로 그들의 피로를 풀어주었다. 그들은 대학도 묻지 않았다. 그들은 또 성묵이가 집이 있고 부모와 함께 같은 나라에서 살고 있는 것을 무척 부러워했다. 성묵이는 자신이 가진 모든 것이 그렇게 빛나게 보였던 적은 없었다고 한다.

'전후조'는 군입대 병사들의 훈련 방식에 그치지 않는다. 이 사회에는 크고 작은 다양한 형태의 전후조들이 존재한다. 그 관계에서 우리는 나와 타인이 함께 살아가는 다양한 삶의 공존 방식을 경험한다. 자기 굴레에 갇혀 있는 인간이 아니라, 내가 너일 수 있으며 네가 나일 수 있는 삶의 아이러니를 터득하는 것이다. 재형은 성묵으로부터 자살을 결심한 듯 다급한 목소리의 전화를 받자, 하고 있던 모든 일을 작파하고 성묵에게 향했다. 재형은 성묵이 같은 시간 같은 곳에서 살아가는 자신의 다른 모습일 수도 있음을 알기 때문이다.

'돌아봄'은 삶의 '지체'가 아니라 '순환'이다. 성묵은 재형의 돌아봄을 경험하면서, 그 역시 외국인 노동자들을 돌아본 것이다. 성묵은 현실에 존재하는 전후조를 인지하고 기꺼이 재현에게 받은 것을 외국인 노동자에게 실천한 것이다. 돌아봄은 사회를 순환시킨다. 돌봄의 시학이 돌아봄으로 확장되고, 나의 돌아봄은 우리 모두의 돌아봄으로 확산된다. '돌아봄'은 '가진 자'와 '가지지 못한 자'들 간의 나눔과 증여에 국한되지 않는다. 상처받은 자가 또 다른 상처받은 자를 돌보면서 치유되기도 한다.

「그럼에도 불구하고」는 제목이 시사하듯, 작중 주인공들은 상처가 있음에도 '불구하고' 자기 환부를 직시하고 고통을 공유하며 내일의 삶을 모색한다. 이 작품은 한국 사회의 재난으로 인한 젊은이들의 상처와 이를 극복해나가는 젊은이들의 번민과 고통의 승화 과정을 보여준다. 대한민국의 재난은 이 땅의 청춘들에게 상실감을 남겼고, 이들은 치유되지 않은 상처를 짊어지고 일상을 살고 있다. 그들은 서로의 상처와 조우하면서 위무를 얻고 그럼에도 불구하고 지속되는 삶을 앞으로도 살아낼 것이다.

캐슬린 린치(Kathleen Lynch)는 『정동적 평등–누가 돌봄을 수행하는가*Affective Equality : Love, Care and Injustice*』(한울, 2016)에서 "한 사회에서 모든 사람이 동등한 수준의 사랑, 돌봄, 연대를 경험하고 아무도 사랑과 돌봄을 박탈당하지 않는 상태"로서 '정동적 평등(Affective Equality)'을 제안한다. 이 작품집에서 소설가 이덕화가 문예학의 관점에서 제시한 '돌봄의 시학'은 사회학의 관점에서는 '돌봄의 윤리'로 설명될 수 있다. 린치의 지적처럼 '돌봄'은 시민사회에서 시민을 경쟁적 개인주의가 아니라 상호의존적인 유대관계로 전환시킬 수 있다. 시민이 경제적 행위자이기 앞서 정동적 주체가 될 때 우리 사회는 자본주의의 물신화로부터 인간성을 지켜낼 수 있다.

4. '삶', 돌봄과 돌아봄의 텍스트

우리는 제각각의 삶에서 이루어지는 돌봄과 돌아봄을 성찰이라 명명한다. 「그미의 책」은 각자의 삶에서 자신을 돌보는 풍경의 단면을 보여준다. 중년의 변호사는 친구 부인의 출판기념회 초대장에서 '그미'의 이름을 발견하고 과거를 회상한다. 암자에서 사법고시를 준비할 무렵, 그는 친구의 암자에서 그미를 발견했다. 친구는 없고, 갓 대학에 입학한 여대생으로 보이는 그미가 모차르트 클라리넷 협주곡을 들으며 책을 보고 있었다. 그는 고시촌 암자에서 볼 수 없는 대상과 풍경을 목도하고 마음이 동요되었다. 저녁 무렵에는 다시 암자로 가서 그미와 인사를 나눈다. 그미는 방학을 맞아 외사촌 오빠의 암자에 머물게 되었다는 것이다.

읽고 있던 책이 무엇이냐고 묻자, '자신과의 대화를 위한…… 백지책'이라고 했다. 그녀는 '자신 속에서 자신이 앓는 소리'를 들으려 한다는 것이다. '그미의 책'은 그미가 가지고 있던 물리적인 책이 아니라, 그미는 물론 그를 포함한 청춘의 한창때 내면에 존재하는 열정과 외부로부터 받은 상처가 만들어내는 삶의 무늬를 말하며 이를 응시하는 시간까지 내포한다. 그것은 이성의 손길과 숨결로 잠재워질 수 있는 것이 아니다. 상처에 대한 설익은 고백으로 쉬이 해결되지도 않는다. 존재 자체를 버텨내고 감당하기 힘든 시절, 섣불리 다른 사람의 상처를 건드리거나 포용한다고 해서 도움을 줄 수 있는 것도 아니다. 그것은 스스로 치유하고 살려내야 하는 각자의 멍에일 뿐 아니라, 그렇게 지우고 살리는 힘으로 자신을 성찰하고 현실에 건재할 수 있기 때문이다.

그는 계곡에서 그녀와 소주를 마신다. 그가 고즈넉한 분위기에서 〈한계령〉을 부르자 그녀는 눈물을 쏟았다.

> 저 산은 내게 우지 마라 우지 마라 하고
> 발아래 젖은 계곡 첩첩 산중

저 산은 내게 잊으라 잊어버리라 하고
내 가슴을 쓸어내리네

그미는 '잊으라 잊어버리라 하고'라는 대목에서 봇물 터지듯 눈물을 흘렸다. '저 산은 내게 내려가라 내려가라 하네/지친 내 어깨를 떠미네' 그 소절에서는 흐느껴 울었다. 한참 울고 나더니 활짝 웃으며 다시금 백합처럼 황홀하게 피어났다. 그는 "그 순간 열꽃이 온몸으로 퍼져나갔다. 그는 얼른 계곡에 발을 담갔다." 그녀를 통해 그는 마음 깊이 눌러놓은 젊음의 열기가 생동했다. 함께한 시간은 짧았지만, 강렬한 감정은 그의 생애 가장자리에 남아 있었다.

이 작품은 단순히 장년의 주인공이 젊은 시절 마음을 주었던 여인에 대한 고백을 그린 것이 아니다. 작가는 젊은 한창때를 배경으로 하되, 누구에게나 있는 응어리진 슬픔과 이를 승화시키는 방식을 서정적으로 묘사했다. 젊은 시절의 슬픔이 처절한 이유는, 속된 세상의 때가 묻지 않아서 순결하고 순수하기 때문이다. 그것은 한없이 투명한 순수와 거칠고 황량한 세계의 첫 대면에서 기인한 것으로, 작가는 순수한 영혼이 세상과 조우하고 감당해야 하는 상처와 슬픔을 서정적으로 그려나갔다.

그미는 '백지 책'을 통해 내면을 응시하고 자신을 치유해나갔다.

"제가 한 살 때부터 기억을 되살리고, 그것을 다시 지우고, 또다시 저의 과거로 돌아가 기억나는 것을 떠올리는 것을 반복하다 보면 저를 구성하고 있는 것이 무엇인가를 알 것 같아요. 그러나 생각의 고리가 툭툭 끊어지고, 다른 사람들, 엄마, 아빠, 오빠, 친구들의 말이 툭툭 튀어나와요. 제 의식을 뒤덮고 있는 것은 모두 다른 사람들 말이에요. 그 의식 속에 저는 없어요."

자신 안에 있는 타자의 목소리를 알고 그것과 구분되는 자신의 목소리를 만들고 그것을 표현하는 것, 이것이야말로 세계에 독립된 개체로서 자신을 세우는 것이다. 이 모두를 통칭하여 우리는 '삶'이라 명명한다. 그들은 각자 고독하고 외로운 자기와의 싸움에 정진했으며 정진의 결과 제 각각 이 세계에 자신의 목소리를 드러내기에 이른 것이다. 그미는 문학을 전공하는 교수이자 평론가가 되어 다른 작품을 논평하며, 그는 변호사가 되어 사람들의 갈등을 중재한다. '그미의 책'은 그미만의 것이 아니라 그에게도 있으며, 우리 모두에게 존재하는 삶이다. 그 책을 얼마나 세밀하게 읽어내는가는 각자 자신의 몫이다.

安美永 | 문학평론가 · 건국대학교 글로컬캠퍼스 교수